SUTTON KRIMI

Gunnar Schuberth

DER KREUZWEG

Ein Nürnberg-Krimi

SUTTON KRIMI

Über den Autor

Gunnar Schuberth wurde in Münchberg/Saale geboren und lebt seit vielen Jahren in Nürnberg. Er studierte Germanistik in Erlangen und arbeitet als Autor, Programmierer und Dozent. Neben Theaterstücken und Drehbüchern veröffentlichte er zahlreiche Kurzkrimis und Erzählungen in Anthologien sowie mehrere Kriminalromane. Sein viel besuchter Blog unterhält darüber hinaus mit beißenden Satiren.

Sutton Verlag GmbH
Hochheimer Straße 59
99094 Erfurt
www.suttonverlag.de
www.sutton-belletristik.de

Lektorat, Gestaltung und Satz: Sutton Verlag
Umschlaggestaltung: der uhlig, Augsburg, www.deruhlig.com
Titelbild: dpa Picture Alliance
Druck: CPI books GmbH, Leck

ISBN: 978-3-95400-573-4

Prolog

»Komm doch!« Die Stimme klang lockend und kam aus dem dunklen Wald. Annas Hin- und Herschwingen wurde langsamer, bis sich die Schaukel kaum noch bewegte. Sie horchte angestrengt in die Ferne. Der Himmel hatte ein anderes Blau an diesem Tag im September.

So blau, dass es in den Augen wehtut, dachte Anna.

Sie war von der Schaukel gerutscht, doch ihre Hände hielten immer noch die Seile fest. Sie dachte an die wilden Erdbeeren, die ihr der Onkel gestern mitgebracht hatte und die so süß geschmeckt hatten.

»Tief in den Wald muss man gehen, wenn man die wilden Beeren finden will«, hatte der Onkel gesagt.

Anna ließ die Seile los und ging in ihrem weißen Kleid aus dem Garten hinaus. Niemand sah das kleine Mädchen, das im Wald verschwand. Sie folgte einem Pfad und die dunklen Bäume des Waldes warfen ihre Schatten schützend über ihren Weg.

»Geh nicht allein in den dunklen Wald«, hatte die Mutter gesagt.

Aber die Beeren waren so süß gewesen und das Mädchen kannte den Wald. Mit Stefan, dem Jungen vom Nachbarhof, hatte sie oft Pilze gesucht. Er hatte ihr den Ort gezeigt, an dem sich ein Mann im Wald erhängt hatte. »Der Geist des Toten lebt immer noch hier«, hatte Stefan erzählt. »Manchmal erscheint er Wanderern und lockt sie tief in das Dickicht. Wenn sie nicht mehr wissen, wo sie sind, schlafen sie ein im Moos. Und der Geist des Toten legt ihnen eine Schlinge um den Hals und zieht den Knoten zu.«

»Geh nicht allein in den dunklen Wald.«

Manchmal hörte Anna ein Geräusch wie von Schritten, wie von einem Riesen, der durch den weichen Waldboden stapfte. Aber die Schritte verklangen und sie ging weiter. Manchmal hörte sie das Murmeln eines Baches, aber sie sah keinen Bach und das Geräusch änderte sich und wurde zum Flüstern des Windes.

»Geh nicht allein in den dunklen Wald.«

Hänsel und Gretel hatten sich verlaufen und waren zum Knusperhäuschen der Hexe gekommen. Aber das machte dem Mädchen keine Angst, denn alles war gut ausgegangen. Nichts Böses konnte ihr geschehen. Deshalb hatte Anna keine Furcht, als sie merkte, dass sie den Himmel nicht mehr sah. So dicht war der Wald, dass Äste und Zweige das Blau verdeckten. Es war kälter geworden und die Schatten der Bäume verloren sich im dunklen Moos.

Sie lief weiter, ihre Schritte wurden schneller. Dann war der Wald zu Ende und sie ging auf einen großen Hügel und sah, was im Tal geschah. Männer standen in einer Grube. Angst erfüllte ihre Augen und ihre Gesichter waren bleich. Das Mädchen zählte die Männer. Zwölf Männer in der Grube, umringt von Soldaten mit Gewehren, die auf sie schossen. Der Himmel verdüsterte sich und die Sonne verschwand. Das Mädchen hielt sich die Ohren zu und schloss die Augen, während die Grube zu einem Grab wurde, das die Männer aufnahm und nicht mehr gehen ließ.

Dann öffnete Anna die Augen. Alles war still, aber Anna sah, dass einer der Männer nicht tot war. Er kletterte aus der Grube und bewegte sich von ihr weg. Die Soldaten hatten sich abgewandt und sahen den Mann nicht, der im Wald verschwand.

I.

April 2012

Ein Erwachen wie das Eintauchen in einen eisigen Fluss. Paul Skamper öffnete die Augen und das Halbdunkel des Zimmers drang wie ein stechender Schmerz in sein Bewusstsein. Das Pochen in seinem Kopf wurde stärker.

Als es wieder schwächer wurde, erinnerte er sich an seinen Traum. Er war in einer unendlichen Eiswüste durch den Schnee gestapft. Der Schnee reichte bis zum Horizont und darüber stand der Himmel in einem gefrorenen Blau. Mitten in dieser Eiswüste war ein Ring aufgebaut, in dem zwei Boxer einen erbitterten Kampf führten. Sie boxten mit nackten Oberkörpern, schlugen unablässig aufeinander ein. Ihr Atem kam wie weißer Rauch aus ihren Mündern und der Schweiß dampfte auf ihren Körpern.

Auf einmal war Skamper einer der beiden Boxer, der blind auf den anderen einschlug. Seine Arme wurden schwer, er wurde müde und wusste plötzlich, dass er diesen Kampf verlieren würde. Aber er schlug weiter zu, bis Blut über sein Gesicht rann und alles unscharf wurde.

Im letzten Bild seines Traums sah er sich in den Seilen hängen, geschlagen. Aus seinen Augen tropfte Blut und die roten Tropfen bildeten Zahlen im unberührten Schnee. Zahlen aus Blut und er versuchte sie zu lesen, aber die Ziffern verschwammen. Diese Zahl war wichtig und er riss die Augen auf, vergeblich. Skamper wankte und fiel in den Schnee und Dunkelheit umfasste ihn.

Die Leuchtdioden der kleinen Uhr auf seinem Nachttisch zeigten halb sechs an. Er hatte länger schlafen wollen. Er hatte sich einen langen und erholsamen Schlaf gewünscht, bis neun oder zehn, aber die Träume jagten ihn jeden Morgen viel zu früh in eine fiebrige Wachheit.

Mit den Fingern massierte er seine Stirn. Draußen hatte die Morgendämmerung eingesetzt, der Himmel war trüb. Er stand auf und ging in die Küche. Er brauchte einen Kaffee.

Skamper stand am Fenster des Fitnesscenters. Er blickte hinaus auf den Parkplatz des Gebäudes, auf dem ein paar Autos standen. Die meisten Plätze waren leer, um diese Zeit war nicht viel los.

Die Wolken rissen auf und die Sonnenstrahlen fielen in die kleinen Pfützen auf dem Asphalt. In der Nacht hatte es Schauer gegeben und das schmutzige Wasser, das der Nachtregen hinterlassen hatte, reflektierte das Sonnenlicht und bekam einen öligen Glanz.

Skamper drehte sich um, er konnte nicht ewig hier stehen. Die Uhr über dem Durchgang zum Raum mit den Ergometern und Ausdauergeräten zeigte halb drei an. Seine Schicht war in einer halben Stunde vorbei. Aus den Innenräumen hörte er das gleichmäßige Klappern, das entstand, wenn jemand an einem Gerät eine Übung machte, sich die Gewichte hoben und dann zurück auf die unten liegenden Gewichtsscheiben fielen. Ein monotones Auf und Ab, das seine Gedanken auf eine stetige Umlaufbahn schickte.

Irgendwo hörte er jemanden husten. Als wäre das ein Weckruf, ging er los, in einer halben Stunde würde Mike ihn ablösen, und bis dahin musste er seinen Kontrollgang machen, den Zustand der Maschinen überprüfen und die Umkleideräume und Toiletten kontrollieren.

Als er in den Raum mit den freien Gewichten kam, hörte er eine Stimme. »Paul.« Er drehte sich um. Auf einer Hantelbank richtete sich ein Mann auf. Skamper erkannte Mike.

Er ging ein paar Schritte auf ihn zu, deutete mit dem Kopf auf die Hantel, die in der Halterung lag. »Soll ich dir Hilfestellung geben?«

»Wäre nicht schlecht.« Mike legte sich wieder auf die Bank, bewegte seine Hände nach oben und umfasste die Eisenstange. Skamper stellte sich hinter ihn.

Mike war eins neunzig groß, hatte die Muskeln eines Gewichthebers und kam aus Tennessee. Er hatte als Soldat der US-Army in

Afghanistan gekämpft und danach in einem US-Stützpunkt in Ansbach gedient. Nach seiner Entlassung war er in Deutschland geblieben und in dem heruntergekommenen Fitnesscenter gelandet, in dem auch Skamper arbeitete.

Mike drückte die Hantel mit den schweren Gewichten hoch. Kurz hielt er sie oben, dann machte er eine Bewegung nach unten. Langsam und gleichmäßig hoben und senkten sich die Gewichte. Skampers Hände waren an der Hantel, bereit, sofort Hilfestellung zu geben, aber das war nicht nötig. Nach zehn Wiederholungen krachte die Stange wieder in die Halterung. Mike richtete sich auf. Vornübergebeugt saß er da, Schweißperlen standen ihm auf der Stirn. Er atmete tief ein.

»Noch einen Satz?«

Mike schüttelte den Kopf. »Ich bin fertig für heute. Meine Schicht fängt ja auch gleich an.«

Skamper nickte, er wollte sich zum Ausgang wenden, aber Mike hielt ihn auf.

»Ich habe dein Buch gelesen«, sagte er. »Das von deiner Schatzsuche, wie heißt das noch mal?«

»Schatzsuche im Dschungel Kolumbiens.«

»Genau, war gut.«

Skamper nickte.

»Und, machst du bald wieder so eine Expedition?«

»Klar.« Skamper lächelte. Sein Lächeln fühlte sich falsch an.

»Wie ist das überhaupt weitergegangen? Weißt du denn jetzt, was dieses komische Artefakt ist?«

Skamper schüttelte den Kopf. »Es kann alles sein, aber ich kriege das schon noch raus.«

»Aber einen richtigen Schatz hast du nie gefunden?«

»Nein, einen richtigen Schatz nicht, nur dieses Artefakt.«

»Das irgendwas sein kann.«

»Genau. Es ist vielleicht 'ne Schatzkarte oder ein völlig wertloser Stein.«

»Ein völlig wertloser Stein«, wiederholte Mike.

»Ja.«

Mike nickte mehrmals. Auf einmal war es still, nur das sirrende Rotieren des Ventilators war zu hören.

»Na ja«, sagte Skamper. »Ich schau dann mal weiter.« Er machte eine grüßende Handbewegung, wollte zur Treppe gehen.

»Die Insel Providencia«, sagte Mike. Skamper hielt in der Bewegung inne.

»Die Insel Providencia. Die Stelle hat mir gefallen. Der perfekte Moment. Der Wind war nicht zu stark. Er war wie eine leichte, zärtliche Berührung. Die Luft …« Mike zögerte, wusste nicht weiter.

»Die Luft war nicht zu trocken und nicht zu feucht«, sagte Skamper. »Die Sonnenstrahlen legten sich wie Samt auf die Haut. Die wenigen Wolken am Himmel waren übermütige junge Hunde, die den Wind jagten.«

»Muss schön dort sein«, sagte Mike.

»Das ist es, wunderschön.«

Skamper blieb noch einen Moment stehen, dann ging er zur Treppe, die nach unten führte. Die Insel in Kolumbien. Er spürte einen Stich im Herzen, als er an sie dachte.

April 1944

Der Raum lag im Halbdunkel. Die Taschenlampen, die die beiden Männer in den Händen hielten, gaben ein diffuses Licht ab. Auf dem nackten Steinboden lag feiner Staub. Die kahle Wand war voller Löcher, als wäre sie von Granaten getroffen worden. Fischer spürte Spinnweben an seinem Kopf, wischte sie mit der Hand weg. Irgendwo war ein Rascheln.

Vier schwere Holzkisten standen in dem Raum, zwei umgekippt, eine an der Seite aufgeschlitzt, als hätte man sie mit einer Axt bearbeitet. Fischer ließ den Lichtstrahl seiner Lampe über die Kisten gleiten. Als hätte man Räuber aufgescheucht, die sich an den Kisten zu schaffen gemacht hatten und dann flüchten mussten, so wirkte die Szenerie auf ihn.

»Welche ist es?«, fragte Fischer.

»Keine Ahnung.«

Wuttke deutete mit dem Strahl seiner Lampe auf die aufgeschlitzte Kiste. »Ich schätze die da.«

Fischer untersuchte sie. Das Schloss war aus massivem Eisen.

»Gib mir die Axt«, sagte Fischer. Wuttke reichte ihm das Werkzeug. Fischer legte seine Taschenlampe beiseite und Wuttke hielt den Strahl seiner Lampe direkt auf das Schloss.

Fischer hob die Axt und ließ sie auf die Kiste krachen.

Diese war robuster, als Fischer gedacht hatte. Es dauerte fast zehn Minuten, bis er tiefe Kerben um das Schloss geschlagen hatte. Ein letzter Hieb zertrümmerte es. Er legte die Axt beiseite und öffnete die Kiste. Mit einem Quietschen fiel der Deckel nach hinten. Auf dem Boden lag ein in grauen Decken gehüllter, länglicher Gegenstand.

»Das muss sie sein«, sagte Wuttke.

Fischer zögerte. Aus der Kiste war ein modriger Geruch aufgestiegen. Auf einmal hatte er Angst. Eine Angst, die er sich nicht erklären konnte. Er schüttelte kurz den Kopf, um klar zu werden, dann beugte er sich nach vorne und hob den Gegenstand heraus. Er legte ihn auf den Boden, kniete davor und befreite ihn vorsichtig von den Decken.

Die Lanze war schmucklos. Sie war kleiner, als Fischer sie sich vorgestellt hatte. Kein Gold glitzerte ihm entgegen. Da lag nur die Lanze eines römischen Legionärs.

Wuttke beugte sich über die Waffe. »Sieht ganz normal aus«, sagte er.

Fischer schwieg. Etwas war mit der Lanze. Seitdem sie offen vor ihnen lag, war etwas anders. Er spürte, wie sich Schweißtropfen auf seiner Stirn bildeten, obwohl es hier unten kalt war. Er riss sich los und stand auf. »Holen wir die Kiste mit der anderen Lanze«, sagte er.

Sie gingen in den Gang, der zur Treppe nach oben führte. Dort stand eine Kiste, ähnlich der, die Fischer aufgebrochen hatte. Sie hoben sie hoch, jeder an einem Ende, trugen sie zu den anderen in den Kellerraum und stellten sie in einer Ecke ab. Dann wandten sie sich wieder der Lanze am Boden zu. Sie blickten lange stumm darauf. Hatte sie sich verändert? Sie schien zu leuchten.

»Irgendetwas ist mit der Lanze«, sagte Fischer.

»Was?«

»Ich weiß nicht.« Fischer nahm sie vorsichtig in die Hand. Es war, als treffe ihn ein Blitz, ein Schmerz durchfuhr ihn, er krümmte sich, wollte die Waffe loslassen, doch er konnte nicht. Er fiel auf die Knie, das Holz des Schafts schien Blasen in seine Hände zu brennen. Sein Gesicht war schmerzverzerrt.

»Ist was?«

»Nein, nein.« Fischers Atem wurde ruhiger. Das Brennen in den Händen verebbte. Plötzlich erschien ihm ein Bild. Das Gesicht einer Frau, die den Tod erwartete. Ihre Haare waren weiß, die Knochen traten hervor, der Totenkopf zeichnete sich unter der Haut ab. Ihr Blick war ruhig auf ihn gerichtet. Im nächsten Augenblick spürte er ihren Schmerz, ihre Angst und ihre Trauer, ein Schatten legte sich auf seine Seele, der nicht mehr weichen würde. Er weinte, wandte sich ab, damit Wuttke die Tränen nicht sah.

»Ist dir nicht gut?«

»Es geht schon.« Es kostete ihn große Anstrengung, die Waffe zurück auf die Decke zu legen.

April 2012

»Vielleicht ist das Artefakt auch ein Universum«, sagte Arabella. »Und die kleinen Punkte enthalten Abertausende von Welten. Und in jeder dieser Welten leben Menschen wie wir und irgendwo in einer dieser Welten sitzen zwei Leute auf der Terrasse, die genauso aussehen wie wir, genauso reden und auch gerade Kaffee trinken. Nur 'ne Kleinigkeit ist anders, vielleicht dass der Kaffee eine lila Farbe hat. Aber sonst ist alles gleich. Natürlich sind die beiden viel kleiner, viel, viel kleiner.«

Skamper und Arabella saßen auf der Terrasse hinter dem Haus. Arabella blickte träumerisch auf das Artefakt, das auf dem Tisch lag. Es war ein würfelförmiger Kristallstein mit einem Durchmesser von ungefähr fünfzehn Zentimetern. Es hatte eine matte, graublau glänzende Oberfläche. Im Inneren waren kleine Punkte, die im milden Licht der Nachmittagssonne zu leuchten schienen.

»Ich hab so ein Buch gelesen, wo das drinsteht. Dass wir in einem Multiversum leben, wo es unendlich viele Universen gibt. Und in den Millionen von Universen leben Millionen Duplikate von uns. Wenn wir eine Entscheidung treffen, dann gibt es irgendwo ein Universum, wo ein Duplikat von uns die andere Entscheidung trifft. In irgendeinem Universum sitzen ein Paul und eine Arabella auf der Terrasse. Und sie werden immer das Richtige tun und glücklich werden. Und in einem anderen Universum sitzen auch ein Paul und eine Arabella auf der Terrasse. Aber sie treffen die falsche Entscheidung. Sie werden unglücklich und am Ende hassen sie sich.«

Etwas war mit Arabella. Skamper kannte sie jetzt drei Jahre, sie war die Freundin seiner Tochter und sie hatten ein Jahr lang zu dritt in seinem Haus gewohnt. Er hatte sie immer wie eine zweite Tochter gesehen. Nur manchmal hatte sie ihn auf eine Art angesehen, als könnte mehr zwischen ihnen sein.

»Oder vor Jahrmillionen hatte ein Dinosaurier eine ziemliche Verstopfung«, sagte Arabella. »Und hinten herausgekommen ist nur so ein harter kleiner Stein, mit lauter Beerenkörnern drin.«

»Der Stein wäre dann ein Stück Scheiße.«

»Genau, das könnte sein.«

Skamper lächelte. »Das mit dem Universum gefällt mir besser.«

Arabella beugte sich vor, sodass sie auf Augenhöhe mit dem Stein war. »Vielleicht hat er ja magische Kräfte und erfüllt Wünsche. Wenn man ihn nur lange genug ansieht und sich fest etwas wünscht, dann wird es Wirklichkeit.« Sie blickte starr auf das Artefakt, bewegte sich nicht. Dann richtete sie sich abrupt wieder auf.

»Was hast du dir gewünscht?«, fragte Skamper.

»Das darf man doch nicht sagen.« Arabella lachte. Jetzt war sie wieder die Arabella, die er kannte. »Das ist Magie. Wenn man es ausspricht, funktioniert es nicht.«

»Dass der Stein magische Kräfte hat, das glaube ich nicht.«

»Und die Träume, von denen du immer erzählst?«

»Die haben nichts damit zu tun.«

»Aber du sagst selbst, dass du das Gefühl hast, deine Träume wären besonders.«

Skamper schüttelte den Kopf. Seine Augen brannten auf einmal, er hatte zu wenig geschlafen.

»Vielleicht würde es auch helfen, wenn du den Stein zurückbringst«, sagte Arabella.

»Warum sollte das helfen?«

»Es wäre vielleicht eine Befreiung. Du bist besessen von ihm, merkst du das nicht? Alles dreht sich nur noch darum.«

»Das stimmt nicht.« Skampers Stimme klang müde.

»Du merkst es schon gar nicht mehr.«

Skamper trank etwas von seinem Kaffee. Er nahm den Stein in die Hand. Ihm war, als würde eine unbekannte Energie von ihm ausgehen und in ihn fließen. »Ich habe zu viel in diesen Stein investiert«, sagte er. »Wenn ich allein daran denke, wie das war, als ich ihn aus dem Dschungel gebracht habe. Ich hab ihn in einem Grab gefunden. Und als ich ihn in der Hand habe, bewegt sich plötzlich der Baum vor mir. Der Baum war überhaupt kein Baum, das war 'ne riesige Schlange. Ein wirkliches Monstertier, die Indianer nennen sie die Schlinge des Teufels. Sie schien echt sauer zu sein und ich bin um mein Leben gerannt. Aber es war nicht nur die Schlange. Es war, als wäre der ganze Dschungel hinter mir her. Der Boden, die Bäume, sogar der Himmel über mir. Als könnten die Bäume reden und sie schreien: Gib den Stein zurück.« Skamper blickte starr auf das Artefakt, als könnte er darin die Szene sehen. Er schüttelte den Kopf. »Ich wäre fast verreckt wegen dem Stein. Und nach allem, was ich dafür durchgemacht habe, gebe ich ihn nicht einfach zurück. Es ist mein Stein und ich werd verdammt noch mal herausfinden, was es mit ihm auf sich hat.«

Fünfhundert Meter vor dem Parkplatz erhöhte Skamper das Tempo. Sie waren acht Kilometer gelaufen, waren auf ihrer zweiten Runde um den Wöhrder See und er bemerkte, dass der schwer atmende Schröder neben ihm langsamer wurde.

Skamper wurde noch schneller, Schröder fiel zurück und nach kurzer Zeit hörte Skamper dessen Schnaufen nicht mehr. Seine Schritte über dem kiesigen Boden fühlten sich leicht an, sein Herz schlug schnell und kräftig in seiner Brust und er wollte weiter, bis zu dem Punkt, an dem sein Körper sich zu wehren begann, an dem jeder Muskel und jede Sehne nach Erholung schrie.

Er spürte einen Hustenreiz, einen Übelkeitsanfall und dann hatte er für einen Moment das Gefühl, das er bei jedem Lauf herbeisehnte. Ein Moment der Stille, in dem er vergaß, wer er war. In dem er eins war mit dem kühlen Wind, der ihm ins Gesicht blies, mit dem Wald um ihn, mit den Bäumen. Ein Moment, in dem er im Gleichklang der Wellen des Sees lief und er nur Bewegung und Geschwindigkeit war. Dann sah er den Parkplatz vor sich, erhöhte noch einmal das Tempo und war schließlich am Ziel.

Er lief noch ein paar Schritte auf der Wiese vor dem Parkplatz, ließ sich ins Gras fallen und blieb liegen. Die Nässe des Bodens ging durch seine Trainingsjacke auf die Haut. Aber er wollte nur daliegen und warten, bis er nicht mehr das Gefühl hatte, im nächsten Moment zu kotzen.

»Ein Endspurt ist rein vom Trainingsphysiologischen her Unsinn. Es ist für den Aufbau einer guten Ausdauer eher kontraproduktiv.«

Skamper sah auf. Schröder stand neben ihm, er trippelte noch etwas auf der Stelle. Er sah aus wie ein Teddybär, der sich einen Trainingsanzug angezogen und seinen ersten Lauf hinter sich hatte. Vor einem halben Jahr hatte Schröder der Fitnesswahn gepackt. Vorher war er jedes Mal an die Grenzen seiner Leistungsfähigkeit gegangen, wenn der Lift in seinem Büro ausfiel und er die Treppe nehmen musste. Doch heute lebte er nach einem eisernen Programm.

Schröder stützte sich mit den Händen an dem Holzzaun ab, der den Parkplatz umgab. Er lehnte sich nach vorne, um seine Wadenmuskeln zu dehnen.

»Woher hast du denn das?«, fragte Skamper.

»Aus meinem Trainingsbuch, von Harald Wölter, der hat Weltklasseleute trainiert für einen Marathon und der sagt, dass ein Endspurt überhaupt nichts bringt. In seinem Trainingsprogramm, das er sogar patentiert hat, sind Endspurte nicht vorgesehen, gar keine.«

Skamper lachte leise. »Das ist ein Trainingsprogramm für Weicheier.«

»Dieses Trainingsprogramm ist sehr erfolgreich. Und ein Endspurt kann sogar schädlich sein. Absolut gefährlich, da es ganz leicht zu Zerrungen kommt. Im Grunde ist so ein Endspurt eine Einladung zur Verletzung.«

»Ein Trainingsprogramm für Weicheier«, wiederholte Skamper.

Schröder redete sich in Rage. »Du musst das auch von der Psychologie her sehen. Du denkst, du hast noch Kraft, du holst alles aus dir raus, aber im Grunde ist das Raubbau an deinem Körper.«

»Du ärgerst dich doch nur, dass dir die Luft ausgegangen ist.«

Schröder hatte ein Bein auf den kleinen Holzzaun gelegt, beugte sich nach vorne und versuchte, mit den Fingerspitzen die Turnschuhe zu berühren. Doch zwischen den Fingern und der Sohle seiner Schuhe klaffte eine Lücke, in die ein ganzer Lastwagen zu passen schien. »Und so lang auf dem kalten Boden zu sitzen, ist auch nicht gut.« Schröder keuchte, so angestrengt versuchte er, seine Muskeln immer weiter zu dehnen. »Du holst dir eine Erkältung, zusammen mit dem Endspurt ist das geradezu fahrlässig. Und du versaust mir damit das neue Auto.«

Skamper war aufgestanden. Er stand jetzt neben Schröder, legte ihm die Hand auf die Schulter. »Mann, Horst, bleib ruhig. Ich kann mir ein Handtuch unterlegen. Dieses Trainingsprogramm macht dich noch ganz kirre.«

Schröder fuhr Skamper in seinem neuen Audi nach Hause. Er hatte sich einen Wollschal um den Hals geschlungen.

»Warst du heute früh schwimmen?«, fragte Skamper.

Schröder nickte. »Heut früh um sechs beim Frühschwimmen im Südbad. Und heute Abend nach dem Dienst trainiere ich noch auf dem Hometrainer.«

»Du musst nicht übertreiben«, sagte Skamper.

Sie waren in dieselbe Schule gegangen, hatten zusammen Abitur gemacht. Danach hatten sich ihre Wege getrennt. Skamper hatte geheiratet, es aber nicht lange in Nürnberg ausgehalten. Er wurde Schatzsucher, in langen Expeditionen suchte er nach versunkenen Städten und sagenhaften Schätzen. Ohne großen Erfolg.

Schröder war Polizeibeamter geworden. Auch er hatte geheiratet, doch in den letzten Jahren hatte sein Leben einen Knick bekommen. Streitigkeiten mit seiner Frau hatten dazu geführt, dass er ein halbes Jahr getrennt von ihr lebte. Beruflich hatte er auf eine Beförderung gehofft. Die hatte aber ein Konkurrent bekommen. Das alles hatte ihn in eine Lebenskrise gestürzt. Er hatte sie überwunden, lebte wieder mit seiner Frau zusammen, aber in der Zeit seiner Krise hatte er angefangen, wie ein Verrückter Sport zu treiben. Sein Ziel war es, einen Triathlon durchzustehen.

Als Skamper wegen einer Erbschaft zurück nach Nürnberg gekommen war, waren sich die beiden über den Weg gelaufen und Freunde geworden.

Schröder parkte vor Skampers Haus.

»Willst du noch kurz rein auf einen Kaffee?«, fragte Skamper.

»Keine Zeit, ich muss zum Dienst.«

»Wie sieht es Dienstag aus? Tennis?«

»Der Termin steht, und vorher können wir laufen.«

»Geht klar.«

»Dann mach's gut«, sagte Schröder. Er stockte, als würde er nach Worten suchen. »Am Dienstag nach dem Training sollten wir wieder mal essen gehen. Beim Griechen in der Südstadt?«

»Hat das einen besonderen Grund?«

»Nein, einfach so. Ich hab nur das Gefühl, wir sollten wieder mal quatschen, über die alten Zeiten.«

Skamper nickte. »Klar, machen wir.«

Er winkte, als Schröder losfuhr, und blickte dem Auto nach. Etwas würde geschehen mit Schröder. Skamper hatte auf einmal eine Ahnung, die ihm die Kehle zudrückte. Das Gefühl einer Bedrohung, die nicht greifbar war. Schröders Auto bog um eine Kurve und verschwand aus seinem Blickfeld.

Mai 1944

Wuttke beobachtete ihn. Fischer spürte, wie der andere ihn belauerte, immer wieder seine Nähe suchte. Doch er wich seinem Freund aus.

Er durfte sich nicht verraten. Was er erlebt hatte, konnte er niemandem erzählen. Wuttke würde es nicht verstehen, niemand hier würde es verstehen.

Wie jeden Abend saß Fischer auf der kleinen Bank am Waldrand, von wo aus man einen schönen Ausblick auf das Tal hatte. Er war hier ungestört, die Männer ließen ihn in Ruhe.

Ein Schatten erschien vor ihm, Fischer wandte sich um, hinter ihm stand Wuttke. Einen Moment hielt Fischer dem forschenden Blick stand, dann starrte er wieder nach vorne.

Wuttke setzte sich neben ihn. »Es ist schön hier, jetzt weiß ich, warum du immer hierher kommst. Wirklich schön hier.«

Fischer antwortete nicht. Sein Herz begann schneller zu klopfen.

»Schäffler hat nach dir gefragt«, sagte Wuttke.

»Und, was wollte er?«

»Er hat gefragt, was mit dir los ist.«

Fischer antwortete nicht. Er beugte sich nach vorne, verschränkte die Arme.

»Er hat gefragt, ob du noch an die Idee glaubst.«

Wind kam auf, er war kalt. Fischer spürte, wie kühle Luft durch seine Jacke drang. Er presste die Arme an seinen Körper.

»Ich bin nicht hier, um dich auszuhören, glaub mir das«, sagte Wuttke. Seine Stimme war leiser geworden. »Mir ist klar, dass die Sache verloren ist.«

Fischer blickte überrascht auf. »Warum bist du dann hier?«

»Wenn die Russen kommen, werden sie die SS-Leute zuerst drannehmen.« Er wandte den Kopf zu Fischer, sah ihm in die

Augen. »Wir könnten untertauchen. Einfach abhauen und uns irgendwann stellen, wenn das alles vorbei ist.«

»Es ist nicht so einfach abzuhauen«, sagte Fischer.

»Das ist es nicht, aber es ist unsere einzige Chance.«

Wuttke sah ihm immer noch in die Augen, Fischer wandte den Blick ab.

»Ich kann nicht von hier weg.«

Wuttke schüttelte den Kopf. »Es ist die Lanze, etwas ist mit dieser Lanze. Als du sie aus der Truhe geholt hast, da war etwas.«

Fischer schwieg.

»Du bist so verändert seitdem.«

»Ich kann nicht darüber reden.«

»Versuch es wenigstens, sprich mit mir.«

Fischer zögerte einen Moment. »Du kennst die Geschichte der Lanze. Der römische Legionär Longinus stach Jesus mit der Lanze in die Seite.«

»Ja.«

»Es heißt, dass das Blut Jesu ihm in die Augen tropfte. Longinus soll blind gewesen sein und als das Blut in seine Augen tropfte, wurde er sehend.«

»Und?«

»Mir ging es genauso, als ich die Lanze in Händen hielt. Ich sah auf einmal, ich sah die Dinge, wie sie sind.«

»Was meinst du damit?«

»Ich habe furchtbare Dinge gesehen. Ich habe in der letzten Nacht geträumt. Ich hatte Blut an meinen Händen. Ich wollte es abwaschen, aber das ging nicht.«

»Das sind nur Träume.«

»Es sind nicht nur die Träume. Ich hatte eine Vision. Ich bin ein Werkzeug der Lanze, sie hat zu mir gesprochen.« Fischer schloss einen Moment die Augen, dann schüttelte er heftig den Kopf. »Ich kann nicht anders.«

Wuttke wartete, ob Fischer weiterreden würde, aber der blieb stumm. Wuttke stand auf. »Pass auf dich auf«, sagte er leise. Dann ging er.

April 2012

Als Skamper in das kleine Büro des Fitnesscenters kam, war Mike schon da. Er nickte Skamper zu, las dann weiter in einer Fitnesszeitschrift.

»Alles okay?«, fragte Skamper.

»Alles okay.«

Skampers Schicht war zu Ende. Er nahm seinen Rucksack und wollte aus der Tür gehen.

»Gestern hat wieder jemand nach dir gefragt.«

Skamper blieb stehen.

»So ein komischer Typ, klein mit 'ner Brille.«

»Und, was hat er gesagt?«

»Nicht viel, ob du da bist und wann du wieder Schicht hast.«

»Und was hast du geantwortet?«

»Dass du meist am Morgen hier arbeitest.«

Skamper nickte. In den letzten Wochen war beinahe kein Tag vergangen, an dem nicht irgendein Spinner vor seiner Tür gestanden oder im Fitnesscenter nach ihm gefragt hatte. Immer ging es um das Artefakt. Er verfluchte den Artikel, der vor zwei Wochen in einer esoterischen Zeitschrift erschienen war.

Warum hatte er sich nur auf das Interview eingelassen? Er hätte es wissen müssen. Er hatte auf einen interessanten Artikel gehofft, der einen Einblick geben sollte in das, was Schatzsuche bedeutete. Aber dann war es doch nur wieder um das Artefakt gegangen.

Seit dem Artikel sprachen jeden Tag Dutzende Anrufer auf seinen Anrufbeantworter und sein E-Mail-Account verzeichnete fünfzig neue E-Mails. Er löschte sie meist, ohne sie anzusehen.

Dass ihn jetzt die Leute sogar im Fitnesscenter suchten, machte ihn wütend.

Er hob die Hand zum Abschied. »Schönen Tag noch.« Dann ging er aus dem Büro.

Draußen vor dem Fitnesscenter traf ihn die Luft wie eine Brise am Meer. Er blieb kurz stehen, als müsste er sich vergewissern, wo er war. Es war ein langer Winter gewesen, doch in den letzten Tagen hatte es einen abrupten Übergang zu einem warmen, milden Frühlingswetter gegeben. Die Sonne verstärkte das Gefühl, das er in den letzten Tagen gehabt hatte. Das Gefühl, dass er weg musste, dass da draußen ein Abenteuer wartete, ein Schatz. Es ging nicht um das Ziel, es ging um den Aufbruch. Um das Wegkommen, um das Wissen, dass vor ihm das Unbekannte lag. Dass jeder Morgen anders sein würde als die Morgen davor. Vielleicht war es das, was seine Nächte schlaflos machte. Das Gefühl, dass er hier schon viel zu lange festsaß.

Vor seinem Ford Kombi holte er den Autoschlüssel aus der Tasche, er wog ihn einen Moment in der Hand. Er würde heute nicht mit dem Auto fahren, er würde nach Hause laufen, er wollte den Frühling spüren.

Eine halbe Stunde später ging er die Straße im Nürnberger Stadtteil Erlenstegen hoch, die zu seinem Haus führte. Er bemerkte den Mann erst, als er zu seiner Gartentür kam.

»Paul Skamper?«

Skamper drehte sich um. Ein kleiner Mann, untersetzt und kräftig. Er trug eine weiße Hose und ein hellgraues Hemd. Die langen grauen Haare hatte er nach hinten gekämmt. Hinter einer kleinen Brille blitzten wache Augen.

»Sie sind Paul Skamper.«

»Ja.«

»Das ist gut, dass ich Sie heute treffe, ich hatte es schon öfter versucht, aber konnte Sie nicht erreichen.«

»Wenn es um den Stein geht, dann vergeuden Sie Ihre Zeit. Ich werde ihn nicht verkaufen.«

»Sie haben recht, Ihr Stein ist der Grund, warum ich hier bin. Aber ich will ihn nicht kaufen. Nein, ich möchte Ihnen etwas zeigen.«

Skamper war auf einmal neugierig. Der Fremde vor ihm war anders als die üblichen Spinner aus der Esoterikszene, die ganz wild auf das Artefakt waren.

»Mein Name ist Lucius Brand.«

»Was wollen Sie mir zeigen?«, fragte Skamper.

Der Mann zögerte einen Moment, dann griff er in seine Jackentasche, holte etwas hervor und hielt es Skamper hin.

Das ist mein Stein, war Skampers erster Gedanke. »Kann ich ihn mir ansehen?«, fragte er.

Brand reichte ihm den würfelförmigen, kristallartigen Stein. Die Oberfläche war glatt, fast wie aus Glas, er fühlte sich ähnlich an wie sein Stein. Skamper hielt ihn gegen das Licht. Das Artefakt glich seinem auf verblüffende Weise und doch gab es Unterschiede, die nur er sehen konnte, weil er jeden Kratzer auf der Oberfläche seines Steins in seiner Erinnerung abgespeichert hatte.

»Ihr Artefakt ist kein Unikat«, sagte Brand. »Es gibt mehrere davon. Ich habe lange nach den anderen gesucht. Wie viele es noch gibt, weiß ich nicht.«

Der Stein in Skampers Hand schien manchmal aufzuleuchten, als sendete er ein Signal. Aber das konnte auch der Widerschein der Sonne sein.

»Sehen Sie sich ihn ruhig genau an«, forderte Brand ihn auf.

Skamper drehte den Stein. Er betrachtete die Punkte darin. Die Anordnung erinnerte ebenfalls an sein Artefakt. Er spürte das Pochen seines Herzens. »Gehen wir rein.«

Die beiden Artefakte standen auf dem Küchentisch. Skamper und Brand saßen sich gegenüber, den Blick auf die Steine gerichtet.

Skamper glaubte, wieder ein Glimmen in den Steinen zu sehen, wie ein pulsierendes Leuchten, schwach, kaum sichtbar.

»Das ist ein erhebender Moment«, sagte Brand. »Sie können sich nicht vorstellen, wie viel mir dieser Augenblick bedeutet.«

»Woher haben Sie den Stein?«

»Von einem Sammler in Quito. Er hatte Geldschwierigkeiten und musste seine Sammlung verkaufen. Da er nicht wusste, welchen Besitz er in den Händen hielt, war es ein Leichtes, ihn für wenig Geld zu erwerben.«

Skamper zögerte. Er war sich sicher, dass Brands Stein keine der billigen Kopien war, die man ihm schon häufiger angeboten hatte.

Aber etwas hatte Brand an sich, das ihn misstrauisch machte. »Vielleicht sind ja beide nichts wert. Dass es mehrere sind, kann auch beweisen, dass es nichts als eine Spielerei ist.«

»Nein!« Brand beugte sich vor, flüsterte: »Diese Steine sind Wegweiser. Sie zeigen die Wege der Geister.« Er bewegte eine Hand zu den Steinen, hielt sie nur Zentimeter über der Oberfläche. »Man kann es spüren, die Magie, die Kraft, die von ihnen ausgeht.« Er nahm die Hand wieder zurück. »Sie haben doch sicher etwas über die Ley-Linien gelesen.«

»Natürlich«, sagte Skamper.

Er kannte die Geschichten. Ausgangspunkt war eine Theorie zu Stonehenge. Alfred Watkins, ein Bierhändler und Hobbyarchäologe, hatte 1925 in einem Buch die Auffassung vertreten, dass es ausgehend von Stonehenge in England zahlreiche gerade Linien gab, die Kultstätten und prähistorische Monumente miteinander verbanden. Er konnte zeigen, dass weit mehr dieser Monumente auf geraden Linien angeordnet waren, als dies von der Statistik her wahrscheinlich war. Es konnte sich also nicht um Zufall handeln. Außerdem fand man diese Linien auch in anderen Ländern. In Nazca in der Wüste Perus, im bolivianischen Altiplano und in New Mexiko.

In den 1920er-Jahren hatte ein Geistlicher über ein System solcher Linien in Deutschland geforscht. Auch die Nazis hatten sich für diese Theorien interessiert. Den Standort der Wewelsburg, die man zur Kultstätte des Nationalsozialismus ausbauen wollte, vermutete man im Zentrum germanischer Kraftlinien. Doch später waren die Forschungen in Vergessenheit geraten. Unter anderem deshalb, weil Wissenschaftler viele Theorien um die Ley-Linien widerlegen konnten.

»Die Wege der Geister gibt es überall, auch hier. Die alten Germanen kannten sie. Die Wege führen zu magischen Orten. Orte, wo die Götter wohnten.«

»Und woher wissen Sie das alles?«

»Ich habe mein ganzes Leben über diese Steine geforscht. Wahrscheinlich benutzten sie die alten Germanen, vielleicht stammen sie auch von einer Kultur, die weitaus älter ist. Die Steine zeigen die

Wege zu heiligen Orten. Denn, was Sie nicht wissen: Die Steine reagieren aufeinander. Sobald zwei Steine zusammenkommen, ändert sich die Anordnung der Punkte, wie durch eine geheime Kraft.«

»Ich sehe keine Veränderung.«

»Geduld«, sagte Brand. »Lassen Sie sie einfach hier liegen, es dauert einige Stunden, manchmal einen Tag, dann werden Sie es sehen.« Er sah auf die Uhr. »Es hat jetzt keinen Sinn zu warten, bis man die Veränderung sehen kann. Ich schlage Ihnen vor, dass ich meinen Stein hierlasse. Ich werde morgen um sieben wieder herkommen. Dann können wir weiterreden.«

»Und wenn ich mir Ihren Stein einfach unter den Nagel reiße?«

Brand lächelte. »Ich vertraue Ihnen.« Er stand auf.

»Und Sie meinen, dass wir mithilfe der Steine irgendeine Kultstätte finden? Was soll daran wertvoll sein? Dass so ein Ort eine magische Kraft hat, das ist Glaubenssache.«

Brand schüttelte den Kopf. »Was würden Sie sagen, wenn ich behaupte, dass es nicht nur um eine Kultstätte geht. Es geht um etwas ganz anderes. Um etwas sehr Wertvolles. Einen der wertvollsten Gegenstände der Menschheit. Vielleicht ist er gar nicht weit von hier.«

»Ich verstehe nicht ganz.«

Brand hatte sich zur Tür gewandt. »Warten Sie ab, morgen werde ich Ihnen eine Geschichte erzählen. Eine Geschichte, die so fantastisch ist, dass Sie mir erst glauben werden, wenn Sie die Veränderung der Steine mit eigenen Augen gesehen haben.«

Skamper schlief nicht gut. Es war, als würde die Gegenwart der Steine in dem Haus etwas verändern. Dreimal stand er auf und ging ins Arbeitszimmer, wo er die beiden Steine nebeneinander auf den Schreibtisch gelegt hatte. Doch er machte das Licht nicht an, überprüfte nicht, ob sich etwas verändert hatte, er hatte Angst, seine Neugier könnte den Prozess stören und Fehler verursachen.

Die Steine waren im Halbdunkel nur schwer zu erkennen. Nichts deutete darauf hin, dass etwas geschah, aber Skamper hatte das Gefühl, dass die Steine ihn foppten, dass sie nur darauf warteten, wieder geschützt vor seinen Blicken zu sein, dass alles Wichtige geschah, wenn er im Schlafzimmer war.

In den frühen Morgenstunden war sein Schlaf noch einmal unruhig. Träume quälten ihn und als er erwachte, fühlte er sich wie erschlagen. Er richtete sich auf und der erste Gedanke galt den Steinen.

Sie lagen unverändert auf dem Schreibtisch und doch war etwas anders. Es war, als ob die Steine etwas umgeben würde, als wäre die Luft in ihrem Umkreis dichter.

Skamper ging zum Fenster und zog die Jalousien hoch, sodass der Raum von Licht durchflutet wurde. Er ließ die Augen nicht von den Steinen, als könnten sie verschwinden, wenn er sie nicht immer im Blick behalten würde.

Er ging hinüber, beugte sich über sie. Die Punkte auf seinem Stein hatten sich verändert. Er musste nicht die Fotos betrachten, die er gestern noch von dem Stein gemacht hatte und die neben den beiden Artefakten lagen. Er hatte den Stein so oft betrachtet, er kannte jede Aushöhlung, jede Unebenheit. Die Anordnung der Punkte hatte er sich eingeprägt, hatte sie immer wieder mit Karten verglichen, hatte am Sternenhimmel nach Entsprechungen gesucht, alles umsonst.

Beim zweiten Stein gab es die exakt gleiche Anordnung der Punkte. Es gab keinen Zweifel.

Wie hatte das geschehen können? Ein eingearbeiteter Magnetismus? Vielleicht unbekannte Kräfte, die einer alten versunkenen Kultur bekannt und im Laufe der Zeit in Vergessenheit geraten waren? Skamper spürte ein Kribbeln.

Er hatte keine Ahnung, was diese geheimnisvollen Vorgänge bedeuteten. Aber er war sich sicher, dass er endlich auf der richtigen Spur war. Dass er kurz davorstand, das Rätsel zu lösen.

Brand klingelte pünktlich um sieben. Skamper öffnete die Tür.

»Hat es funktioniert?«

Skamper nickte. Brands Gesicht war einen Moment starr, dann breitete sich Triumph über seine Züge aus.

»Ich habe es gewusst, ich habe es gewusst.« Er streckte den Kopf nach oben, ballte beide Hände zu Fäusten und atmete tief ein. »Ich habe es gewusst«, sagte er noch einmal.

Brand stand über die Steine gebeugt und betrachtete sie mit einer Lupe. Dann nahm er die Fotografien in die Hand, die Skamper sofort nach dem Aufstehen von den Steinen gemacht hatte.

»Haben Sie die Fotos auch digital auf dem Computer?«, fragte Brand.

»Ja.«

Brand zog einen USB-Stick aus seiner Jackentasche. »Ich habe darauf ein Dokument, eine alte Karte, ich würde sie Ihnen gerne zeigen.«

Skamper zögerte. »Sie sollten mir endlich sagen, was Sie wissen. Wieso waren Sie so sicher, dass die beiden aufeinander reagieren würden?«

»Gehen wir zu Ihrem Computer, ich werde Ihnen alles erklären.«

Skamper schaltete den PC an und vergrößerte das Foto, das die aktuelle Anordnung der Punkte auf den Steinen zeigte.

»Können Sie die Punkte zu Linien verbinden?«

Skamper verband die Punkte mit dem Linienwerkzeug seiner Fotosoftware. Es war verblüffend. Die siebzehn Punkte waren exakt so angeordnet, dass völlig gerade Linien entstanden. Vier Linien, die sich an sechs Punkten kreuzten.

Auf dem USB-Stick war nur ein Dokument. Eine Grafik, die eine alte Karte zeigte. Städte waren nicht eingezeichnet, es waren jedoch einzelne Stellen mit Symbolen markiert. Skamper konnte Kirchen, Grabhügel, Höhlen und Kreuze erkennen.

»Legen Sie die Grafik als zweite Ebene unter das Foto«, sagte Brand.

Skamper tat wie ihm geheißen. Er machte die obere Ebene so durchsichtig, dass beide Ebenen zu sehen waren.

»Was ist das für eine Karte?«, fragte Skamper. »Und was soll das Ganze?«

»Die Karte ist aus einem sehr alten Buch von Erich Schäffler. Ich habe Jahre danach gesucht, habe es aber erst im letzten Jahr bei einem Berliner Antiquar gefunden. Schäffler hatte in den Zwanzigerjahren über Leys und germanische Kraftlinien in Deutschland geforscht. Diese Karte ist ein Ergebnis seiner Forschungen. Ein Verzeichnis der Leys in Süddeutschland. Hier oben sehen Sie Bayreuth. Da ist Nürnberg.« Brand deutete auf zwei Punkte auf der Karte. »Schäffler sammelte Reliquien und damals müssen sich die beiden Steine in seinem Besitz befunden haben. Er kannte ihr Geheimnis und ich bin überzeugt, dass er die Linien, die sich jetzt auf den Steinen zeigen, auch für diese Karte verwendete. Wir müssen die Stelle finden, wo sich die Punkte auf den Steinen mit Symbolen auf der Karte decken. «

Skamper war noch immer nicht klar, was Brand bezweckte. Auf der Karte waren sicher über hundert Symbole eingezeichnet. Skamper verkleinerte das Foto mit den eingezeichneten Linien. Dann verschob er es auf dem Bildschirm und suchte nach dem Ausschnitt, in dem die Punkte der Steine die Symbole auf der Karte überlagerten. Es dauerte eine Weile, bis er ihn gefunden hatte. Als er fertig war, hörte er hinter sich einen Laut von Brand, der wie ein unterdrücktes Jubeln klang.

»Es passt tatsächlich, ich hatte also recht.« Er kam näher, beugte sich vor. »Hersbruck, ich habe es geahnt.«

Skamper sah ihn fragend an. Brand zeigte mit dem Finger auf ein Symbol auf der Karte, das sich inmitten der Linien befand, die die Punkte der Steine verbanden.

»Hier ungefähr ist Hersbruck. In der Nähe von Hersbruck gab es zur Nazizeit ein KZ. Ich hatte die Vermutung, dass sich die Punkte in der Nähe dieses KZs befinden mussten.«

»Sie sollten mir endlich sagen, worum es hier eigentlich geht.«

Sie waren in die Küche gegangen und Skamper hatte Kaffee aufgesetzt. Jetzt saßen sie vor den dampfenden Tassen. Auf dem Tisch lagen die Steine, daneben die Fotos und die alte Karte.

»Ich möchte Ihnen ein Dokument zeigen. Ein Dokument, das über siebzig Jahre alt ist.« Brand zog vorsichtig einen Umschlag aus seiner Jackentasche, er öffnete ihn umständlich und legte ein altes zerknittertes Papier auf den Tisch. »Dieses Dokument wird einige Ihrer Fragen beantworten. Lesen Sie es.«

Das Papier war unvollständig, der obere Teil abgerissen. Der Text war mit einer Schreibmaschine geschrieben, die Buchstaben waren stellenweise verblasst, aber noch gut zu lesen.

... Peters hat wieder von der Kultstätte erzählt. Er vertraut mir. Dass ich ihm Zigaretten besorgt habe, hat ihn gesprächig gemacht. Diese Kultstätte soll als Versteck für Geld und Kunstschätze dienen. Unvorstellbar wertvoll sei, was sich dort befinde.

Peters konnte mir nicht genau sagen, wo diese Kultstätte ist. Irgendwo in der Nähe von Nürnberg. Die Verantwortlichen für diesen Bau sollen aus dem Kreis Ahnenerbe kommen. Peters nannte den Namen Schäffler.

Peters hat von zwei geheimnisvollen Kristallsteinen erzählt, die als Wegweiser zu dieser Kultstätte dienen.

Unter den Kunstschätzen soll sich eine Reliquie befinden, die magische Kräfte besitzt. Peters erzählte von einer Legende. Ein Auserwählter werde eines Tages diese Reliquie finden. Dann würde das vierte Reich beginnen.

Inwieweit diese Erzählungen von der Kultstätte glaubwürdig sind, ist schwer zu beurteilen. Die meiste Zeit verbringt Peters apathisch in einer Ecke der Zelle, ohne jemanden zu beachten. Doch wenn er redet, erscheint er völlig klar. Peters wirkt nicht wie ein Spinner und ich habe nicht den Eindruck, dass er jemand ist, der sich mit solchen Geschichten wichtig machen will. Genauere Informationen zum Standort dieser Kultstätte kann er jedoch nicht ...

Skamper hielt den Ausschnitt in der Hand, wendete das Blatt, doch die Rückseite war nicht beschrieben. Er befühlte das Papier.

»Das Dokument ist echt«, sagte Brand. »Ich habe es von verschiedenen Fachleuten prüfen lassen.«

»Und was ist das genau?«

»Ich habe es bei der Hausauflösung eines alten Sammlers erworben, in Argentinien. Er war bei einem Verkehrsunfall gestorben und sein Sohn hatte keine Ahnung, welche Schätze er besaß. Er hielt das alles für Plunder. Sein Vater hatte alles gesammelt, was mit den Nazis zu tun hatte. Auch ich habe dieses Dokument zuerst nicht beachtet. Aber dann begann ich nachzuforschen. Es handelt sich um das Protokoll eines Agenten, der sich in die Kriegsgefangenenlager der Amerikaner einschlich, wo hochrangige Nazis einsaßen. Er hatte die Aufgabe, das Vertrauen dieser Nazis zu gewinnen und sie auszuhorchen. Die Amerikaner vermuteten zu Recht, dass die Nazis große Schätze versteckt hatten. Doch meinen Nachforschungen zufolge ging den in diesem Papier beschriebenen Informationen niemand nach. Man hielt diese Geschichte für erfunden.«

»Und was haben Sie in der Hand, dass Sie diese Geschichte für echt halten?«

»Die beiden Steine. Und das, was mit den beiden Steinen geschehen ist.«

Skamper schwieg. Er war nicht überzeugt, obwohl ihn die geheimnisvolle Veränderung der Steine sehr beeindruckt hatte.

»In diesem Dokument ist von einem Schäffler die Rede. Erich Schäffler«, sagte Brand. »Alles, was ich über ihn herausfinden konnte, deutet darauf hin, dass dieser Brief echt ist und dass es diesen Nazischatz wirklich gibt. Schäffler war ursprünglich ein Wissenschaftler und Historiker, der sich für alte Geschichte interessiert hat. Er stieß in seiner Jugend auf die Leys und war zeit seines Lebens besessen davon. Als die Nazis an die Macht kamen, wurde er ein begeisterter Anhänger Hitlers. Schäffler war eine ziemlich schillernde Persönlichkeit, die sich mit germanischer Geschichte beschäftigte und im Ahnenkreis um Himmler arbeitete. Heute würde man ihn einen Esoteriker nennen. Es war fast zwangsläufig, dass er sich dem Kreis um Karl Maria Wiligut anschloss, von dem Sie sicher schon gehört haben.«

Skamper nickte. Wiligut war im Dritten Reich bekannt gewesen als »Himmlers Rasputin«. Ein Exzentriker, der von okkulten und mythologischen Themen besessen war. Er behauptete von sich selbst, er und seine Familie stammten direkt von einem Göttergeschlecht der nordischen Mythologie ab. Seine obskure Weltanschauung führte ihn zu Heinrich Himmler, der ebenso großes Interesse an okkulten Themen hatte. Wiligut wurde zu seinem engen Berater. Und er hatte wichtigen Einfluss auf die Umgestaltung der Wewelsburg zu einer Ordensburg der SS.

»Wiligut und Schäffler wurden Freunde. Doch aus irgendwelchen Gründen kam es zum Streit. Es ging um den Bau der Wewelsburg, von der Schäffler ganz andere Vorstellungen hatte. Nach diesem Streit schied Schäffler aus der Gruppe um Wiligut aus. Er hatte den Plan, eine eigene Kultstätte ähnlich der Wewelsburg zu errichten. Man muss dazu sagen, dass Schäffler massive psychische Probleme hatte. Er spielte sich als Magier auf und als Medium und schaffte es dadurch, vor allem jüngere Nazianhänger in seinen Bann zu ziehen. Irgendwie muss es ihm gelungen sein, Geld aufzutreiben und seinen Traum von einer unterirdischen Nazi-Kultstätte in Angriff zu nehmen. Als es sich dann immer mehr abzeichnete, dass Nazi-Deutschland den Krieg verlieren würde, wurde Schäffler beauftragt, einen geheimen Reliquienschatz von Himmler in Sicherheit zu bringen. Darunter soll sich wertloser Schrott befunden haben, aber auch sehr wertvolle Stücke. – Sie kennen sicher die Geschichte von den vielen Kunstschätzen, die die Nazis am Ende des Krieges versteckt haben sollen.«

»Natürlich.«

»Schäffler trieb den Bau der Höhle unter strengsten Sicherheitsvorkehrungen voran, niemand sollte wissen, wo sich diese Höhle befand. Er hatte Nazigefangene zur Verfügung, die später umgebracht wurden. Er soll allerdings zunehmend verrückt geworden sein. Seine Höhle betrachtete er als den Ort, wo ein Messias Nazi-Deutschland aus den Trümmern wiederaufbauen sollte. Jahrelang wussten nur Eingeweihte von diesem Schatz. Aber man hatte keine Ahnung, wo er sich genau befinden sollte. Die Steine waren nach dem Krieg verschwunden. Ohne sie hatte man keinen Hinweis auf das Versteck.«

Skamper überlegte. »Woher haben Sie all diese Informationen?«

»Ich habe in den letzten Jahren nichts anderes gemacht, als die Spur dieses Schäfflers zu verfolgen.« Brand sprach sehr eindringlich.

»Ich habe unzählige Dokumente studiert. Ich bin um die halbe Welt gereist. Alles, was ich gefunden habe, beweist für mich, dass es diese unterirdische Kultstätte gab und gibt und dass darin ein unvorstellbar wertvoller Schatz liegt. Ein bisher unentdeckter Schatz. Das Letzte, was fehlte, war der zweite Stein. Jetzt ist das Puzzle komplett.«

Skamper deutete mit dem Kopf auf die Steine. »Und diese Kultstätte mit dem Schatz soll sich auf einem dieser sechs Punkte befinden?«

»Genau, auf einem Zentrum germanischer Kraftlinien. Alles, was wir tun müssen, ist diese sechs Punkte abzusuchen, das dauert bestenfalls ein paar Tage.«

Skamper nahm den Brief wieder in die Hand. »Sie haben gesagt, dass Sie dieses Dokument in Argentinien gekauft haben. Von hier nach Argentinien ist es ein weiter Weg.«

»Sie kennen doch die Geschichte. Wo haben einstige Nazigrößen Zuflucht gesucht? In Südamerika, vor allem in Argentinien. Dass auch Sie Ihren Stein in Südamerika gefunden haben, ist kein so großer Zufall, wie man auf den ersten Blick glauben mag.«

Das Ganze klang logisch. Aber Skamper hatte das Gefühl, dass Brand ihm etwas verheimlichte. Sein Besucher beugte sich zu ihm vor, er sah nach rechts, nach links, als hätten sie geheime Mithörer.

»Ich habe Hinweise, dass sich etwas wirklich Bedeutendes in dieser Kultstätte befindet, etwas so Wertvolles, dass sich jeder Einsatz dafür lohnt.«

»Und das wäre?«

Brand lächelte überlegen. »Das werde ich Ihnen später erzählen.«

Aber Skamper spürte die Ungeduld des Mannes, in seinen Augen war ein Glitzern. Er kannte diesen Ausdruck, er hatte ihn oft genug bei Freunden gesehen, mit denen er auf Tour gegangen war. Er hatte gesehen, wie die Gier nach Gold und Reichtum Freundschaften zerstört und Menschen in den Wahnsinn getrieben hatte.

»Der Schatz ist gar nicht weit von hier«, sagte Brand. »Wenn wir heute noch losfahren, stehen wir vielleicht bald vor unvorstellbaren Reichtümern.«

»Das klingt sehr einfach.«

Brand schüttelte heftig den Kopf. »Ich will keinen falschen Eindruck erwecken. Sie sind im Besitz des zweiten Steines und es geht nur mit beiden Steinen. Daher können wir den Schatz nur zu zweit heben. Aber ich möchte, dass Sie an dieser Suche teilnehmen, weil Sie Erfahrung haben. Denn wie ich schon sagte, Schäffler war ein Verrückter. Er hat alles getan, um das Versteck geheim zu halten. Er hat bestimmt Vorkehrungen getroffen, damit nicht die Falschen den Schatz finden.«

»Fallen?«

»Etwas in der Art. Das könnte ich mir gut vorstellen.«

»Also gut. Wann treffen wir uns?«

Sie hatten ausgemacht, dass Brand um zwei wiederkommen sollte. Nachdem sein Besucher weg war, setzte sich Skamper noch einmal vor den Computer. Eine Stunde suchte er im Internet, aber er fand nur wenige Hinweise auf den Mann mit Namen Erich Schäffler. Ein Eintrag bei Wikipedia, der ein paar dürftige Zeilen umfasste und nur das wiederholte, was Brand ihm erzählt hatte. Auch zu Brand gab es so gut wie nichts. Eine kleine Webseite, die sein Antiquitätengeschäft in Gera vorstellte.

Dann ging Skamper ins Schlafzimmer, öffnete die Schublade der kleinen Kommode, in der sein alter Revolver lag. Einen Moment überlegte er, ob er ihn mitnehmen sollte, doch dann schloss er die Schublade wieder. Vielleicht war sein Misstrauen völlig unberechtigt, Brand hatte ihm immerhin seinen Stein über Nacht hiergelassen. Es war sein Bauchgefühl, das Skamper warnte, und das hatte ihn selten getäuscht.

Statt der Waffe packte er alles Notwendige in seinen Rucksack. Dazu Seile und Helme, falls sie tatsächlich schon heute auf die unterirdische Kultstätte stoßen sollten. Dann war nichts mehr zu tun. Skamper saß am Küchentisch, vor ihm die Skizzen und der Stein. Er wartete und seine Ungeduld wuchs. Er kannte dieses Fieber, die unruhige Erwartung, die einen nicht mehr klar denken ließ.

Er zwang sich zur Ruhe. Was Brand erzählt hatte, das ähnelte unzähligen Geschichten von geheimen Schatzverstecken. Immer gab es anfangs augenscheinlich echte Dokumente oder sogar Augenzeugen. Daraus entwickelten sich Geschichten von vergeblicher Suche, die über Jahrhunderte ihre Faszination nicht verloren.

In Frankreich war es im 13. Jahrhundert ein Schäferjunge gewesen, der zufällig einen Schatz entdeckt hatte. Die Bürger seines kleinen Dorfes hatten ihn befragt, hatten ihn zu Tode gefoltert, doch der Junge hatte das Versteck nicht verraten und sein Geheimnis mit ins Grab genommen. Später war ein Geistlicher in dem Ort auf geheimnisvolle Weise zu viel Geld gekommen. Die Spekulationen, dass er diesen Schatz gefunden hatte und Teile davon immer noch versteckt waren, lockten Schatzsucher aus aller Welt an.

In Südamerika sollte es einen See geben, in dem die Inkas Unmengen von Gold versenkt hatten. Es existierte eine Wegbeschreibung, doch zahlreiche Expeditionen scheiterten am Dschungel, am Gelände, an Unklarheiten der Beschreibung und an ihrer Gier. Aber jedes Jahr gab es wieder neue Expeditionen, die sich auf den Weg machten.

Skamper selbst hatte mit zwei Freunden die sagenhafte Stadt aus Gold gesucht, die sich im Dschungel Kolumbiens befinden sollte. Einer seiner Freunde starb an einem Schlangenbiss, den anderen hatte die wochenlange Suche im Dschungel verrückt gemacht, so verrückt, dass er Skamper angriff und dieser ihn aus Notwehr erschießen musste. Skamper hatte sich damals geschworen, nie mehr dem Dämon Gold zu verfallen.

Doch jetzt hatte ihn wieder diese fiebrige Ungeduld gepackt, die er so gut von früheren Expeditionen kannte. Er konnte nicht dagegen an. Was über Nacht mit den Steinen geschehen war, hatte ein Triumphgefühl in ihm ausgelöst. Endlich glaubte er, dem Geheimnis des Steins auf die Spur kommen zu können. Und er war sich sicher, dass das Dokument, das er in Händen gehalten hatte, echt war. Natürlich gab es zu den Schätzen der Nazis zahlreiche Geschichten. Die berühmteste handelte vom verschwundenen

Bernsteinzimmer. Doch auch in den Alpen sollte es ein Versteck geben mit einem Schatz von unvorstellbarem Wert.

Es gab zu viele, die diese Geschichten ins Unglück gestürzt hatten. Skamper wollte nicht am Tresen einer Bar enden und von dem einen Schatz erzählen, den er noch finden würde. Von der nächsten Expedition, der nächsten Suche, von dem Traum, der ihm Reichtum versprach und der doch nur ein Fluch war.

Die Schatzsuche im Dschungel Kolumbiens hatte ihm damals die Familie genommen. Zu seiner Exfrau Dora hatte er kaum noch Kontakt, die Tochter studierte in Amerika, er verstand sich gut mit ihr und war froh, dass sie sich ab und zu Mails schrieben.

Doch sonst hatte er niemanden hier. Mit Mike aus dem Fitnesscenter ging er manchmal abends einen trinken, mit Schröder traf er sich zum Laufen. Auch Arabella sah er öfter. Aber das war es schon. Die alten Freunde von früher mied er, seit einem Jahr lebte er für eine neue Expedition in Kolumbien, die im Sommer starten sollte. Sie gab allem einen Sinn. Als er jedoch an den Ausdruck in Brands Gesicht dachte, an die Gier, die in seinen Augen aufgeblitzt war, fragte er sich, ob er nicht für eine große Illusion lebte.

Skamper blickte auf den Stein vor ihm, auf die Skizzen. Ein paar Tagesausflüge, kein Dschungel, keine wochenlange Expedition, kein Kampf mit der Hitze, mit Moskitos und Malaria. Es klang alles so einfach.

Mai 1944

Liebste Eva,
ich habe auf dich gewartet, aber du bist nicht gekommen. Wahrscheinlich hattest du keine Zeit. Ja, ich bin sicher, dass das der Grund ist. Mir ist klar, dass du im Krankenhaus viel Arbeit hast.

In den letzten Tagen gab es öfter Fliegeralarm. Ich gehe dann in den Keller meiner Unterkunft. Das Warten zermürbt, niemand sagt etwas, wenn wir im Dunkeln sitzen. Dann denke ich an dich.

Alles, was war, ist dann gegenwärtig. Ich höre deine Stimme, dein Lachen. Ich sehe dich, wie du deine Hände bewegst, wenn du mit mir redest. Ich habe das immer gemocht, als hätten deine Hände ein Eigenleben, wie junge Vögel, die miteinander spielten. Du warst so selbstvergessen, wenn du erzählt hast. Und dann hast du auf einmal innegehalten und in die Ferne gesehen, als wäre da irgendetwas.

Wir haben oft davon gesprochen, einmal eine große Reise zu machen. Du wolltest nach Jerusalem, in das Land deiner Vorfahren, und du hast mir erzählt, wie du dir alles vorstellst, den Geruch, die Sonne, das Licht. Du wolltest die Stätten sehen, an denen alles begann, die heiligen Orte, die wir nur aus der Bibel kennen und die in deinen Erzählungen so lebendig wirken.

Wir werden Jerusalem sehen. Ich weiß es. Wenn dieser Wahnsinn vorbei ist, werden wir eine Reise machen, nur du und ich, und wenn wir dort sind, werden wir uns die Dinge sagen, die so lange ungesagt bleiben mussten.

Hast du genug zu essen? Ich kann dir Marken besorgen, wenn du etwas brauchst. Sag deinen Lieben Grüße von mir, ich habe sie nicht vergessen.

Ich habe zwei Stunden auf dich gewartet. Aber das soll kein Vorwurf sein, es war nicht schlimm, und das Wissen, dass du arbeiten musstest, dass du deswegen nicht kommen konntest, weil du Menschen geholfen hast, das gab mir ein gutes Gefühl.

Auf der Bank, während ich dasaß und die vorbeieilenden Menschen betrachtete, habe ich mir vorgestellt, ich wäre einer deiner Patienten und könnte dich sehen, wie du im Zimmer herumgehst, wie du mir manchmal zulächelst und dich über mich beugst, sodass der Geruch deiner Haare in meine Nase steigt.

Ich hab es mir so stark vorgestellt, dass ich ein seltsames Bild abgegeben haben muss, wie ich so dasaß und dumm vor mich hinlächelte. Ich habe es erst gemerkt, als mich eine ältere Dame komisch ansah. Sie muss es gesehen haben und dass ich ganz weit weg war. Ich war bei dir.

Ich bin dann noch etwas durch die Stadt spazieren gegangen. Es war ein wunderschöner Tag und wenn man nicht manchmal Trüm-

mer und Schutt gesehen hätte, dann hätte man vergessen können, dass Krieg ist.

Ich bin durch die Burgschmietstraße gegangen. Erinnerst du dich? Die Stationen des Kreuzigungswegs. Wir haben sie oft betrachtet, wenn wir von dem kleinen Café zurückkamen.

Ich weiß noch genau, wie du sie angeschaut hast. Mit einem stillen feierlichen Gesichtsausdruck warst du davor gestanden. Und hast angestrengt das Gesicht unseres Heilands betrachtet. Ich sah weniger die Kunst, denn ich hatte nur Augen für dich.

Ich bin diesen Weg gegangen und ich habe mir so gewünscht, dass du bei mir wärst und ich dich betrachten könnte so wie früher.

Es ist schade, dass du nicht gekommen bist. Ich wollte dir etwas erzählen. Es ist etwas geschehen. Es ist schwer, die richtigen Worte zu finden. Ich habe es niemandem erzählt, weil ich weiß, dass sie es nicht verstehen, dass es niemand versteht. Außer dir. Doch ich kann nicht mehr davon reden, nicht in diesem Brief.

Ich möchte dich sehen, wenn ich davon erzähle, möchte dein Gesicht betrachten, das Blitzen deiner Augen, möchte deine Hände in meinen Händen halten, dir in die Augen sehen und dir sagen, dass es wahr ist, dass ein Wunder geschehen ist und dass ich ein anderer geworden bin.

Draußen heulen die Sirenen. Fliegeralarm. Aber ich habe keine Angst. Es wird mir nichts geschehen. Nicht hier und heute. Nicht, solange ich mit meiner Aufgabe nicht fertig bin.

Ich habe Angst um dich. Passt du auch auf dich auf?

Wenn alles gut geht, kann ich nächsten Sonntag wieder nach Nürnberg kommen. Wartest du wieder auf mich, auf dem Johannisfriedhof? Wo wir früher so oft gesessen waren. Ich werde da sein. Ich werde alles tun, um dich zu treffen.
Pass auf dich auf.

In Liebe
Richard

April 2012

Sie fuhren in Skampers altem Ford. Brand hatte pünktlich um zwei vor der Tür gestanden. Skamper war vorher noch in der Stadt gewesen, weil er die Warterei nicht mehr ausgehalten hatte. Er hatte im Fitnesscenter vorbeigeschaut und Mike gesagt, dass er die nächsten Tage keine Schicht übernehmen könne. Mike hatte nur mit den Schultern gezuckt.

Brand redete nicht viel während der Fahrt. Skamper saß am Steuer, er hatte das Seitenfenster halb offen. Es war ein sonniger Tag, ideal für einen Ausflug, wie sie ihn vorhatten. Kurz vor Lauf schlug Brand vor, etwas essen zu gehen. »Es ist nicht gut, sich hungrig auf die Suche zu machen«, meinte er.

Skamper willigte ein. Er kannte eine Gaststätte in der Nähe, die für ihre fränkischen Spezialitäten bekannt war.

Der Raum war schmucklos eingerichtet. An der grauen Wand hingen Bilder, die jeden Kunstliebhaber zusammenzucken ließen. Röhrende Hirsche mit mächtigen Geweihen vor Waldlandschaften mit Felsen und Seen.

Die Tische waren aus massivem, dunklem Holz. In der Gaststätte war nicht viel los. Eine kleine Wandergruppe und ein Rentnerehepaar verloren sich in dem großen Raum.

Skamper und Brand setzten sich an ein Fenster. Es dauerte eine Weile, bis ein dürrer Mann mit einer auffällig großen Knollennase und einem altmodischen Backenbart erschien. Die Wirtschaft hatte einen gewissen Kultstatus in der Umgebung und das lag an diesem Mann, dem Wirt des Lokals. Eine kleine, ausgehungert wirkende Gestalt, die den Ruf hatte, die unfreundlichste Bedienung in der Gegend zu sein. Der Wirt duzte jeden Gast und bei Bestellungen, die ihm nicht passten, gab er seine ungebetenen Kommentare ab.

Am Wochenende war das Lokal meist brechend voll. Aus Nürnberg und sogar aus München kamen Ausflügler, um die derben

Sprüche des Originals zu hören. Und wenn sie wieder daheim waren, konnte man die harschen Kommentare des Wirts auf Facebook nachlesen.

»Dee kannst aa daham saufen«, sagte das Männlein, als Brand nach einem Kamillentee fragte. Dieser sah Skamper überrascht an, der grinste nur und Brand bestellte dasselbe wie Skamper: ein Bier und ein Schnitzel.

Der Wirt verzog sich hinter den Tresen. Skamper und Brand schwiegen. Brand wirkte unruhig, immer wieder musterte er die anderen Gäste im Raum.

»Ist etwas?«, fragte Skamper schließlich.

Brands Stimme war leise. »Ich war vielleicht nicht ganz ehrlich, was unseren Ausflug angeht. Oder besser gesagt, es gibt ein paar Dinge, die ich Ihnen nicht gesagt habe.«

Skamper blickte ihn fragend an.

»Wir sind nicht die Einzigen, die von dem Schatz wissen.« Er stockte, sah sich wieder um, beugte sich dann vor. »Es gibt eine geheime neonazistische Sekte. Sie nennt sich die ›Schwarze Sonne‹. Sie sucht nach den Steinen.«

»Und?«, fragte Skamper, als Brand nicht weiterredete.

»Das sind Verrückte. Das macht sie so gefährlich.« Er zögerte einen Moment. »Ich hatte gesagt, dass sich etwas wirklich Bedeutendes unter den Reliquien befindet. Etwas, das dem Fund von Troja gleichkommt.«

»Und das wäre?«

»Die Heilige Lanze.«

»Die Heilige Lanze liegt in der Schatzkammer der Wiener Hofburg, ich war letztes Jahr dort.«

»Das ist nicht die echte Lanze. Ich meine die Originallanze, die Lanze, mit der der römische Hauptmann Longinus Jesus am Kreuz stach, die Lanze, an der das Blut Christi klebt.«

»Das sind Märchen.«

»Es gibt Behauptungen, dass SS-Männer die Heilige Lanze in Nürnberg am Ende des Krieges in ein Versteck gebracht haben und die Amerikaner nur eine Nachbildung gefunden haben. Sie haben den Brief des Agenten doch gelesen, dass in den Gefängnissen der Alliierten die Legende kursierte, dass ein Auserwählter die Lanze finden und das wahre Tausendjährige Reich gründen würde. Die ›Schwarze Sonne‹ ist ein Geheimbund, der damals ins Leben gerufen wurde, um diese Weissagung zu erfüllen. Sie sind von dieser Geschichte besessen, sie glauben, dass die Heilige Lanze unbesiegbar macht. Und sie wissen von den Steinen.« Brand lachte leise. »Diese Legende ist natürlich Blödsinn. Aber ich bin überzeugt, dass die Heilige Lanze genau in die Kultstätte gebracht wurde, die wir heute suchen.«

Der Wirt brachte ihnen die Schnitzel und die Getränke. Brand wartete, bis er wieder gegangen war. Er schnitt ein Stück von seinem Fleisch ab. »Ich habe Ihnen das erzählt, damit Ihnen klar ist, dass die Sache nicht so ungefährlich ist, wie es den Anschein hat.«

»Gibt es denn irgendwelche Anzeichen, dass uns die Sekte auf der Spur ist?«

»Die gibt es nicht«, sagte Brand. »Aber man darf diese Leute nicht unterschätzen.«

Später auf der Toilette der Gaststätte ließ Skamper sich kaltes Wasser über die Hände laufen. Er sah in den Spiegel. Seine Augen waren müde, aber in ihnen brannte etwas. Ein Brennen, genährt von Ungeduld und Abenteuerlust. Er hatte es lange nicht mehr gesehen. In diesem Moment wusste Skamper, wie nahe er daran gewesen war, alles aufzugeben. Dass das Gerede von der nächsten großen Expedition nur ein Vorwand gewesen war. Etwas, das ihm half, sich nicht eingestehen zu müssen, dass es vorbei war. Er hatte nicht mehr daran geglaubt, etwas Bedeutendes zu finden. Er hatte begonnen, sich mit der Möglichkeit abzufinden, ein gescheiterter Mann zu sein. Jemand, der seine beste Zeit hinter sich hatte. Er sah immer noch jünger aus, als er war. Er war gut in Form, doch seine Züge waren in den letzten Jahren härter geworden und die Augen müde. Doch das zählte nicht mehr. Skamper befühlte das Artefakt in seiner Jackentasche. Er hatte wieder eine Chance. Was in der Nacht mit den Steinen geschehen war, das war so fantastisch, dass sich dahinter ein echtes Geheimnis verstecken musste. Und er würde dieses Geheimnis lösen, das Spiel war noch nicht vorbei.

Als er zurück in den Gastraum kam, saß Brand unbeweglich auf seinem Stuhl, den Blick starr auf Skampers Bierglas gerichtet. Skamper setzte sich und nahm einen Schluck von seinem Glas. »Wir sollten aufbrechen«, schlug er vor und machte dem Wirt an der Theke ein Zeichen.

Brand zögerte. Er deutete mit dem Kopf auf das Glas von Skamper. »Wollen Sie nicht austrinken?«

Skamper blickte irritiert auf das Glas, er nahm einen hastigen Schluck, setzte es wieder ab. Im nächsten Augenblick erschien die Knollennase.

»Ich zahle«, sagte Brand. Er gab dem Wirt fünf Euro Trinkgeld, die dieser ohne ein Wort des Dankes einsteckte. Sie brachen auf.

Am Ortsrand von Happurg steuerten sie einen kleinen Parkplatz an. Die GPS-Anwendung seines Handys zeigte Skamper die Richtung zu dem ersten Punkt, an dem sie nach der Kultstätte suchen wollten. Etwa drei Kilometer nach Westen, dann würden sie am Ziel sein.

»Wie weit ist es?«, fragte Brand.

»In einer halben Stunde sind wir da.«

Es war inzwischen früher Nachmittag. Das Wetter hatte umgeschlagen. Schwarze Wolken türmten sich auf und die Luft war kühl.

Sie folgten einem kleinen Pfad, der sie in den Wald führte. Bald wurde der Weg breiter, er zog sich gerade und ohne Windungen durch die dicht stehenden Bäume.

Sie erreichten eine kleine Anhöhe und verließen den Wald. Skamper holte die Karte mit den Punkten aus seiner Jackentasche, studierte sie. Dann sah er auf, blickte sich um.

Sie standen vor einem Tal. Rechts war dichter Wald, immer wieder unterbrochen von Felsformationen, links befanden sich kahle Felder und Wiesen. Auf der anderen Seite des Tals ging es steil bergauf, fast senkrecht erhob sich ein Felsen, der von Gestrüpp und Moos bedeckt war.

Skampers Hand zeigte zu diesem Felsen. »Dort muss es sein.«

»Sieht eigentlich nicht nach einem besonderen Ort aus«, sagte Brand.

»Täuschen Sie sich nicht. Der Ort ist in der Umgebung bekannt. Man hat an dem Felsen verschiedene eingeritzte Zeichen gefunden, die aus der Jungsteinzeit stammen sollen. Archäologen gehen davon aus, dass der Ort kultischen Zwecken diente. Und es gibt natürlich die üblichen Sagen von Hexen und Geistern zu diesem Ort.«

»Nun, vor Hexen und Geistern habe ich keine Angst.«

»Wir müssen einen kleinen Umweg machen, direkt durch das Tal kommen wir nicht.«

Sie hielten sich rechts, bis sie auf einen Weg stießen, der durch den Wald am Tal vorbei zu dem Felsen führte. Im Wald fühlte Skamper zum ersten Mal einen leichten Schwindel, für Momente weitete sich das Bild vor seinen Augen, als würde jemand die Szenerie dehnen. Skamper blieb stehen.

»Ist etwas mit Ihnen?«

Skamper schüttelte den Kopf, dann ging er weiter. Sie kamen an einen offenen Hang, folgten dann einem Trampelpfad, der sie durch dichtes Gebüsch führte. Skamper musste anhalten, er keuchte auf einmal.

»Geht es Ihnen nicht gut?«, fragte Brand. Seine Stimme klang hohl und verzerrt. Skamper beugte sich nach vorne, sein Magen zog sich zusammen, als würde sich eine Faust darum legen und zudrücken.

»Es geht schon.« Skamper zwang sich, weiterzugehen, er atmete heftig. Als sie eine Anhöhe erreichten, die steil nach unten abfiel, blieb er stehen. Mit einer Hand stützte er sich an einen Baum.

Es war der Moment, in dem Brand angriff. Skamper erahnte den Schatten hinter sich, ein Arm, der sich hob und dann ein heftiger Schlag von hinten, der ihn in den Abgrund stürzen sollte. Ein scharfer Schmerz brannte an der Schläfe. Ein Blitz, grell und stark, flammte vor seinen Augen auf. Es war, als reiße ihm jemand die Füße weg. Hart fiel er zu Boden. Er rollte sich zur Seite, rappelte sich auf, fing an zu laufen, das Herz pochte ihm bis zum Hals. Er hörte etwas hinter sich, nur weg von hier, nur weg. Er rannte weiter, stolperte einen Abhang hinab, fiel, rappelte sich wieder auf. Immer schneller ging es nach unten und der Schmerz in seinem Kopf füllte alles aus. Gestrüpp und Zweige schlugen gegen sein Gesicht und es ging weiter nach unten, da war wieder ein Blitz vor den Augen, dann war es still.

Irgendwo hinter den Augenhöhlen flackerte etwas, wie eine Glühbirne, die Reste von Licht abgab. Skamper wollte die Augen öffnen, aber seine Lider ließen sich nicht bewegen. Es war, als würde eine Hand auf sie drücken. Endlich gelang es ihm, sie aufzureißen, und über sich sah er eine graue Wolke vor einem dunkelblauen Himmel.

Ich muss aufstehen, sofort aufstehen, dachte er. Brand war nicht weit, er würde ihn suchen, er hatte ihn umbringen wollen. Skamper hätte es wissen müssen, er hatte gespürt, dass er Brand nicht trauen durfte.

Etwas Klebriges war in seinem Gesicht. Mit den Fingern fuhr er sich über die Wange. Er hielt die Hand vor die Augen. Sie war blutverschmiert.

Skamper stand auf, beinahe wäre er im nächsten Moment wieder hingefallen, er hielt sich an einem Gestrüpp fest, atmete langsam. Vier Sekunden einatmen, vier Sekunden die Luft anhalten, vier Sekunden ausatmen, vier Sekunden die Luft anhalten. Immer weiter atmen, er musste ruhiger werden. Vier Sekunden einatmen, vier Sekunden die Luft anhalten, vier Sekunden ausatmen. Der Rhythmus des Zählens beruhigte ihn, der Schmerz im Kopf ebbte ab und Skamper ging weiter.

Sein Blick war fixiert auf den Boden vor ihm. Er konzentrierte sich, nur der nächste Schritt war wichtig und dann der nächste. Der Wind rauschte in den Ohren, es war kalt. Er blieb stehen, legte den Kopf in den Nacken, als könne er so mehr Luft bekommen. Er stand in einem Hohlweg, rechts und links erhob sich der Wald.

Brand war noch immer hinter ihm her. Der Gedanke trieb ihn weiter. Er musste weg hier, weg von Brand, weg von der Gefahr.

Immer tiefer kam er in den Wald. Die Bäume standen dichter, dann ging es einen Abhang hinab. Er rannte.

An die folgenden Ereignisse konnte sich Skamper später nur in Bruchstücken erinnern. Wie ein wirrer Traum kam ihm alles vor. Die Flucht durch den Wald, die Sonne, die hinter einem Hügel versank, die Baumkronen über ihm und das Geräusch von Schritten, die ihn verfolgten.

Dann wurde das Bild klar. Skamper lehnte an einem Felsen. Er kämpfte gegen die Übelkeit, atmete heftig. Es ging nicht mehr. Er wollte sich auf den Boden setzen, als er einen Spalt sah, eine Öffnung im Felsen. Er torkelte darauf zu, der Spalt führte in einen Gang, der sich weitete. Er lief, als würde ihn etwas ziehen. Er war am Ende seiner Kräfte, aber er musste weiter und dann sah er einen Lichtschein und stand in einem höhlenartigen Raum.

Ein kahler Raum, in die Erde gehauen. In der Mitte ragte ein schwerer Steinblock empor. Darauf lagen verschiedene Gegenstände. Glänzende Schmuckstücke, Waffen, ein goldenes Messer. Aufgereiht wie in einer Museumsvitrine. Ein eigenartiges Leuchten ging von ihnen aus. Skamper kam es vor, als ob seit Jahrhunderten niemand diesen Raum betreten hätte. Die Dinge auf dem Tisch hatten ihre Wesenheit verloren, weil niemand sie betrachtet hatte. Aber jetzt, da er erschienen war, leuchteten sie auf und zeigten sich dem ersten Betrachter, der aus der Dunkelheit den Weg zu ihnen gefunden hatte.

Er ging die wenigen Schritte bis zu dem Steinblock. Er nahm die Umgebung kaum wahr, die Artefakte auf dem Tisch waren nur Schemen, denn wie ein Magnet zog die Lanze in der Mitte des Tisches seinen Blick auf sich. Ein etwa ein Meter langer Schaft aus Holz, an dessen Ende eine Spitze aus Stahl angebracht war. Sie war nicht verziert, eine einfache Waffe, aber etwas hatte sich verändert, sobald seine Augen sie erblickt hatten.

Skamper nahm die Lanze in die Hand, sie war schwerer als sie aussah, sie fühlte sich kühl an, doch ein Flimmern umgab sie und er schauderte. Ein Wissen füllte ihn aus, das Wissen, dass nichts ihm etwas anhaben konnte, die Lanze gab ihm Schutz und Stärke.

Doch dann durchfuhr ihn ein Schmerz, seine Hände brannten. Für einen Moment hatte er eine Vision. Ein Mann auf dem Boden und schwarze Schemen, die auf ihn einschlugen. Der Schmerz wurde stärker, bis sein ganzer Körper wie in Flammen stand. Dann war es mit einem Schlag vorbei. Skamper atmete heftig.

Leg sie zurück. Etwas in ihm sprach diese Worte. Es kostete Mühe, die Arme zu bewegen, die Lanze loszulassen, es schien, als würde sie durch einen Zauber an seinen Händen haften.

Als sie wieder auf dem Tisch lag, spürte Skamper Leere.

Er atmete tief ein, löste seinen Blick. Langsam ging er zum Ausgang und verließ den Raum, ein Lichtschein wies ihm den Weg. Er fühlte sich wie in einem Traum und er wollte weiterträumen. Wenn er träumte, konnte ihm nichts passieren. Er würde aufwachen, irgendwann, und dann war alles gut.

Als er wieder im Freien war, erfasste ihn eine unendliche Erschöpfung. Er konnte nicht mehr, schloss die Augen, etwas zog ihn nach unten, in die Dunkelheit, in das Nichts. Und dann spürte er den Riss. Ein Riss zwischen ihm und der Welt und er fiel aus der Gegenwart in eine unendliche Tiefe.

Skamper sah den schwarzen Himmel über sich. Es war Nacht. Er lag im Gras und er wünschte sich weiterzuschlafen. War das der Frieden, den er sich ersehnt hatte? Er fror nicht mehr, er spürte keine Schmerzen, um ihn herum herrschte Stille. Das Bewusstsein seines Körpers, seines schlagenden Herzens wurde schwächer, verklang wie das Heulen des Windes. Wie war er hierhergekommen, er wusste es nicht, es war auch egal.

Ein intensiver Geruch stieg ihm in die Nase. Vor sich sah er einen Baum, er stand in voller Blüte. Der Stamm hatte eine seltsame Form, wie ein Baumkobold, der sich zur Seite neigte und mit den Armen ruderte. Die weißen Blüten schienen matt aufzuleuchten. Ein Apfelbaum. Oder Kirschen, es war egal. Der Geruch war so süß und er atmete tief ein.

Skamper wartete auf das Ende, Blut floss aus seiner Schulter und nahm sein Leben mit sich. Auf seinem Gesicht spürte er Nässe, es hatte angefangen zu nieseln. Ein leichter Regen legte sich auf seine Haut wie Samt und dann hörte er eine Stimme. Sie war hell und sanft. Jemand betete.

»Der Herr ist mein Hirte, mir wird nichts mangeln. Er weidet mich auf einer grünen Aue und führet mich zum frischen Wasser.«

Skamper sah einen Schatten über sich, ein schmales dunkles Gesicht. In der Dunkelheit nahm er nur die Umrisse wahr, doch er konnte erkennen, dass die Stimme zu einer Frau gehörte. Einer alten Frau, ihre Haare standen vom Kopf ab wie tote Zweige eines vertrockneten Baumes. Er schloss die Augen, begann, die Lippen zu bewegen, fiel ein in das Gebet.

»Er erquicket meine Seele und führet mich auf rechter Straße um seines Namens willen. Und ob ich schon wanderte im finstern Tal, fürchte ich kein Unglück; denn du bist bei mir, dein Stecken und Stab trösten mich.«

Seine Stimme war brüchig und heiser, doch er fühlte sich besser. Dann führte die Frau eine Wasserflasche an seinen Mund, Skamper trank durstig.

»Du bereitest vor mir einen Tisch im Angesicht meiner Feinde. Du salbest mein Haupt mit Öl und schenkest mir voll ein. Gutes und Barmherzigkeit werden mir folgen mein Leben lang und ich werde bleiben im Hause des Herrn immerdar.«

Skamper spürte die Hände der Frau. Sie verbanden seine Schulter. War das immer noch ein Traum, oder war es schon vorbei? Waren das die Visionen, die einem der Körper schickte gegen die Todesangst? Es war egal, er betete.

»Der Herr ist mein Hirte, mir wird nichts mangeln. Er weidet mich auf einer grünen Aue und führet mich zum frischen Wasser.«

Dass er die Worte sprach, war gut und richtig. Ihm war, als würden die Bäume, die Gräser mit ihm sprechen und sich im Klang der Worte wiegen. Als wäre alles um ihn nur ein Gebet, das ihn aufnahm und das ihm half, den richtigen Weg zu finden. Dorthin, wo Frieden war.

»Er erquicket meine Seele und führet mich auf rechter Straße um seines Namens willen. Und ob ich schon wanderte im finstern

Tal, fürchte ich kein Unglück; denn du bist bei mir, dein Stecken und Stab trösten mich.«

Nicht mehr lange, dann war es vorbei, aber etwas störte den Frieden, etwas störte den Übergang. Skamper spürte wieder die Hand der Fremden, hörte die Stimme.

Seine Kräfte kamen zurück. Als würde das Blut von Neuem durch den Körper fließen, als hätte sein Herz nur eine kleine Pause gemacht. Er richtete sich auf und dann war vor ihm das Gesicht der Frau. Sie lächelte, dann verschwamm das Bild und Skamper legte sich zurück und schlief wieder ein.

Mai 1944

Fischer ging die Holztreppe hinunter, die zum Bunker führte. Er lief einige Schritte in das Innere. Von vorne hörte er Maschinen, Stimmen. Die Männer arbeiteten hier schon seit fünf Uhr. Fischer blieb einen Moment stehen, dann bog er nach rechts in einen kleinen Nebengang. Am Ende dieses Ganges war Schäfflers Büro.

Schäffler wolle ihn sprechen, hatte Wuttke gesagt. Genaueres hatte er nicht gewusst. Das muss nichts bedeuten, sagte sich Fischer. Wenn Schäffler wirklich etwas ahnte, hätte er ihn schon lange verhaften lassen. Mit diesem Gedanken versuchte er sich zu beruhigen, aber die Unsicherheit blieb.

Vor der schweren Eisentür blieb er stehen. Noch konnte er sich entscheiden. Er konnte umdrehen und fliehen. Man würde ihn nicht aufhalten, er konnte das Lager verlassen und sich nach Nürnberg durchschlagen. Er konnte versuchen, unterzutauchen und einfach zu warten, bis die Alliierten kamen. Aber etwas hielt ihn hier. Es war die Lanze. Er musste in ihrer Nähe bleiben.

Früh am Morgen war er aufgestanden. Er war aus seiner Unterkunft getreten und die Sonne war über dem Horizont erschienen. Fischer hatte die Sonnenstrahlen auf seinem Gesicht gespürt. Er war bereit für alles, was geschehen würde.

Als er in den Raum trat, saß Schäffler hinter dem Schreibtisch. Er stierte vor sich hin, die Augen gerötet und bleich. Fischer hob die Hand, murmelte den Hitlergruß. Schäffler reagierte nicht. Es dauerte einige Zeit, bis er den Blick hob. Mit dem Kopf deutete er auf den Stuhl vor dem wuchtigen Tisch. Fischer setzte sich.

Schäffler schwieg lange. Er fuhr sich über das ungekämmte Haar. Für einen Augenblick war es Fischer, als ob Schäfflers Gesichtshaut durchsichtig würde, die Knochen traten hervor, ein Skelettkopf starrte ihn an. Dann verschwand das Bild. Es geht zu Ende mit ihm, dachte er.

»Was für ein Tag ist heute?« Schäfflers Stimme klang brüchig.

»Donnerstag.«

Schäffler nickte mehrmals. Dann sah er Fischer eindringlich an, als wollte er ihn mit seinem Blick durchbohren. Er beugte sich vor. »Glaubst du noch an unsere Mission? Glaubst du noch daran?«

Fischer antwortete nicht, aber Schäffler schien auch keine Antwort zu erwarten.

»Man sagt, der Osten ist verloren. Und im Westen ist es nur noch eine Frage der Zeit, bis sie kommen.«

»Die Wunderwaffe soll bald fertig sein.«

Schäfflers Blick war einen Moment starr, dann brach er in Lachen aus. Es klang bizarr, wie das Bellen eines sterbenden Straßenhundes. Abrupt hörte er auf. »Es ist nur noch eine Frage der Zeit«, wiederholte er. Er saß geduckt auf seinem Stuhl, als würde er einen Angriff erwarten. »Die Lanze ist an einem sicheren Ort?«

Fischer nickte.

Schäffler sah ihn nicht an, als er weiterredete. »Man sagt, du bist abgefallen. Ist das wahr?«

Fischer schüttelte den Kopf. »Wer sagt so etwas?«

»Ich weiß nicht, was ich glauben soll, ich habe dir immer vertraut, aber ich weiß nicht, was ich glauben soll. Sag mir, warum wir das hier tun. Sag mir warum?«

Fischer schluckte, war das eine Falle? »Wir bauen ein Versteck für die Schätze unseres Reiches.«

»Oh nein, das tun wir nicht.« Schäffler war laut geworden. »Wir bauen ein Heiligtum«, sagte er mit beschwörender Stimme. »Wir bauen ein Heiligtum. Eine Legende. Es ist nicht ein Ort für uns, nicht für heute. Wir erschaffen etwas, das erst in ferner Zukunft seine Bestimmung haben wird. Wir wissen, dass die Schlacht verloren ist, dass das Reich untergehen wird. Aber es wird wiederauferstehen, es wird blühen. Die Saat, die wir in den Boden pflanzen, wird aufgehen und es wird Großes entstehen.«

Er ist verrückt, dachte Fischer. Ein Schauspieler, der einen Text ohne Sinn rezitierte, der letzte Prediger auf einem Schlachtfeld voller Toten.

»Ist es so?«, fragte Schäffler.

»Es ist so.«

»Und du tust das, wofür du bestimmt bist.«

»Ich tue, wofür ich bestimmt bin.« Fischer log nicht, als er diese Worte sprach.

»Wir kämpfen bis zum letzten Atemzug.«

»Das tun wir.«

»Unser Blut wird den Boden tränken und heilig machen.«

»Der Boden wird heilig durch unser Blut.«

»Sie können uns besiegen, aber nicht die Idee, für die wir sterben.«

»Sie siegen nicht über die Idee.«

Schäffler wusste nicht weiter. Er stockte, suchte nach dem nächsten Satz. Sie hatten den Weihedialog so oft gesprochen. Er war ihr Gebet, ihre Losung. Fischer wusste jede Zeile. Immer wenn er die Worte gesprochen hatte, hatte er geglaubt, sie zu spüren. Die dunklen und geheimen Mächte seiner Vorfahren. Sie waren im Wald gewesen, vor dem Feuer, hatten Fackeln in der Hand gehalten. Sie hatten dort gestanden, in der Hitze, in der Kälte, und die Worte gesprochen, die ihnen Schäffler vorgebetet hatte. Immer wieder, bis sie eins wurden mit dem Klang, bis die Worte in ihre Seelen gebrannt waren. Aber für Fischer waren es nur noch leere Sätze. Die Worte hatten ihre Kraft verloren. Und jetzt wusste Schäffler sie nicht mehr.

»Wie geht es weiter?«, fragte er.

»Die Idee wird bleiben und das Volk der Arier wird zu alter Größe auferstehen.«

»Genau«, flüsterte Schäffler. »Die Idee wird bleiben und das Volk der Arier wird zu alter Größe auferstehen.«

»In Ewigkeit Sieg und Heil. Und kämpfen bis in den Tod«, beendete Fischer den Dialog.

»Und kämpfen bis in den Tod«, wiederholte Schäffler. Er lehnte sich zurück, hörte den Worten nach. »Bis in den Tod«, sagte er noch einmal.

April 2012

Als Skamper erwachte, stand die Sonne hoch am Horizont. Er öffnete die Augen, schloss sie dann wieder, das Licht war zu grell.

Er drehte sich zur Seite, spürte unter sich weichen Untergrund, Waldboden. Ein Geruch nach Erde und Moos stieg ihm in die Nase. Dann spürte er den Schmerz, er saß in der Schulter, und als er sich weiter bewegte und mit der Schulter den Boden berührte, fuhr ein Stich in seinen Arm. Er hielt den Atem an und wartete, bis der Schmerz nachließ.

Wieder öffnete er die Augen, vor sich sah er eine Lichtung, die Fichten standen still. Eine Fliege umkreiste ihn. Er musste husten.

Wo war er? Was war geschehen? Für einen Moment war er nur ein Wesen, das atmete, aber im nächsten Moment stand das Bild der fremden Frau vor ihm. Dann erinnerte er sich. Brand hatte ihn niedergeschlagen, er hatte fliehen können, war durch den Wald geirrt. Die Szene in der Höhle, war das ein Traum gewesen?

Er befühlte seine Schulter, strich über den Verband. Die Frau musste ihm diesen Verband angelegt haben, in der Nacht, als er schlief. Oder war er länger weg gewesen und hatte es nicht bemerkt? Er sah auf die Uhr, doch sie war stehen geblieben, die Zeiger standen auf acht Uhr zwölf. Skamper schüttelte sie, doch nichts bewegte sich.

Er griff in die Jackentasche. Sein Fahrzeugschlüssel war noch da. Auch sein Handy. Er holte es heraus. Der Bildschirm war schwarz. Er drückte den Knopf zum Einschalten, aber das Handy reagierte nicht. Vielleicht war der Akku leer, vielleicht war es auch kaputtgegangen. Zu Hause würde er es überprüfen. Dann griff er an die Innentasche seiner Jacke. Durch den Stoff fühlte er den Stein. Auch er war noch da, ebenso die Karte mit den Punkten, die er und Brand hatten absuchen wollen.

Er sah sich um, hinter ihm ragte der Wald auf, bis zum Horizont nur Bäume und Moosboden. Er hatte keine Ahnung, wo er sich befand. Links vor ihm war ein Waldweg, der nach unten auf eine Ebene führte. Skamper stand auf, er war müde und zerschlagen, spürte einen Stich im Knie, aber er konnte gehen.

War das alles Wirklichkeit gewesen? Er befühlte noch einmal den Verband. Was war in der Nacht geschehen?

Skamper war eine halbe Stunde durch den Wald gelaufen, ohne jemandem zu begegnen, als er etwas hörte. Er blieb stehen. Ein Singsang, kaum verständlich. Er hörte Bruchstücke eines Refrains. Eine weibliche Stimme. Er blickte in die Richtung, aus der das Singen kam, doch durch das dichte Gebüsch konnte er nichts erkennen. Er ging quer durch den Wald, immer der Stimme nach. Er kam über einen kleinen Hügel und dann sah er sie.

Sie trug ein rotes Kleid und kniete vor einem Strauch. Sie riss Blätter davon ab, legte sie in einen Korb neben sich. Sie sang immer noch. Skamper erkannte das Lied. »Yesterday« von den Beatles.

Die Frau hatte ihn nicht bemerkt, stand auf, drehte sich um und erblickte ihn. Sie blieb vor Schreck erstarrt stehen. Sie erinnerte ihn an eine alte Illustration aus einem Kinderbuch. Die böse Hexe aus Hänsel und Gretel. Ihr Gesicht war schmal und faltig, sie war so dünn, dass man den Eindruck hatte, das Kleid würde die blanken Knochen verdecken. Eine Vision aus der Schattenwelt, die Skamper schlucken ließ. Die Augen waren groß und dunkel und ihr Blick irrte um ihn herum. Sie hatte Angst. So viel Angst, dass er die Hände hob.

»Sie brauchen keine Angst zu haben.«

Doch das beruhigte die Frau nicht. Sie fing zu zittern an, die Hände bewegten sich, als hätte sie keine Kontrolle über sie. Ihr Mund öffnete sich, aber es kam nur ein Schnaufen und Stöhnen. Was war mit ihr los, ein epileptischer Anfall?

Dann schien sie sich zu beruhigen. Skamper hatte keine Ahnung, was da vor sich ging. Die Frau kam näher, ging erst zögernd, dann immer zielstrebiger auf ihn zu, bis sie nur einen halben Meter entfernt vor ihm stand. In Skamper stieg eine Erinnerung auf. War das die Frau, der er in der Nacht begegnet war? Er war sich nicht sicher, es war zu dunkel gewesen.

Sie hob die Hände, als wollte sie sein Gesicht berühren, strich mit den Fingern jedoch nur durch die Luft. »Bist du der, der die Zeichen versteht?«

Skamper wusste nicht, was er sagen sollte. Zweifellos war diese Frau verrückt, aber etwas war an ihren Worten, dass er einfach nur zuhörte.

»Bist du der, der die Zeichen versteht? Bist du es?«

Sie sprach seltsam abgehackt, als würde sie die Worte aus dem Mund würgen. Skamper musste schlucken, er hatte auf einmal das Bedürfnis, sich umzudrehen und davonzulaufen. Aber etwas zwang ihn, stehen zu bleiben und zu hören, was sie sagte. Vielleicht war er immer noch in einem Traum. Einem Traum, der nie aufhörte, der ihm vorgaukelte, dass er sich in der Realität befand, doch diese Realität wurde rissig, bröckelte und begann sich aufzulösen.

»Bist du der, der die Zeichen versteht? Ich muss ihn finden. Erst dann wird er Ruhe geben, dann wird er mich in Ruhe lassen.«

Ihre Stimme war schrill, wurde unverständlich. Sie krallte ihre Hände in seine Jacke, ein heftiger Schmerz fuhr in seine verletzte Schulter. Er packte ihre Handgelenke und es brauchte ungeheuer viel Kraft, dass ihre Hände sich von ihm lösten. Die Hände fassten wieder nach ihm, aber Skamper ging ein paar Schritte zurück. Die Frau folgte ihm, torkelte, fing an zu schreien. Er drehte sich um, lief weg, wurde immer schneller, humpelte in den Wald, blickte sich nicht um.

Als er über den Hügel war, setzte er sich auf den Boden. Der kurze Lauf hatte ihn erschöpft. Er hörte nichts mehr, die dichten Bäume verschluckten das Schreien der Frau.

Skamper lief noch eine Stunde durch den Wald, der durch ein Niemandsland zu führen schien. Keine Straßen, kein Dorf, aber er wusste, dass es nur eine Frage der Zeit war, bis der Wald enden würde.

Er folgte einem Waldweg. Auf einmal hörte er ein Geräusch, als fiele etwas Schweres auf den Boden. Er bewegte sich schneller und als er um eine Biegung kam, sah er einen kleinen Holzlaster und einen Mann, der abgesägte Baumstämme auf das Verdeck lud. Als dieser Skamper erblickte, hielt er in der Bewegung inne. Ein von Sonne gebräuntes Gesicht, ein kleiner kräftiger Mann mit großen Händen, Mitte Vierzig, dem man ansah, dass er viel im Freien arbeitete.

Skamper überlegte, wie er wohl auf den Fremden wirken musste, nach dieser Nacht. Verdreckt und abgerissen wie er war, mit einem frischen Verband um die Schulter. »Entschuldigen Sie, ich glaube, ich habe mich verlaufen, wissen Sie, wie ich nach Happurg komme.«

Dort am Rand des Dorfes hatte er das Auto abgestellt. Der Mann fuhr sich mit der Hand durch die Haare, den Blick immer noch auf Skamper gerichtet. »Ist ein bisschen weiter, aber wenn Sie wollen, fahre ich Sie. Ich muss sowieso in die Nähe und bin gleich fertig.«

»Hier wären wir.«

Sie befanden sich an der Hauptstraße, kurz vor dem Zentrum des kleinen Ortes Happurg. Die Fahrt hatte knapp fünfzehn Minuten gedauert.

»Vielen Dank«, sagte Skamper. Seit er in den Holzlaster eingestiegen war, hatten sie kaum ein Wort gewechselt. Skamper wunderte sich, dass der Mann keine Fragen stellte. Er war wohl eher der schweigsame Typ.

Bevor Skamper ausstieg, wandte er sich noch einmal an den Mann. »Im Wald habe ich eine alte Frau getroffen, sie hatte ein rotes Kleid an, hat Beeren gesammelt, war irgendwie komisch.«

Der Mann nickte sofort. »Die Kräuter-Anna.«

Skamper sah ihn fragend an.

»Sie ist so 'ne Art Wunderheilerin. Wohnt in einer Hütte im Wald. Ich halt nicht viel von so Hokuspokus, aber eine Frau von 'nem Hof ganz in der Nähe soll die Kräuter-Anna vom Krebs geheilt haben. Manche sagen, sie ist 'ne Art Autistin, weil sie manchmal so Anfälle hat. Aber das kommt wahrscheinlich daher, weil sie als Kind was Schlimmes erlebt hat. Am Ende des Kriegs war sie eine ganze Nacht weg, im Wald, die Leute dachten schon, wer weiß was, dann war sie auf einmal wieder da. Da muss was im Wald passiert sein, sie hat dauernd von toten Männern erzählt. Hat sich dann immer mehr für Kräuter und so esoterisches Zeugs interessiert. Und jetzt ist sie eben die Kräuter-Anna.« Er schüttelte den Kopf. »Keine Ahnung, was da passiert ist. Na ja, es gibt ziemlich verrückte Geschichten über die Gegend hier.«

»Was für Geschichten?«

Der Mann zuckte die Achseln. »Das Übliche. Dass die Waldgeister auf Wanderer warten und sie dann in eine Höhle entführen, und nach Tagen lassen sie sie wieder frei und draußen sind hundert Jahre vergangen. Ja, man sagt sogar, dass sich hier in der Gegend die siebte Pforte befindet.«

»Die siebte Pforte?«

»Nach irgendeiner Überlieferung gibt es sechs Pforten zur Hölle, überall auf der Welt verstreut. Und hier in der Nähe, da soll es noch eine siebte, geheime Pforte geben.«

»Und?«

Der Mann lachte leise. »Wissen Sie, ich arbeite seit zwanzig Jahren im Wald, einmal habe ich einen Wolf gesehen, aber Waldgeister oder Pforten zur Hölle, keine Spur.«

»Auf jeden Fall vielen Dank, dass Sie mich mitgenommen haben.«

Skamper stieg aus, der Mann fuhr weiter und der Lieferwagen verschwand hinter einer Kurve.

Der kleine Spielplatz direkt vor ihm. Skamper konnte sich an ihn erinnern. Die Straße, auf der er stand, war er mit Brand gefahren und dann in einen kleinen Parkplatz abgebogen. Wenn er ihr folgte, musste er sein Auto finden.

Vorbei an gleichförmig aussehenden Häusern mit Vorgärten lief er die Straße hoch. Kein Mensch war zu sehen, das Dorf wirkte wie ausgestorben. Die Kinder waren in der Schule und die Erwachsenen in der Arbeit oder sie verschanzten sich hinter den zugezogenen Gardinen.

Er atmete tief ein. Die Luft war mild. Er hätte die Nacht nicht überlebt, wenn es noch so kalt gewesen wäre wie vor einigen Tagen. Den Schmerz in der Schulter spürte er kaum mehr. Als er über eine Steigung kam, sah er sein Auto auf dem kleinen Parkplatz stehen. Es stand noch genauso da, wie sie es verlassen hatten. Skamper dachte an Brand. Hatte er weiter nach ihm gesucht? Würde er ihm zu Hause auflauern?

Er öffnete die Wagentür und setzte sich ins Innere. Er steckte den Zündschlüssel ein, startete aber nicht. Was war in der Nacht passiert? Er stützte sich auf das Lenkrad und starrte durch die Scheibe nach draußen. War das ein Traum gewesen? Viele Bilder standen klar und deutlich vor seinen Augen. Hatte er wirklich einen Schatz gefunden? Es hatte keinen Sinn, darüber zu grübeln, er würde es herausfinden. Er drehte den Zündschlüssel und fuhr los.

Skamper parkte nicht direkt vor seinem Haus. Er stoppte auf der Straße, die zu der Einfahrt des Gebäudes führte. Von hier aus konnte er den Vordereingang des Hauses sehen. Er entdeckte nichts Auffälliges. Alles war wie sonst. Von Brand keine Spur.

Er war immer noch vorsichtig, als er die Haustür öffnete und in den Flur trat. Er blieb stehen und horchte, doch alles war still.

In der Küche setzte er sofort Kaffee auf. Auf der Fahrt hatte er bei einem Bäcker gehalten und sich Brötchen gekauft. Er hatte Hunger und brauchte ein gutes Frühstück.

Nachdem er geduscht und gefrühstückt hatte, setzte er sich an den Küchentisch. Vorsichtig begann er, den Verband zu öffnen. Die Wunde war ein schmaler Riss wie von einem Messer, wann war das passiert? Möglicherweise war er auf einen spitzen Felsen gestürzt, er wusste es nicht mehr.

Die fremde Frau hatte die Wunde gut versorgt. Sie würde bald verheilt sein. Mit den kleinen Klammern schloss er den Verband wieder.

Skamper überlegte, was er tun sollte. Vielleicht wäre es gut, wegen der Schulter Michael aufzusuchen, einen alten Schulfreund, der als Arzt praktizierte und zu dem er manchmal ging. Aber das hatte Zeit, er spürte keine Schmerzen.

Es klingelte. Er ging zum Fenster und sah nach draußen. Vor dem Hausengang stand Schröder. Neben ihm eine Frau, die er nicht kannte. Skamper schätzte sie auf Anfang Vierzig. Ihre Haare waren zu einer riesigen Frisur aufgetürmt, die um ihren Kopf lag wie ein undurchdringlicher Helm aus Haarspray und Dauerlocken.

Einen Moment zögerte Skamper, dann ging er durch den Flur und öffnete die Haustür.

Schröder sah ernst aus. Die Frau neben ihm grinste Skamper fröhlich an.

»Morgen Paul, tut uns leid, heute zu stören, aber es muss sein. Können wir reinkommen?«

»Natürlich«, sagte Skamper. Er bot ihnen Kaffee an, aber beide wollten nichts, sie setzten sich auf die Küchenstühle, legten die Jacken nicht ab.

»Das ist meine Kollegin, Hauptkommissarin Sabine Meyer«, sagte Schröder.

Skamper nickte kurz. Meyer winkte ihm fröhlich zu.

»Was ist mit deinem Arm?«

»Hab mich beim Training verletzt, nichts Schlimmes.«

»Im Fitnesscenter?«

»Nein, ich habe etwas Kampfsport gemacht, am Punchingball im Keller. Da bin ich blöd ausgerutscht.«

Schröder nickte.

»Wollt ihr wirklich keinen Kaffee?«

»Ach, ich würde doch gerne einen trinken.« Meyer hatte immer noch ein Lächeln im Gesicht. Auf Skamper wirkte sie wie aufgedreht. Eine fröhliche Hausfrau, die ihren Kuchen mit zu viel Rum versetzte.

Skamper ging zur Kaffeemaschine. Sie beobachteten ihn. Er glaubte, ihre Blicke zu spüren, während er Kaffeepulver in einen Filter gab.

»Ist mal gut, wieder einen ganz normalen Filterkaffee zu trinken. Jeder hat heutzutage so ’ne moderne Kaffeemaschine. Und jeder erzählt Ihnen, wie unglaublich gut der Kaffee daraus schmeckt. Wie beim Italiener um die Ecke. Aber ich sag Ihnen eins. Meistens schmeckt dieses Espressozeugs wie Spülwasser. Aber die Leute haben ’ne Stange Geld dafür ausgegeben. Da muss es einfach schmecken.« Meyer schloss ihre Ausführungen mit einem meckernden Lachen ab. »Wohnen Sie allein hier?«, fragte sie.

»Ja.« Skamper drückte den Einschaltknopf der Kaffeemaschine und setzte sich wieder zu den beiden.

»Und machen alles selber, kochen, putzen.«

Schröder saß neben ihr mit einem Gesicht, als hätte er Salpetersäure im Mund.

»Eine Haushaltshilfe kann ich mir nicht leisten.«

»Dafür sieht es wirklich sehr ordentlich und sauber aus. Kompliment.« Sie wandte sich an Schröder. »Das muss man doch mal festhalten, wie ordentlich es hier aussieht. Sagst du doch auch?«

Schröder blickte seine Kollegin an, als könne er nicht fassen, dass sie wirklich eine Antwort auf diese Frage erwartete. Dann nickte er. »Sehr sauber hier.«

»Ich freue mich, dass Sie eine saubere Wohnung zu schätzen wissen«, sagte Skamper. Seine Ironie verpuffte. Meyer redete einfach weiter.

»Es ist unglaublich, wie sauber die Kacheln über der Spüle sind. Wie kriegen Sie da den Schmutz raus.«

»Ich nehm Chante Clair, ist so ein Wundermittel aus Italien. Ich bin manchmal zum Skifahren in Tirol, dann nehm ich mir immer eine Flasche extragroß mit.«

»Chante Clair?«

»Ja, so heißt das, ich kann's Ihnen mal zeigen.« Skamper wollte zu dem Schrank, in dem die Putzmittel waren. Dann blieb er stehen. Redete er tatsächlich mit dieser Kommissarin über Putzmittel? Er bemerkte den Blick von Schröder. »Vielleicht später«, sagte Skamper. Er setzte sich wieder an den Küchentisch.

»Und Sie können auch kochen?«, fragte Meyer.

»Natürlich.«

Meyer warf sich in ihren Stuhl zurück. »Das ist ein Mann. So etwas gibt es heute kaum mehr. Die meisten in Ihrem Alter, die sind verloren, wenn sie keine Frau haben. Die lassen sich bedienen, hinten und vorne, aber gedankt wird es nicht. Da kommt eine jüngere und zack, weg ist der Mann.«

»Meine Kollegin lebt in Scheidung«, sagte Schröder.

»Wieso erzählst du das jetzt?«, ging Meyer auf Schröder los.

»Ich wollte ihm nur erklären, warum du ... warum du so etwas erzählt. Er wundert sich vielleicht, dass du diese ordentliche Küche so toll findest, da wollte ich das erklären.« Schröders Worte klangen hilflos.

»Ach, du willst ihm durch die Blume sagen, dass ich so rede, weil ich verzweifelt auf der Suche nach einem Neuen bin. Ist es so?«

»Nein, so ist es nicht.«

»Und dass ich gleich auf 'nen Mann stehe, nur weil er nicht wie ein Landstreicher daherkommt. Und dass ich gleich weiche Knie kriege, nur weil er mir seine Flasche Chante Clair extragroß zeigen will.«

»Ich zeig sie Ihnen vielleicht später, habe ich gesagt«, sagte Skamper.

»Jetzt versteh das nicht falsch«, sagte Schröder.

Meyer wandte sich an Skamper. »Glauben Sie nicht, dass ich verzweifelt auf der Suche bin. So ist es nicht.«

Die Kaffeemaschine ließ ein Röcheln hören. Ein Zeichen, dass der Kaffee bald fertig war. Skamper war froh, dass er aufstehen konnte, um sich der Maschine zuzuwenden. Er füllte eine Tasse mit dem heißen Getränk. »Zucker, Milch?«

»Nur Zucker, zwei Löffel. Ich mag's gern süß.« Meyer ließ wieder ihr meckerndes Lachen hören.

Skamper wusste nicht, was er von der Kommissarin halten sollte. Spielte sie die aufgedrehte Hausfrau nur? Oder war das echt?

Meyer nahm sofort einen Schluck von dem Kaffee. Sie schloss einen Moment die Augen. »Das ist ein Kaffee. Ausgezeichnet.«

»Sie sind aber sicher nicht hier, weil Sie sich mit mir über Kaffee unterhalten wollen.«

Meyer hatte die Kaffeetasse noch in der Hand, stellte sie jetzt ab. Sie blickte Schröder an. Schröder zögerte einen Moment. Auf einmal war die Stimmung umgeschlagen. Schröder griff in seine Jackentasche, holte ein Foto heraus. Er legte es vor Skamper auf den Tisch. »Kennst du diesen Mann?«

Skamper nahm das Foto in die Hand. Er erkannte Lucius Brand. Das Foto zeigte nur das Gesicht, es war blutverschmiert, die Augen waren geschlossen. Skamper hielt das Bild eines Toten in der Hand. Er wusste, dass Schröder ihn genau beobachtete. Skamper verzog keine Miene.

»Ja«, sagte er. »Ja, ich kenne ihn.« Er starrte auf das Bild. »Was ist passiert?«

Schröder antwortete nicht sofort, reichte ihm ein zweites Bild, darauf lag Brand auf dem Waldboden, die Arme weit ausgestreckt. Skampers Mund war trocken.

»Er ist wahrscheinlich abgestürzt, von einem Felsen, mehr wissen wir im Augenblick nicht.«

»Du meinst, ein Unfall?«

»Das wissen wir noch nicht.«

Skamper legte die Bilder langsam und vorsichtig zurück auf den Tisch. Seine Hände zitterten.

»Man hat dich mit diesem Mann gesehen, in einem Ausflugslokal. Nicht weit von dem Ort, wo man ihn gefunden hat.«

»Ja. Das war gestern Nachmittag, wir waren im ›Bergschloss‹.«

Schröder wechselte einen Seitenblick mit Meyer. Die beugte sich vor. »Gestern Nachmittag sagten Sie?«

»Ja, so um zwei, die genaue Zeit weiß ich nicht mehr.«

Wieder dieser Seitenblick. Schröder faltete die Hände, legte sie auf den Tisch. »Geht es dir gut, Paul?«

»Natürlich, das mit dem Verband, das ist halb so schlimm.«

Schröder fing an, mit den gefalteten Händen leicht auf den Tisch zu klopfen. »Hast du getrunken? Nimmst du Tabletten?«

»Was soll die Frage? Ich habe natürlich nichts getrunken. Im ›Bergschloss‹ habe ich ein Bier getrunken, das war alles. Da kannst du nachfragen, dieses Waldmännchen dort, der als Wirt arbeitet, der erinnert sich sicher daran.«

Das Klopfen hörte auf. »Paul«, sagte Schröder. »Man hat diesen Mann vor einem Tag gefunden. Und das Waldmännchen hat ausgesagt, dass es der Mittwoch war, an dem du mit diesem Mann in seinem Lokal warst. Und heute ist Freitag.«

Skamper sagte nichts, er drückte mit den Händen auf den Tisch, als bräuchte er Kontakt mit etwas Wirklichem. Und heute ist Freitag, Schröders Worte klangen in seinen Ohren. Schwindel überkam ihn, Schröder begann, sich vor seinen Augen zu bewegen, als sitze er in einem Karussell und würde um ihn kreisen. Skamper begann zu schwitzen, es war heiß in seiner Küche, er hätte lüften sollen, das hatte er vergessen und jetzt brachte ihn diese dicke Luft fast um.

»Das kann nicht sein, vor zwei Tagen sagst du?«

Schröder nickte. Skamper überlegte. Dann war er fast zwei Tage im Wald gewesen, hatte er so lange geschlafen? Er drehte sich um, sah zu dem Kalender an der Wand, das Kalenderbild des Monats April. Ein Druck von Van Gogh, die Brücke. Es war heute nicht Donnerstag, es war Freitag. Ein Tag war verschwunden, einfach weg, aus seiner Erinnerung getilgt.

»Am besten, du erzählst uns einfach, was seit Mittwoch passiert ist.«

Skamper sah Schröder lange an, dann nickte er.

Sie schwiegen, während Skamper redete. Er erzählte nicht alles. Das, was er in der Höhle gesehen hatte, sparte er aus. Es hätte zu fantastisch geklungen. Als er von der Frau berichtete, die ihm den Verband angelegt hatte, stockte er. Es klang alles so unglaubwürdig. Aber das war egal. Schröder und diese Meyer hielten ihn sowieso für durchgedreht, nachdem er nicht mal mehr wusste, welcher Tag heute war.

»Die Verletzung kommt also nicht vom Sport?«, fragte Schröder.

Skamper wollte erklären, etwas sagen, aber dann schüttelte er nur den Kopf. »Dieser Brand muss mir irgendwas in das Bier getan haben. Jetzt weiß ich es wieder. Als ich auf der Toilette war und zurückkam, da war er so komisch, und als ich gleich gehen wollte, hat er mich gefragt, ob ich nicht austrinken wolle. Ich hab nicht so viel von dem Bier getrunken, hat mir wahrscheinlich das Leben gerettet.«

Schröder sah Skamper ernst an: »Dieser Kristallstein, dieses Artefakt, weswegen Brand hier war, hast du das noch?«

Skamper nickte, er holte den Stein aus dem Arbeitszimmer, legte ihn auf den Küchentisch. Schröder und Meyer beugten sich neugierig vor.

»Du hast ihn mir noch nie gezeigt«, sagte Schröder.

»War keine Gelegenheit dafür.«

»Darf ich?«

Skamper nickte, Schröder nahm den Stein vorsichtig in die Hand. Er betrachtete ihn von allen Seiten, befühlte die Oberfläche, hielt ihn gegen das Licht, um die Punkte im Innern genauer zu sehen. Er legte ihn zurück auf den Tisch.

»Hat man denn so einen Stein bei Brand gefunden?«, fragte Skamper.

Schröder schüttelte den Kopf.

»Vielleicht hat er ihn ja beim Sturz verloren und er liegt immer noch dort.«

»Vielleicht«, sagte Schröder. Er blickte zu seiner Kollegin, dann räusperte er sich. »Warum hast du dich nicht gleich bei der Polizei gemeldet? Du hättest mich anrufen können.«

Skamper zuckte mit den Schultern. »Ich bin ja erst seit ein paar Stunden hier. Und das, was ich zu erzählen hatte, das ist etwas verrückt.«

»Das kann man wohl sagen.« Keine Andeutung in Schröders Gesicht verriet, ob er ihm glaubte. Schröder wandte sich an Meyer. »Du hast doch den Koffer im Wagen, wir könnten eine Blutprobe nehmen, dann finden wir vielleicht Spuren dieses Mittels.« Er wandte sich an Skamper. »Du bist doch einverstanden, ist nur ein Pikser.«

»Natürlich.«

Während Meyer nach draußen ging, saßen Skamper und Schröder schweigend am Tisch. Skamper dachte daran, dass er noch vor einer Woche mit Schröder Tennis gespielt hatte. Schröder hatte gewonnen, das erste Mal seit Wochen. Danach hatten sie ein Bier getrunken und über Fußball geredet.

Aber der Schröder, der ihm jetzt gegenübersaß, war ein anderer. Schröder war der Kommissar und er war ein Verdächtiger. Sie spielten das Kommissar-verhört-den-Verdächtigen-Spiel und es gab keine Möglichkeit, aus diesem Spiel auszubrechen und wieder nur über Fußball zu reden.

Meyer kam mit einem kleinen Koffer, öffnete ihn auf dem Küchentisch. Ein Stich mit der Spitze, dann war es vorbei.

Schröder stand auf. »Das war's für heute«, sagte er. Er zögerte, schien nach den richtigen Worten zu suchen. »Wenn du die nächsten Tage mal weg willst, lass es mich wissen. Ruf mich an.«

»Heißt das, dass ich ein Verdächtiger bin?«

»Mann, Paul. Mach's mir nicht so schwer. Es heißt nur, dass du Bescheid sagen sollst, wenn du Urlaub machst oder so was. Mehr nicht.« Für einen Augenblick war Schröder aus seiner Rolle als Kommissar gefallen und war wieder der alte Kumpel. Er atmete tief durch. »Gehen wir«, sagte er zu Meyer.

Skamper stand am Fenster, als die beiden in ihren Dienstwagen einstiegen. Dann setzte er sich wieder an den Tisch. Das Artefakt lag immer noch da. Die Sonne schien durchs Fenster und die Strahlen brachen sich an der Oberfläche. Skamper schien es, als würden die Punkte im Innern kurz aufleuchten, um gleich wieder zu verglühen.

Skamper hatte sich eine Stunde hingelegt. Doch er konnte nicht schlafen. Immer wieder tauchten die Bilder der vergangenen Tage auf.

Er setzte sich vor den Computer und versuchte über Google Earth seinen Weg nachzuvollziehen. Den Ort, an dem er auf den Waldarbeiter getroffen war, konnte er ungefähr eingrenzen. Aber wo er vorher umhergeirrt war, das konnte er nicht mehr sagen.

Er prüfte sein Handy, das er in der Zwischenzeit aufgeladen hatte. Das Datum und die Zeit musste er neu einstellen, sonst schien alles zu funktionieren.

Skamper spürte wieder Kopfschmerzen. Was war geschehen? Er konnte es nicht sagen, da war ein Loch von fast zwei Tagen. Brand war tot, wahrscheinlich von einem Felsen gestürzt, doch an einen Unfall konnte Skamper nicht glauben. Vielleicht hatte es einen Kampf gegeben, vielleicht hatte er Brand in die Tiefe gestoßen. An den Versuch von Brand, ihn zu töten und in den Abgrund zu stürzen, erinnerte er sich. Aber Skamper hatte unter Drogen gestanden, seine Erinnerung war beeinträchtigt. Alles konnte passiert sein.

Skamper dachte an das, was Brand ihm von der »Schwarzen Sonne« erzählt hatte. Vielleicht waren diese Neonazis ihnen tatsächlich auf der Spur gewesen. Vielleicht hatten sie Brand aufgelauert und getötet, um an sein Artefakt zu kommen. Und würden jetzt versuchen, den zweiten Stein in ihren Besitz zu bekommen.

Er brauchte eine Waffe. Er ging ins Schlafzimmer und öffnete die Kommode, in der er seinen alten Revolver aufbewahrte. Die Waffe war weg. Er durchsuchte die Schublade, aber sie war nicht zu finden.

Jemand war hier gewesen. In den zwei Tagen, die er im Wald verbracht hatte, war jemand eingebrochen und hatte die Waffe gestohlen. Skamper kontrollierte die Haustür und das Schloss an der Tür zum Keller. Keine Spuren, das waren Profis gewesen.

Als er die Treppe hoch ging, stieß er mit dem Fuß gegen etwas. Er blieb stehen, sein Blick fiel auf ein rotes Feuerzeug auf der Treppenstufe. Er bückte sich und hob es auf. Ein Symbol war auf der Außenseite eingraviert. Eine schwarze Sonne auf rotem Grund. Darunter stand »Devils Place«. Das war der Name einer Bar im Nürnberger Westen. Skamper war nur einmal dort gewesen, ein ziemlich verrufenes Lokal, in dem vor allem Neonazis verkehren sollten. Auf der Rückseite des Feuerzeugs waren zwei Buchstaben aufgemalt: AS.

Das Feuerzeug sah neu aus, Skamper drückte den Zünder, eine kleine Flamme loderte auf. Er starrte einen Moment auf das Feuer, dann ließ er den Zünder wieder los. Er war sich sicher, dass er dieses Feuerzeug noch nie gesehen hatte. Er war Nichtraucher, er hatte nie Feuerzeuge bei sich. Einer der Einbrecher musste es verloren haben.

Skamper suchte weiter nach Spuren. Er überprüfte seine Unterlagen. Nichts fehlte, auch der kleine Tresor im Schlafzimmer war intakt und das wenige Geld, das er dort verstaute, war noch da.

Es war den Einbrechern um die Waffe gegangen. Aber was wollten sie damit? Sie war für ihn nicht mehr als ein Erinnerungsstück an eine seiner ersten Expeditionen. Oder die Einbrecher hatten nach dem Stein gesucht und dabei den Revolver gefunden. Und ihn mitgehen lassen. So musste es gewesen sein.

Skamper fasste einen Entschluss. Er musste zurück in den Wald. Er musste herausfinden, was in den letzten beiden Tagen und Nächten passiert war.

Auf der Fahrt hatte er die Idee, dort einen Zwischenstopp einzulegen, wo er mit Brand zu Mittag gegessen hatte. Es war ein spontaner Gedanke, dass es ihm helfen könnte, die Geschehnisse so genau wie möglich zu rekonstruieren.

Skamper war der erste Gast. Als er eintrat, war der kleine Mann mit dem Backenbart und der Knollennase damit beschäftigt, die letzten Stühle von den Tischen zu stellen. Skamper grüßte, doch der Mann nickte nur. Er blickte einen Moment auf Skampers Verband, dann schlurfte er hinter die Theke und verschwand in der Küche.

Skamper setzte sich und wartete. Es dauerte einige Minuten, bis der Backenbart wieder kam und sich vor Skamper platzierte.

»Einen Kaffee«, sagte Skamper.

»Einen Kaffee, sonst nichts?«, fragte der Mann.

»Nein, nur einen Kaffee.«

Der Backenbart nickte und ging zur Kaffeemaschine. Nach kurzer Zeit kam er zurück und stellte eine Tasse Kaffee vor ihm ab. Ohne ein Wort verzog er sich in die Küche.

Skamper nippte an der Tasse. Er sah sich in dem leeren Raum um. Er hätte doch lieber gleich weiterfahren sollen. Hier würde er keine Erkenntnisse gewinnen.

Aus der Küche war ein kurzer Wortwechsel zu hören. Dann erschien eine Frau in einem Dirndl an der Theke. Die Frau des Wirts, Skamper kannte sie von früheren Besuchen. Sie nickte ihm kurz zu.

»Wollen Sie auch zu dem Kreuz?«

»Wie bitte?«, fragte Skamper.

»Bei dem Kreuz hat man einen Toten gefunden. Ist von ’nem Felsen gefallen. Gestern waren lauter Leute da, die danach gefragt haben.«

»Ich wollte nur einen Ausflug machen«, sagte Skamper. »Ist heute so schönes Wetter.«

»Das kann man sagen. Nachmittags soll's aber regnen, hat der Wetterbericht gesagt.«

»Wenn es regnet, dann komm ich einfach wieder hierher.«

Die Frau lächelte.

»Wo ist denn das genau, wo man den Toten gefunden hat?«, fragte Skamper.

»Gar nicht weit von hier. Wenn Sie rauskommen, müssen Sie den Waldweg oben auf dem Berg nehmen, aber nicht den ersten, der dahinter. Und dann einfach geradeaus, bis der Weg sich biegt. Da steht ein Kreuz und genau da war es.«

Das war nicht weit von der Stelle, an der er und Brand eine kleine Rast gemacht hatten.

»Da komm ich nicht vorbei«, sagte Skamper. »Ich nehm die andere Richtung.«

Die Frau nickte, dann drehte sie sich wieder um und verschwand in der Küche.

Der Kaffee war zu dünn. Skamper trank die Tasse aus.

Der kleine Parkplatz, an dem Skamper sein Auto abstellte, war heute genauso verlassen wie vor zwei Tagen. Er parkte das Auto vorne an der Einfahrt, wie er es auch am Mittwoch getan hatte.

Nachdem er ausgestiegen war, blieb er stehen und sah sich um. Ein leichter Wind war aufgekommen, der Himmel war blau mit kleinen Wolken. Der Wald vor ihm wirkte wie feindliches Gebiet. Groß und drohend standen die Bäume da, hölzerne Wächter, die ihn misstrauisch beäugten.

Der kleine Weg, der in den Wald führte. Den waren sie gegangen. Skamper folgte seiner Erinnerung, doch heute wirkte die Landschaft anders, der sonnige Tag änderte alles. Wo die Umgebung vor zwei Tagen grau und dunkel gewirkt hatte, malte die Sonne obskure Schattenzeichnungen der Bäume auf den Waldboden.

Er wurde verfolgt. Schon nach ein paar Metern stellte sich das Gefühl ein. Skamper blieb immer wieder stehen, drehte sich um und versuchte, zwischen den Bäumen etwas zu erkennen, glaubte, Schatten zu sehen, die verschwanden und sich wieder zeigten. Er hörte auf die Geräusche, aber es war nur der Wind, ein Aufruhr in den Bäumen, der kurz stärker wurde und dann war wieder Stille.

Bald erreichte er die Stelle, an der ihn Brand niedergeschlagen hatte.

Skamper versuchte, sich genau an das Geschehen zu erinnern. Ihm war schwindlig gewesen, die K.-o.-Tropfen, die ihm Brand in das Bier geträufelt hatte – Skamper war sich immer sicherer, dass ihn Brand vergiftet hatte – hatten ihre Wirkung gezeigt. Skamper hatte am Rand der Böschung gestanden. Er hatte den Eindruck gehabt, dass sich das Tal vor ihm bewegte, als würde es zu schweben beginnen. Dann war alles ganz schnell gegangen. Brand musste ihm mit einem stumpfen Gegenstand – vielleicht einem Stein – von hinten auf den Kopf geschlagen haben. Skamper hatte im letzten Moment etwas geahnt, hatte leicht den Kopf zur Seite gedreht, sodass Brand ihn nicht richtig getroffen hatte.

Was war das für eine Droge gewesen, mit der ihn Brand betäubt hatte? Vielleicht würde die Blutprobe, die er Meyer gegeben hatte, darüber Aufschluss geben, aber es konnte auch sein, dass man keine

Spuren fand. Die Droge war auf jeden Fall so stark gewesen, dass es schwierig für ihn war, die Ereignisse in seiner Erinnerung sauber zu trennen. Was war real gewesen? Was hatte ihm die Droge vorgegaukelt?

Die Umgebung hier erschien ihm fremd. Er kniete und suchte nach Spuren auf dem Waldboden. Er war nach rechts getorkelt, einige Meter, dort war der Abhang nicht ganz so steil. Hier war er dann ausgerutscht und nach unten gestürzt. Das Gebüsch und der weiche Boden hatten seinen Sturz abgefangen, aber trotzdem hatte er Glück gehabt, dass nicht mehr passiert war.

Genau dort, wo er nach unten gefallen war, begann er den Abstieg. Er hielt sich an den Büschen fest, kam ins Rutschen, konnte sich aber halten. Es dauerte einige Minuten, dann war er unten angekommen.

Wie war es weitergegangen? Er war liegen geblieben hier unten, wie lange, wusste er nicht. Er hatte Angst gehabt, dass Brand ihm folgen würde, und war wieder aufgestanden und weiter gegangen. Skamper fiel ein, dass er durch einen Hohlweg gelaufen war und eine kleine Wiese gesehen hatte. Die Wiese, die sich ihm auch jetzt zeigte, vielleicht dreihundert Meter entfernt.

Er ging darauf zu. Dass er versuchte, jeden Schritt seines Wegs vor zwei Tagen nachzuvollziehen, half ihm. Die Erinnerung an die Geschehnisse schien klarer und deutlicher zu werden.

Er ging weiter. Es dauerte eine Weile, bis er wieder zu einem Ort kam, an den er sich zu erinnern glaubte. Er war gefallen und hatte im Gras gelegen. Der blühende Kirschbaum mit der bizarren Form vor ihm, den hatte er gesehen.

Skamper ging eine Biegung hoch, blieb an einer leicht erhöhten Lichtung stehen. War er hier gewesen? In seiner Erinnerung war er nicht liegen geblieben, sondern wieder aufgestanden. Aber hatte er dies auch wirklich erlebt? Woran er sich deutlich erinnerte, war die Höhle, in der er aufgewacht war. Vielleicht war sie nicht weit von hier.

Er überwand eine Steigung, noch ein paar Meter, dann ging es um die Ecke und dann auf einmal nicht mehr weiter. Vor ihm ragte ein Fels auf. Vielleicht zwanzig Meter stieg er hoch, so steil, dass es unmöglich war, ohne Kletterausrüstung nach oben zu kommen. Die

Felswand zog sich in ihrer Breite über dreißig Meter. An beiden Enden war dichtes Gebüsch. Der Felsen fühlte sich kühl und rau an. Skamper ging an ihm entlang, vielleicht gab es einen Zugang, irgendwo versteckt in dem Gebüsch, das die Felsformation umgab. Er begann, sich durch das dichte Unterholz zu kämpfen. Er hielt sich eng an dem Felsen, aber es gab nichts, was auf einen Eingang hinwies. Er umrundete die Formation, bis er wieder an der Stelle stand, von der er gestartet war.

Auf einmal hörte er ein Geräusch, ein Knacken hinter ihm, sofort drehte er sich um, doch er sah nur den Wald im hellen Nachmittagslicht. Jemand beobachtete ihn, das Gefühl war wieder da. Skamper wandte sich ab und ging den Weg zurück, den er gekommen war. Er würde die Höhle nicht finden, wahrscheinlich war sie nur ein Traumgespinst gewesen, ausgelöst durch chemische Substanzen und die Todesangst, die er gehabt hatte.

Auf dem Rückweg wollte er einen Abstecher zu der Stelle machen, an der man den toten Brand gefunden hatte.

Als er um eine Kurve des Waldweges bog, sah er mitten auf dem Weg einen Mann auf einem kleinen Klappstuhl sitzen. Sobald der Mann Skamper erblickte, stand er auf und stellte sich breitbeinig vor den Stuhl.

Skamper wurde langsamer, blieb stehen. Er schätzte den Mann auf Mitte dreißig. Er trug eine braune Jacke, hatte kurz geschorene Haare. Die Figur war stämmig. Das Gesicht verriet keine Regung. Der Mann kam ihm vor wie ein Türsteher.

»Geht hier nicht weiter«, sagte er. »Ist Privatgrund.« Er nuschelte stark, als wäre Skamper es nicht wert, dass man für ihn die Lippen auseinanderzog.

»Privatgrund. Das ist ein öffentlicher Weg.«

Der Mann vor ihm schüttelte den Kopf. »Kein öffentlicher Weg, wenigstens nicht heute.«

»Und wenn ich einfach an Ihnen vorbeigehe?«

»Ich würde es nicht probieren.« Der Mann vor ihm fasste mit der Hand an ein Halfter an der rechten Seite seines Gürtels. Trug er eine Waffe? »Ich stehe nur hier, um Sie zu warnen. Diesen Weg zu gehen, ist nicht gut für Ihre Gesundheit. Mir liegt an Ihrer Gesundheit, verstehen Sie. Es gibt nichts zu sehen, nur Wald und Bäume, das haben Sie auch, wenn Sie wieder umkehren.«

»Sie reden ziemliche Scheiße«, sagte Skamper.

Der Mann verzog keine Miene. »Ich sage es Ihnen, wie es ist. Und ich überlasse Ihnen die Wahl. Wenn Sie weitergehen wollen, werden Sie sich nichts als eine blutige Nase holen. Besser ist, Sie drehen um.«

Skamper versuchte, etwas hinter dem Mann zu erkennen. Der Weg führte geradewegs auf eine Erhebung. Links und rechts war dichter Wald. Bis zu dem Kreuz, wo Brand abgestürzt war, war es nicht weit. Hinter der Erhebung musste es sein.

Dass der Mann gerade hier stand und Skamper den Durchgang verwehrte, konnte kein Zufall sein. Schröder hatte gesagt, dass man Brands Artefakt nicht bei ihm gefunden hatte. Als Brand mit Skamper unterwegs war, hatte er es noch bei sich gehabt. Vielleicht war das Gerede von Brand im »Bergschloss« über diese mysteriöse Sekte »Schwarze Sonne« wahr gewesen und sie waren ihnen schon auf der Spur gewesen. Und Brand hatte das Artefakt im Wald versteckt, weil es nicht in die Hände seiner Verfolger fallen sollte. Und jetzt war diese Sekte auf der Suche nach dem Artefakt und sperrte das Gelände ab. Sollte Skamper die Polizei anrufen? Er verwarf den Gedanken. Sich den Platz ansehen, wo man Brand gefunden hatte, das konnte er auch später noch. Skamper fasste den Mann vor ihm noch einmal ins Auge.

»Sie wollen doch keinen Ärger«, sagte der.

Skamper drehte sich um. Langsam ging er den Weg zurück, den er gekommen war.

Mai 1944

Das Heulen der Motoren war ganz nah. Fischer und Wuttke kauerten in einem kleinen Stollen.

»So nah waren sie noch nie«, flüsterte Wuttke.

Fischer antwortete nicht, jetzt war es wieder still. Als würden die Alliierten ihre Kräfte sammeln und dann mit umso größerer Gewalt angreifen.

»Glaubst du an die Wunderwaffe?«

»Wie?« Fischer hatte ihn nicht verstanden, weil wieder ein Aufheulen der Motoren zu hören war, dann Einschläge, vielleicht hatten sie die Baracken getroffen.

»Die Wunderwaffe, die den Krieg entscheiden soll.«

Fischer antwortete nicht.

»Wenn die Wunderwaffe nicht kommt, haben wir keine Chance«, sagte Wuttke.

»Es gibt keine Wunderwaffe.«

Wuttke brummte etwas. Fischer hörte sein Atmen, in der Dunkelheit konnte er das Gesicht von Wuttke nicht sehen. Aber er spürte die Angst wie eine Ausdünstung, die von dessen Körper ausging und auch ihn erfasste.

»Was glaubst du, wie lange es noch dauert?«

»Was dauert?«

»Bis sie kommen, die Amis oder die Russen. Besser wäre es, wenn die Amis zuerst kommen. Wenn die Russen kommen, dann gnade uns Gott. Was glaubst du, wie lange es noch dauert?«

»Ich habe keine Ahnung.«

Wieder war Schweigen. Fischer und Wuttke horchten in die Stille.

»Ich werde dich nicht verraten«, sagte Wuttke auf einmal.

Fischers Körper versteifte sich. »Was redest du da?«

»Ich werde dich nicht verraten, habe ich gesagt.« Er zögerte einen Moment. »Ich weiß nicht, was du treibst, aber es ist nicht das, was Schäffler will.«

»Das ist Unsinn.«

»Ich weiß, was ich gesehen habe. Mach dir keine Sorgen, ich werde dich nicht verraten.«

Fischer schwieg.

»Wir könnten untertauchen.« Wuttke hatte die Worte wie beiläufig gesagt, fast geflüstert, als wollte er nur prüfen, wie sie klangen in der Dunkelheit. Fischer hielt den Atem an.

»Jetzt gleich, wir könnten nach Süden, ich kenne mich hier aus, wir müssen erst mal bis nach Nürnberg kommen.«

»Und dann, was machen wir dann?«

»Uns fällt schon was ein. Das Wichtigste ist, dass wir von hier wegkommen. Die Russen sind nicht mehr weit.«

»Wir können nicht sofort abhauen«, sagte Fischer. »So was braucht Planung.«

»Wir haben keine Zeit, um zu planen. Wenn die Russen kommen, ist es zu spät, dann ist alles zu spät.« Wuttkes Stimme klang resigniert.

Es war immer noch still. Als die Männer sich sicher waren, dass es keine weiteren Angriffe mehr geben würde, traten sie aus dem Stollen ins Freie. Die Morgendämmerung hatte eingesetzt. Im Halbdunkel erkannte Fischer, dass die Baracken nicht getroffen waren. Die Szenerie wirkte auf einmal friedlich. In ihrem Versteck hatte Fischer geglaubt, die Kraft der Lanze zu spüren, als würde sie Strahlen aussenden, die ihn beruhigten.

Wuttke sah ihn nicht an, während er sprach. »Wir könnten es tun. Wir könnten uns durchschlagen. In der ganzen Gegend gibt es keine Wachen, keine Soldaten, auf die wir treffen werden. Und wenn wir in Nürnberg sind, kenne ich Leute, die uns helfen.«

Fischer schüttelte den Kopf. »Es ist zu spät. Es ist viel zu spät.«

Er konnte nicht gehen. Es ging nicht um sein Leben, es ging darum, dass er nicht zulassen konnte, dass Schäffler sein Werk vollendete. Schäffler säte etwas. Etwas Böses und Mächtiges. Er musste dem etwas entgegensetzen.

Wuttke nickte. Er zögerte noch etwas. Aber dann ging er einfach los. Erst langsam, doch bald verfiel er in einen schnelleren Schritt. Fischer sah ihm nach, wie er sich entfernte und sich Nebel und Halbdunkel wie eine schützende Umarmung um den Flüchtenden legten.

»Viel Glück«, flüsterte er.

Dann war Wuttke nicht mehr zu sehen. Fischer wandte sich um und ging zu den Baracken.

II.

April 2012

Die Tage nach seinem erneuten Ausflug nach Happurg blieb Skamper zu Hause. Er fühlte sich erschlagen, an den Abenden hatte er leichtes Fieber. Der Schlaf in den Nächten war tief und traumlos. Er erwachte meist erst kurz vor Mittag, aber am Tag fühlte er sich trotzdem schwach. Als hätten ihm die Erlebnisse im Wald die Energie ausgesaugt.

Nachmittags saß er am Computer. Immer wieder versuchte er, auf Google Earth den Weg nachzuzeichnen, der ihn zu der Höhle geführt hatte. Doch er kam nicht weiter.

Von Schröder und Meyer hörte er nichts mehr. Von Brands Tod war in der Zeitung nur eine kurze Notiz zu finden. Immer mehr wirkten die vergangenen Ereignisse auf Skamper wie ein Drogenrausch, der sich verflüchtigte. Als wäre alles nur in seiner Fantasie passiert. Aber dann sah er auf den Verband und erinnerte sich an das Gebet und die alte Frau.

Dass ihm ein kompletter Tag fehlte, ging nicht in seinen Kopf. Ein Albtraum mit lauter Geschehnissen, die nicht zusammenpassten und keinen Sinn ergaben. Dazu gehörte auch das Zusammentreffen mit der Kräuter-Anna. Vielleicht sollte er versuchen, sie zu finden, vielleicht wusste sie etwas.

Und da war noch die Karte mit den Punkten. An einem der Punkte sollte der Nazischatz sein. In Skamper war ein Drang, die Punkte abzusuchen, doch er zwang sich zur Geduld. Noch war er zu schwach, es war besser zu warten. Dass sein Revolver gestohlen worden war, beunruhigte ihn. Sie hatten nach der Karte mit den Punkten gesucht, daran bestand für ihn kein Zweifel. Er beschloss, die Karte in der Garage zu verstecken, an einem sicheren Ort, an dem sie nicht zu finden war.

Am vierten Tag nach dem Besuch von Schröder und Meyer nahm er den Verband ab. Die Wunde war gut verheilt, er spürte keine Schmerzen mehr. Sein Fieber war vorbei, Skamper fühlte sich erholt. Er musste etwas tun, dieses Gefühl wurde immer stärker in ihm. Hier zu Hause saß er wie in einem Bahnhofssaal, aber der Zug, auf den er wartete, fuhr nicht ab.

Er wollte in die Stadt zum Einkaufen, als das Telefon klingelte.

»Hallo.«

»Hier ist Arabella. Ich wollt nur wissen, wie's dir geht.«

»Alles okay.« Skamper räusperte sich. Seine Stimme klang ungewohnt, er hatte seit Tagen mit niemandem gesprochen.

»Wir wollten gestern Pizza essen gehen.«

Das Essen im »Ciao«. Skamper war es, als wäre es Ewigkeiten her, dass er mit Arabella dieses Treffen ausgemacht hatte. »Tut mir leid, ich hab's verschwitzt.«

Schweigen, Skamper fuhr sich durchs Haar. »Ich war ein paar Tage weg. Hab mich verletzt, bei 'nem Ausflug. Das ist 'ne längere Geschichte, ich erzähl's dir ein anderes Mal. Tut mir echt leid mit der Pizza.«

»Ist schon gut.«

»Wir holen das Treffen nach. Bestimmt. Gleich nächste Woche.«

»Das sagst du immer.«

»Diesmal bestimmt. Mir ging's die letzten Tage nicht so gut. Aber wir holen das nach. Ich ruf dich an.«

»Da war jemand in der Buchhandlung ...«, unterbrach sie ihn. »Der hat nach dir gefragt.«

»Was war?«

»Ich arbeit doch zurzeit in 'ner Buchhandlung. Und da war so ein Typ. Vor zwei Tagen war das. Ich hab gesehen, dass er in deinem Buch gelesen hat, und gesagt, dass ich dich kenne. Dann wollte der Typ auf einmal alles über dich wissen.«

»Vielleicht war er nur neugierig.«

»Vielleicht, aber ...« Es dauerte etwas, bevor Arabella weitersprach. »Der Typ war irgendwie unheimlich. Nicht groß, aber ziemlich breit, sah aus wie ein Bodybuilder mit ganz braunem Gesicht und langen weißen Haaren. Je länger ich mit ihm gesprochen hab, desto gruseliger war das. Der hatte auch so 'ne seltsame Stimme. Und irgendwann hat er nur noch komisches Zeugs geredet.«

»Was für Zeugs?«

»Dass er hofft, in dir einen Bruder im Geist zu finden. Und dass er dich unbedingt bald sprechen muss.«

»Das war vielleicht nur ein harmloser Spinner.«

»Nein, der war nicht harmlos.«

Arabella sprach mit einer Sicherheit, die Skamper beunruhigte.

»Ich wollte es dir nur sagen.«

»Ist okay. Und wegen dem Pizzaessen, wir holen das nach, ich ruf dich an.«

»Okay. Mach's gut.«

Skamper hielt das Telefon noch einen Moment unschlüssig in der Hand. Vielleicht war dieser Typ in der Buchhandlung von dieser Sekte »Schwarze Sonne«. Während er hier zu Hause wartete, zogen sie Erkundigungen über ihn ein. Er fühlte sich wie in einer Falle, umstellt von unsichtbaren Feinden.

Den roten Skoda bemerkte Skamper kurz vor dem Südstadtparkhaus. Hatte er ihn nicht auch gesehen, als er von seinem Haus losgefahren war? Kurz entschlossen lenkte Skamper nicht in das Parkhaus, sondern bog in eine Seitenstraße ab. Der Skoda folgte ihm. Skamper blickte immer wieder in den Rückspiegel, versuchte zu erkennen, wer da hinter dem Steuer saß. Auf einmal hörte er ein Hupen, jemand bremste vor ihm scharf und Skamper konnte im letzten Moment nach links ausweichen. Er gab Gas, überholte das Auto vor ihm und bog wieder in eine Seitenstraße ab. Er fuhr langsamer und hielt. Er drehte den Motor ab, er legte den Kopf auf das Lenkrad, atmete tief durch. Er vergewisserte sich im Rückspiegel, dass ihn niemand verfolgt hatte. Sein Herz klopfte heftig.

Im Supermarkt beobachtete er seine Umgebung. Seine Sinne waren hellwach. Doch er bemerkte nichts Auffälliges. Vielleicht war er einfach nur überreizt. Vielleicht war der Mann im Skoda nur einer der üblichen Idioten gewesen, die einem an schlechten Tagen begegneten. Vielleicht war alles nur ein Zufall.

Auf dem Weg vom Supermarkt zu einem Getränkeladen sah er den Skoda wieder. Er fuhr direkt hinter ihm. Am Steuer saß ein Mann mit einer auffälligen, blond getönten Irokesenfrisur und Sonnenbrille. Ein schmales Gesicht, mehr konnte man nicht erkennen. Er war allein im Auto. Skamper fuhr ungewöhnliche Wege, machte einen Umweg, doch der Skoda blieb hinter ihm. Als wäre er gar nicht darauf aus, die Verfolgung auf irgendeine Art zu verstecken.

Dann überholte der Skodafahrer, hielt die Geschwindigkeit, sodass er neben Skampers Auto fuhr. Der Mann am Steuer sah ihn an, er hatte während der Fahrt die Brille abgenommen, eine große Narbe zog sich über die linke Seite seines Gesichts. Ein drohender Blick. Einen Moment fuhren die beiden Autos nebeneinander, dann erschien ein Lastwagen auf der Gegenfahrbahn. Der Mann im Skoda gab Gas, scherte vor Skamper ein und bog dann in eine Seitenstraße ein.

Als Skamper einen freien Parkplatz sah, hielt er. Wer war der Mann, der ihn verfolgte? Gehörte er zu der »Schwarzen Sonne«? Skamper dachte an seinen Revolver. Ausgerechnet jetzt hatte er keine Waffe. Er musste sich eine Pistole besorgen. Er würde heute noch mit Mike reden, vielleicht konnte der ihm helfen.

Skamper blieb noch länger in der Stadt, von seinem Verfolger war nichts mehr zu sehen. Doch als er daheim ankam, parkte der rote Skoda direkt vor der Auffahrt zu seinem Haus. Zwei Männer lehnten an der Fahrertür. Den Fahrer mit der Irokesenfrisur erkannte er sofort. Er war drahtig und schlank, die große Sonnenbrille verdeckte die Augen. Der Mann neben ihm war stämmig, kleiner als der andere, ein Glatzkopf mit einem breiten, brutalen Gesicht. Seine eingedrückte Nase ließ Skamper an einen Boxer denken.

Für einen Augenblick hatte Skamper den Impuls, schnell zu wenden, die beiden einfach stehen zu lassen und in sicherer Entfernung zu warten, bis sie verschwunden waren. Doch er war wütend über die aggressive Art, mit der sie ihm auflauerten, und sein Stolz ließ nicht zu, vor diesen beiden Typen Reißaus zu nehmen.

Er parkte hinter dem Skoda, starrte aus dem Auto auf die beiden Männer, die an ihrem Wagen lehnten und ihn beobachteten.

Skamper ließ sich Zeit mit dem Aussteigen. Er schloss den Wagen ab, behielt die Männer im Auge. Die beiden beobachteten jede seiner Bewegungen. Er ging ein paar Schritte nach vorne, die Plattnase kaute gleichgültig auf einem Kaugummi, rührte sich nicht. Ungefähr fünf Meter vor den Männern blieb er stehen.

»Paul Skamper?« Die Stimme der Plattnase war krächzend, als hätte er einen Husten oder einen riesigen Knoten in der Kehle. Der Kerl war nicht von hier, das hörte Skamper sofort, jemand aus dem Osten, Thüringen oder Sachsen. »Wer will das wissen?«

Schweigen, der Mann mit der Irokesenfrisur scharrte mit seinem Stiefel über den Asphalt, ein kratziges Geräusch, dann sah er auf. »Zwei Freunde von Lucius Brand.« Der Kerl war von hier, der fränkische Einschlag war nicht zu überhören.

»Ich bin Paul Skamper.«

Die Irokesenfrisur deutete mit dem Kopf auf Skampers Haus. »Können wir reinkommen? Ist vielleicht gemütlicher drin.«

»Erst müssten Sie mir mal sagen, was Sie wollen?«

»Wirste früh genug merken, was wir wollen.« Er schob seine schwarze Jacke zurück. Darunter trug er nichts außer einem Brustgurt, der über seine behaarte Brust lief. Darin steckte ein Revolver. Skamper erkannte ihn sofort, es war seine Waffe. »Den vermisst du doch.« Der Typ griff zur Waffe, als wollte er sie ziehen.

»Was soll das?«

Der Mann hatte die Hand immer noch an der Waffe. »Eine schöne Waffe, etwas alt, liegt aber gut in der Hand. Die hast du doch nicht legal.«

Skamper versuchte ein Grinsen, es war schief. »Wenn ihr mich so nett bittet, dann können wir auch reingehen.«

Er wollte losgehen, an den Männern vorbei ins Haus. Dann hörte er das Geräusch eines Motors hinter sich. Ein blauer Wagen kam die Einfahrt hoch. Er erkannte den Audi von Schröder. Er parkte hinter seinem Kombi. Schröder saß allein im Auto und in Skamper blitzte der Gedanke auf, dass er ihn warnen müsse, dass Schröder sofort umkehren müsse, aber dann hatte sich die Tür schon geöffnet und Schröder stieg aus.

Einen Moment lang herrschte Stille.

»Was ist hier los?«, fragte Schröder.

Keine Antwort. Skampers Herz begann zu rasen, seine Hände waren feucht, warum hatte er nur keine Waffe, er hätte umkehren sollen, sofort, als er die beiden gesehen hatte. Er blickte Schröder starr an. Geh zurück ins Auto und verschwinde, dachte Skamper. Er dachte es so eindringlich, dass er glaubte, Schröder müsste seine Gedanken hören.

Schröder wandte sich an den Mann mit der Irokesenfrisur. »Nehmen Sie die Hand von der Waffe, ich bin von der Polizei, nehmen Sie sofort die Hand von der Waffe.«

Der Mann sah zu der Plattnase, sein Gesichtsausdruck hatte sich verändert. Die Hand auf Skampers Revolver zitterte auf einmal leicht und Skamper wusste, dass der Mann schießen würde, und er fing an zu laufen.

Der Mann zog den Revolver, richtete ihn auf Schröder, der Finger krümmte sich, alles lief verzögert ab und Skamper rannte weiter. Er sah die Bewegung der Trommel, der Schuss zischte durch die Luft und riss Schröder um. Dann wollte der Mann ein zweites Mal schießen, aber Skamper war schon nahe genug, packte den Arm des Mannes, ein zweiter Schuss dröhnte in seinen Ohren, überlaut. Skampers Angriff schleuderte ihn und den Mann gegen den Skoda. Skamper war auf seinem Gegner und schlug auf ihn ein, seine Wut schleuderte die Schläge aus seinem Körper, er hörte Schreie, das Gesicht unter ihm war angstverzerrt.

Skamper schmeckte etwas im Mund, etwas Metallenes, und dann krachte ein Schlag auf seinen Kopf, ein blendender Schmerz explodierte vor seinen Augen. Das Gesicht vor ihm verschwand hinter einem Nebel, immer schneller. Etwas schnitt den Ton ab, etwas hielt den Film an, etwas ließ ihn zu Boden sacken und wegtauchen in die Bewusstlosigkeit.

Juni 1944

Liebste Eva,
wo warst du letzten Samstag? Ich habe auf einer Bank im Johannisfriedhof auf dich gewartet. Die Sonne schien mir ins Gesicht, die Luft roch nach den Pflanzen um mich herum und ich genoss die Abgeschiedenheit und dass ich hier an diesem wunderschönen Ort sein konnte.

Ich bin immer wieder aufgestanden und zu dem Eingang gegangen, wo ich die Skulptur von Adam Kraft betrachtet. Wenn ich sie anschaue, gibt sie mir Ruhe und Frieden. Ich konnte mich nicht sattsehen an diesem Ausdruck von Frieden, der dem Bild innewohnt.

Auf der Parkbank tauchten die Bilder von früher wieder auf. Ich dachte an unsere Gespräche über Gott, über Kunst, über die wichtigen Dinge des Lebens. Und über die Hoffnungen, die wir hatten.

Du bist bei mir, auch wenn du weit weg bist. Manchmal, wenn ich im Lager bin, glaube ich, ich müsste mich nur umdrehen und dann würde ich dich sehen. Ich würde sehen, wie du auf mich zukommst, die langen Haare nach hinten gebunden, ein Lächeln im Gesicht.

Hätte ich doch nur ein Bild von dir. Aber vielleicht ist es auch besser so, dass ich auf die Bilder meiner Erinnerung zurückgreifen muss, wenn ich dich sehen möchte. Und die Erinnerung steht manchmal so deutlich und stark vor meinen Augen, dass es weh tut. Und doch ist sie tröstlich.

Letzte Nacht hatte ich einen seltsamen Traum. Ich glaubte zu erwachen und an der Wand war mit roter Farbe eine Zahl gemalt. 28195, ich erinnere mich genau. Ein alter Mann mit langem Bart und knochigen Händen saß in der Ecke und ich fragte ihn, was die Zahl zu bedeuten hätte. Aber er sagte nur, ich müsse dich fragen, du wüsstest es. Seine Erscheinung jagte einen Angstschauer über meinen Schlaf und ich erwachte mit klopfendem Herzen. Was für seltsame Szenen uns die Nacht schenkt.

Als ich durch die Stadt zum Bahnhof lief, hasteten die Menschen an mir vorbei. Man spürt die Angst und die Sorge, aber in mir war noch die Ruhe und der Frieden des Friedhofes.

Ich hoffe sehr, dass wir uns nächsten Sonntag sehen können. Ich habe dir so viel zu erzählen.

In Liebe
Richard

Mai 2012

Was war das für ein Geräusch? Ein Krachen, wie Schüsse aus Kanonen, immer wieder, das Geräusch schwoll an, kam näher. Wo war er? Das Krachen füllte ihn ganz aus, als würde etwas in ihm explodieren. Er versuchte die Augen zu öffnen, wartete dann, als habe er Angst vor der Realität, die er erblicken würde.

Halbdunkel. Ein Keller. Vor Skamper eine blanke Wand mit Rissen und Stellen, an denen der Putz abgeblättert war. Der Boden war aus grauem Stein, schmutzig. Vor sich sah er Blutspuren und er wusste sofort, dass es sich um sein Blut handelte.

Der Raum war nicht groß. Drei Meter von ihm bis zur Wand. Links sah er einen Wasserhahn, aus dem Wasser tropfte, immer im Abstand von ein paar Sekunden. Die Explosionen, die ihn geweckt hatten. Ein viereckiges, graues Becken mit schwarzem Rand, ein schlanker Hahn, an dessen Plastikende sich die Tropfen bildeten, bevor sie nach unten krachten. Und wieder fiel ein Tropfen, schlug in Skampers Wahrnehmung ein und explodierte in seinem Kopf.

Er hatte Durst. Er wollte aufstehen und zu dem Waschbecken gehen, aber er konnte nicht. Etwas schnitt in seine Armgelenke, sie hatten ihn gefesselt. Er versuchte Arme und Beine zu bewegen, aber er hatte keinen Spielraum.

Von irgendwoher kam Licht, er bewegte den Kopf nach rechts, auf die andere Seite gegenüber dem Waschbecken. Das Licht kam durch ein Gitter oben an der Decke, ein diffuses Leuchten. Durch das enge

Gitter war nichts zu erkennen. Skamper starrte nach oben an die Decke. Sie war genauso grau wie die Wand und mit ebenso schlecht verputzten Stellen. Der Raum war vielleicht zwei Meter fünfzig hoch.

Wie spät war es wohl? Ihm war jedes Zeitgefühl abhandengekommen.

Er musste ruhig bleiben. Er erinnerte sich an seine Ausbildung als Einzelkämpfer bei der Bundeswehr. Sie hatten solche Situationen geübt. Das Wichtigste war, einen klaren Kopf zu bewahren und möglichst viele Informationen über seine Situation zu gewinnen. Informationen konnten Leben retten.

Sein Kopf schmerzte immer noch, aber er schien nicht ernsthaft verletzt zu sein. Er war mit Schnüren an einem Stuhl gefesselt, ein alter Stuhl aus Holz, der sehr stabil wirkte. Man hatte seine Hände an die Armlehnen und seine Füße an die Stuhlbeine gebunden. An den Füßen schienen die Schnüre nicht ganz so fest zu sein. Vielleicht war das seine Chance.

Dann tauchte das Bild von Schröder auf, wie er von dem Schuss getroffen auf den Boden sackte. Skamper hatte es nicht verhindern können, aber er durfte nicht darüber nachdenken.

Langsam bewegte er die Finger. Ein Hobbyzauberer beim Bund hatte ihm gesagt, dass es im Grunde keine Fesseln gab, aus denen man sich nicht befreien konnte. Man brauchte nur den richtigen Kniff und Zeit, aber Skamper kannte keine Kniffe und er wusste nicht, ob er Zeit hatte.

Jede Bewegung schmerzte. Die Tür hinter ihm öffnete sich. Er stellte sich schlafend, er hörte Schritte. Jemand baute sich vor ihm auf. Durch die halb geschlossenen Lider erkannte er den Mann mit der Irokesenfrisur. Er trug ein graues, verwaschenes T-Shirt, auf dem eine Teufelsfratze zu sehen war. Skamper versuchte, ruhig und gleichmäßig zu atmen, die aufkommende Panik zu unterdrücken.

Der Mann schlug zu. Die Rückseite seiner Hand traf Skamper an der Schläfe. Skampers Kopf wurde nach hinten gerissen, ein Blitz erschien grell vor seinen Augen. Ein dumpfer Schmerz füllte seinen Kopf aus, als verdickte sich das Blut zu hartem Granulat, das gegen die Schädelwand drückte.

Der Mann holte aus der Ecke hinter ihm einen Stuhl. Er setzte sich so darauf, dass er die Arme auf die Lehne stützen konnte. In der rechten Hand hatte er eine halb volle Bierflasche. »Schau mich an«, sagte er.

Skamper hob den Kopf, öffnete die Lider. »Was wollt ihr?«, fragte er. Sein Mund war trocken, er musste husten.

»Wo ist die Karte?«

»Welche Karte?«

Wieder ein Schlag. Diesmal mit der Faust in den Bauch. Skamper krümmte sich zusammen, hustete.

»Du weißt genau, welche Karte ich meine. Wo ist sie?«

»Ich hab sie nicht.«

Ein dritter Schlag, mit der Faust an die rechte Schläfe. Skampers Kopf flog nach links. In seinem Nacken krachte es, wieder waren Blitze vor seinen Augen. Er konzentrierte sich auf seinen Atem, er musste durchhalten, er durfte nicht schwach werden, er musste daran glauben, dass er irgendwie hier rauskam. »Ich hab sie nicht«, wiederholte er. Er spuckte auf den Boden. Sein Schleim war mit Blut vermischt.

Der Mann schnellte hoch, schleuderte seinen Stuhl an die Wand, warf die Bierflasche auf den Boden, die mit lautem Krach zersplitterte. Er packte Skamper am Kragen, beugte sich zu ihm. Skamper roch seine Ausdünstungen, den Geruch nach Tabak, nach Alkohol. Er widerstand dem Bedürfnis, dem Kerl ins Gesicht zu spucken.

»Erzähl mir keinen Scheiß, erzähl mir keinen Scheiß.« Die Stimme überschlug sich, sein Gesicht war verzerrt. »Wenn du denkst, du kannst mir Scheiß erzählen, dann bist du falsch gewickelt. Ich mach dich fertig, ich bin Spezialist für so was, glaub mir.«

Er stieß Skamper zurück, sodass der mit dem Stuhl fast nach hinten geknallt wäre, rannte einmal hin und her, seine Bewegungen hatten etwas Zwanghaftes. Dann blieb er stehen, er schwankte leicht. Der ist auf Drogen, dachte Skamper. Entweder ist der auf Drogen oder völlig durchgedreht. Auf einmal drehte der Mann sich um, ging nach hinten. Skamper hörte, wie sich die Tür öffnete und schloss. Dann war Stille.

Skamper zerrte wieder an den Schnüren, dachte an die Worte des Hobbyzauberers. Das war Bullshit, was der erzählt hatte. Auf dem Boden sah er die Scherben der zerbrochenen Bierflasche. Das war seine Chance. Er musste irgendwie an eine der Scherben kommen.

Die Tür hinter Skamper öffnete sich wieder. Jemand betrat den Raum, blieb hinter ihm stehen. Der Mann mit der Irokesenfrisur?

Doch die Schritte waren anders. Ein Mann erschien in Skampers Blickfeld. Er war nicht groß, vielleicht eins fünfundsechzig, doch er hatte Schultern, die den ganzen Raum auszufüllen schienen. Sein mächtiger Oberkörper war in eine schwarze Anzugjacke gezwängt, die bei jeder Bewegung bersten wollte. Dazu trug er braune Hosen und glänzende schwarze Halbschuhe. Sein Gesicht war unnatürlich braun. Ein Brathendl, das sich einen Bodybuilderkörper antrainiert hatte. Das war der Gedanke, der Skamper sofort durch den Kopf schoss. Die weißen Haare waren lang und hingen glatt an den Seiten herunter. Der Mann lächelte, wenigstens deutete Skamper die Grimasse so, die wirkte, wie wenn sich brüchige, braun besprühte Alufolie verzog.

»Ich freue mich, dass Sie hier sind.« Die Stimme klang weich, wie das einschmeichelnde Säuseln auf einer Hypnose-CD. »Schade, dass Sie nicht bereit sind zu kooperieren.«

»Ich habe die Karte nicht, wie oft soll ich das noch sagen. Ich habe sie verloren.«

Der Mann beugte sich vor. Auf einmal spürte Skamper einen Druck auf seinen Halsansatz. Der Daumen des Mannes bohrte sich in seine Kehle und Skamper war, als würde der Mann mit dem Daumen ein Loch in seinen Hals brennen. Der Mann lächelte. Und drückte weiter zu. Endlich ließ er los. Skamper keuchte, würgte, kam mühsam zu Atem.

Der Mann stellte den Stuhl, den der Irokese wütend an die Wand geschleudert hatte, wieder auf. Er holte ein blütenweißes Taschentuch aus seiner Hosentasche und wischte sorgfältig den Sitz ab. Dann setzte er sich und richtete seinen Blick auf Skamper.

»Mein Name ist Karol Boretzky.«

Skamper wusste nicht, was er sagen sollte. »Sehr erfreut« fand er unpassend.

»Der zweite Mai vor einem Jahr, erinnern Sie sich?«

Skamper hatte keine Ahnung, er schüttelte den Kopf.

»Da habe ich Sie gesehen, in der Fürther Kofferfabrik. Sie haben einen Vortrag gehalten, über Schatzsuche. Und Sie haben Ihr Buch vorgestellt.«

Skamper erinnerte sich. Unter den paar Typen, die ihm gelangweilt zugehört hatten, war also auch das Brathendl gewesen.

»Ich habe auch ein Buch geschrieben«, sagte Boretzky. Er blickte in die Ferne, als würde er nicht mit Skamper sprechen, als hörte hinter Skamper ein riesiges Publikum zu. »Es ist ein großes Buch, ein Buch, das die Welt verändern wird. Ich habe es an Verlage geschickt. Sie haben es zurückgeschickt. Sie haben es mit ihren Händen besudelt, als sie das wertvolle Manuskript anfassten. Sie haben respektlose Kommentare abgegeben, mir nichtssagende, lächerliche Antwortschreiben geschickt.« Er schüttelte den Kopf. »Ich fordere nicht Bewunderung, ich fordere nur Respekt.«

Für einen Moment wurde Skamper sich der Absurdität der Situation bewusst. Da saß er, gefesselt in einem Kellerloch, und musste sich das Gejammer eines erfolglosen Autors anhören. »Vielleicht kommt Ihre Zeit erst noch«, sagte Skamper.

Boretzky blickte auf, als würde er erst jetzt bemerken, dass auf der Bühne, auf der er einen großen Monolog hielt, noch ein anderer war. »Meine Zeit wird sehr bald kommen.«

Er lehnte sich zurück, faltete die Hände. »Wissen Sie, warum ich auf Ihrer Lesung war?«

Skamper schüttelte den Kopf.

»Es war ein Satz in der Vorankündigung: Warum verließ Paul Skamper eine gesicherte Stellung und machte sich auf die Suche nach Schätzen? Diese Frage kann der Autor selbst nicht beantworten.« Er beugte sich vor. »Ich weiß, warum Sie gehen mussten. Wissen Sie, gestern war ich in einer Bäckerei, ein junges Mädchen hat mich bedient, nichts an ihr war besonders, nur ein kleines Piercing an der Zunge, das man sah, wenn sie sprach. Ihre Augen waren matt, aber manchmal leuchtete etwas in ihnen. Und ich sah das Leben, das dieses Mädchen führen würde. Sie wird jeden Tag in diese Bäckerei gehen, sie wird vielleicht heiraten, Kinder kriegen und das Leuchten in ihren Augen wird erloschen sein. Ich verstehe, was dieses Leuchten bedeutet, es ist eine Suche nach Bedeutung. Nach einem Leben, das nicht im Einerlei einer Bäckerei oder eines Büros versiegt. Es ist die Suche nach einer Aufgabe, die über unsere kleine Existenz hinausgeht. Ich sehe oft junge Menschen mit diesem Leuchten in den Augen. Diese jungen Menschen sind hungrig, sie gieren nach einem Leben, das seinen Namen verdient. Aber was bieten wir ihnen an? Ein Leben als langweilige, öde Büroexistenz, ein Verflackern vor Computer- und Fernsehbildschirmen. Und irgendwann hört der Hunger auf und diese Menschen werden wie wir, sind gefangen im Kreislauf von Arbeit und öder Zerstreuung. Sie vergessen ihren Hunger und sterben, ohne gelebt zu haben.«

Boretzky brach seinen Monolog ab, er starrte vor sich hin, atmete tief durch, wie berauscht von seiner Rede. Skamper hatte ihm fasziniert zugehört, für einen Moment hatte er vergessen, dass er Gefangener in der Gewalt dieses durchgedrehten Fremden war. Boretzky gab sich einen Ruck. »War es dieser Hunger, der Sie dazu brachte, auf Schatzsuche zu gehen?«

Skamper antwortete nicht. Ich wollte meinem Leben einen Sinn geben, war er versucht zu sagen, aber er nickte nur.

»Sie sollten mein Buch lesen, Sie sind vielleicht jemand, der versteht, was ich sagen will.«

Skamper schwieg.

»Wie schon gesagt, man hat bisher nicht erkannt, was dieses Buch bedeuten wird.« Er fixierte Skamper. »Vielleicht halten Sie mich auch für einen verkannten Schriftsteller?«

Ich halte dich für ein Brathendl, das zu viel Maststoffe gefuttert hat, dachte Skamper.

»Aber so geht es allen großen Figuren. Sie werden verkannt. Meine Vorgänger, Jesus, Hitler. Zu Lebzeiten hat man ihre Vision nicht verstanden.«

Ich muss hier raus, dachte Skamper. Ich bin in die Höhle der Verrückten geraten.

»Ich bin auf meinem Weg«, sagte Boretzky. Seine Stimme zitterte vor Pathos. »Ich werde der Welt ein Reich schenken, das tausend Jahre bestehen wird. Die Menschen haben gewartet, sie dürsten nach einem neuen Messias und siehe, hier bin ich. Jesus war ein Zimmermann, Hitler hat selbstgemalte Postkarten verkauft. Und ich, heute bin ich Masseur, aber noch vor Jahren habe ich in einer Pommesbude gearbeitet. Jahrelang habe ich Currywürste und Pommes verkauft. Zu dieser Zeit ist mir Hitler erschienen. Er stand auf einmal vor unserem kleinen Kiosk, direkt vor mir, er trug eine Reichsuniform, er hielt die Hand nach oben, der Hitlergruß. Und Sie werden nicht glauben, was er sagte: ›Eine Currywurst extra spezial mit besonders viel Curry‹. Das waren seine Worte. Ich stand da mit offenem Mund und dann trat er zu mir und legte seinen Arm auf meinen. ›Du bist der Auserwählte‹, sagte er. ›Du bist ausersehen, das Tausendjährige Reich zu gründen. Warte auf das Zeichen.‹ Und dann gab ich ihm die Currywurst und er ging, ohne zu zahlen. Seit diesem Tag bin ich auf der Suche. Auf der Suche nach dem Zeichen, das mir die Gewissheit gibt, dass der Tag der Entscheidung bevorsteht. Als ich gehört habe, dass der zweite Stein aufgetaucht ist, wusste ich, dass es soweit ist. Der große Tag ist ganz nah. Der Tag, der alles verändert, der Tag, der das Versprechen erfüllt, das uns das Leben beim ersten Atemzug machte.«

Skamper arbeitete an seinen Fesseln, ein wenig gaben sie nach. Er hatte etwas mehr Spiel, das konnte zwar Einbildung sein, aber er klammerte sich an den Gedanken. Boretzky schien nicht zu bemerken, dass Skamper an den Fesseln zerrte, er war berauscht von seinen Worten.

Red weiter, dachte Skamper. Red weiter deinen Stuss, bis ich frei bin. Dann werde ich dir dein Brathendlgesicht über den Kopf ziehen.

Boretzky tat ihm den Gefallen und hörte nicht auf. »Ich bin ganz nah am Ziel. Die große Weissagung wird sich erfüllen. Wenn der Auserwählte die Heilige Lanze findet, wird sich erfüllen, was meinen Vorgängern versagt blieb. Wir werden eine Welt erschaffen, die groß ist und rein. Wollen Sie mir dabei helfen?« In seinem Blick war keine Boshaftigkeit, nur glühender Ernst. »Oder wollen Sie mich aufhalten, wollen Sie es mir schwer machen, mögen Sie mich nicht?«

Skampers Handgelenke schmerzten, er würde es nicht schaffen, die Fesseln zu lockern, sie waren zu fest.

»Ja, diese Frage interessiert mich, sagen Sie mir, was Sie von mir halten, was denkt ein Mann wie Sie über den Messias. Bin ich Ihnen sympathisch?«

Skamper schwieg. Was wollte der Mann hören?

»Antworten Sie. Ihre Antwort interessiert mich sehr.«

Skamper schüttelte den Kopf. »Sie sind ein Idiot.«

Boretzkys Blick wurde starr. Einen Moment hielt er die Luft an, dann schrie er los. »Ein Idiot. Weißt du eigentlich, wer ich bin, weißt du eigentlich, wer hier sitzt, du bist nicht mehr als der Dreck unter meinen Fingernägeln, das bist du.« Er spuckte Skamper die Worte förmlich ins Gesicht. Er atmete heftig, einmal, zweimal. »Ich bin sehr enttäuscht, ich dachte, ein Mann wie Sie, der ein Buch geschrieben hat, ein durchaus beeindruckendes Buch, wenn es natürlich nicht die Bedeutung meines Werkes hat, ich dachte, ein Kollege, der würde die Tragweite meiner Ideen begreifen, der würde einem Mann wie mir mit Respekt begegnen, denn mehr verlange ich nicht, keine Bewunderung, aber Respekt.«

Skamper wusste, dass er einen Fehler gemacht hatte, er hätte den Typen einfach reden lassen sollen, vielleicht hätte er es tatsächlich geschafft, die Fesseln zu lösen, vielleicht hatte der Hobbyzauberer recht.

»Nun, lassen wir das. Die Karte, es geht um die Karte. Wo ist sie?«

»Ich weiß nicht, wo die Karte ist«, sagte Skamper.

Boretzky grinste wieder, stand auf. Skamper wurde auf einmal panisch. Der Typ würde ihn fertigmachen und in ihm erwachte etwas, fuhr aus den Tiefen seines Körpers hoch und er schrie und warf sich mit aller Macht nach vorne. Er schaffte es, sich mit den Füßen abzustoßen. Im Stürzen rammte er den Kopf in Boretzkys Bauch. Der Aufprall ließ diesen nach hinten gegen die Wand stolpern.

Skamper krachte zu Boden, Schweiß rann über das Gesicht, brannte in den Augen, ein Schmerz in der Schulter ließ ihn stöhnen. Der Angriff hatte Boretzky nichts anhaben können. Ein lächerlicher Versuch. Skamper lag hilflos auf der Seite. Aber unter seinem Arm spürte er etwas, die Scherben der zerbrochenen Flasche.

Boretzky kam von der Wand, beugte sich über Skamper und der sah das vor Wut verzerrte Gesicht. Er zerrte an den Fesseln. Er lag auf der linken Seite und mit der Hand konnte er den Boden abtasten. Boretzky über ihm grinste, das Grinsen wurde breiter. »Wo ist die Karte?«

Skamper lag am Boden, wie ein Insekt, das nicht mehr auf die Beine kam. Dann spürte seine Hand etwas Spitzes. Eine Scherbe, er schaffte es, sie mit den Fingern zu greifen. »Ich habe die Karte nicht«, sagte er.

»Ich brech dir die Knochen, jeden einzeln, bis du mir sagst, wo die Karte ist.«

Boretzky zerrte ihn hoch, sodass er wieder aufrecht saß. Dann packte er mit der linken Hand Skampers Handgelenk, presste es gegen die Stuhllehne, mit der rechten Hand griff er nach Skampers kleinem Finger.

Skamper wusste, was kommen würde, etwas verkrampfte sich, die Haare auf seiner Hand richteten sich auf, er versuchte, sich auf den Schmerz vorzubereiten. Er konnte die Scherbe unter der anderen Hand bewegen, sodass sie in die Schnur schnitt.

Boretzky bog Skampers Finger nach oben, immer weiter nach oben, und der Schmerz erfasste Skamper wie ein Feuerschwall. Dann war ein Knirschen zu hören, aber das erreichte ihn nur im Unterbewusstsein, weil der Schmerz auch seine Gehörgänge ausfüllte.

Skampers Hand war nur noch ein brennender Klumpen. Alles war taub, nur nicht der Finger, als würde sich alles Bewusstsein auf diesen Körperteil richten, der jetzt unnatürlich nach oben abstand.

»Wo ist die Karte?«

Skamper bekam kaum noch Luft. Er zerrte mit der linken Hand an den Fesseln, die Scherbe schnitt in seine Haut, aber er hoffte, dass sie durch die Bewegung an den Schnüren rieb und diese lockerte.

»Wo ist die Karte, wo ist die Karte?«, fragte Boretzky, jetzt hatte er den Mittelfinger gepackt und Skampers Hand pochte im Rhythmus der Frage, als würde der Schmerz diese Worte wiederholen, immer wieder und mit steigender Intensität.

In Skampers Magen krallte sich eine Faust und in einem letzten verzweifelten Aufbäumen zog er mit aller Kraft an den Schnüren, bis seine linke Hand frei war. Sein Handballen krachte gegen Boretzkys Schläfe, alle Kraft legte er in diesen einen Schlag und Boretzkys Gesichtszüge erstarrten, der Griff an Skampers rechtem Finger lockerte sich und dann sackte Boretzky vor ihm zusammen.

Skamper hüpfte mit dem Stuhl ein paar Meter nach vorne, auf dem Boden lag der abgebrochene Flaschenhals. Er durchschnitt damit die Schnüre an seiner anderen Hand, dann befreite er sich von den Fesseln an seinen Füßen.

Boretzky lag noch immer am Boden, Skamper humpelte zu ihm. Alles Blut schien aus seinen Gelenken verschwunden zu sein, die Muskeln fühlten sich taub und tot an.

Skamper durchsuchte Boretzkys Taschen. In einer Jackentasche fand er einen Schlüsselbund, er steckte ihn ein. In der anderen war eine Pistole. Er hielt sie in der Hand, dann richtete er sie auf den Kopf von Boretzky. Dieser atmete, hatte die Augen geschlossen. Die Pistole in Skampers Hand zitterte.

Boretzky öffnete die Augen, blickte ihn direkt an. Etwas war in dem Blick, das Skamper zögern ließ. Als würde Boretzky wissen, dass er nicht abdrücken würde, nicht abdrücken konnte. Er starrte auf Boretzkys Gesicht, bis es verschwamm und sich auflöste. Er zog die Waffe zurück. Mit dem Griff schlug er gegen Boretzkys Schläfe. Dessen Kopf sackte auf den Boden.

Mit der Waffe in der Hand bewegte sich Skamper zur Tür, öffnete sie langsam. Er kam in einen Gang. Links führte eine Steintreppe nach oben, rechts war eine schwere Eisentür. Er drückte deren Knauf, die Tür war verschlossen. Er probierte die Schlüssel, die er bei Boretzky gefunden hatte. Einer der Schlüssel passte, die Tür öffnete sich, dahinter war ein Raum, ähnlich dem, in dem man ihn gefangen gehalten hatte. Doch an der gegenüberliegenden Wand führten Stufen nach oben. Er stieg einen engen Treppengang hoch, die Tür, die den Gang abschloss, war offen und er stand auf einmal in einem blühenden, verwilderten Vorgarten, der ohne Zaun direkt in einen anliegenden Wald führte. Es musste Mittag sein, die Sonne stand hoch am Himmel, der Himmel war kaum bewölkt und er atmete die milde, warme Luft ein. Er drehte sich um, sah auf das verfallene Haus.

Nur weg in den Wald. Der Irokese musste noch im Haus sein. Skamper hastete aus dem Garten und schlug sich ins Gebüsch, bis er sich sicher sein konnte, dass er vom Haus aus nicht mehr zu sehen war.

Er lehnte an einen Baum, wartete, bis sein Atem langsamer geworden war. In seiner Jackentasche fand er seine Schlüssel, sein Handy hatten sie ihm abgenommen. Er blickte auf seine Hand, der verletzte Finger war dick, schien noch weiter anzuschwellen, sodass er wirkte wie ein dicker Knoten. Mit der anderen Hand umfasste er den Finger. Er atmete tief durch, dann zog er kurz und heftig an dem Gelenk. Ein kurzes Knirschen, er spürte ein Würgen, Tränen schossen ihm in die Augen.

Skamper ließ den Finger los. Er schien immer noch zu glühen, die Schwellung war deutlich zu sehen, der Schmerz war aber nur noch ein leichtes Pochen. Er wartete noch ein paar Minuten, bis er sich besser fühlte. Um ihn herum standen Bäume. Nicht weit von ihm verlief ein Weg eine sanfte Anhöhe hinauf. Als er ihn erreichte, erblickte er eine Wandermarkierung an einem Baum. Er wusste nicht, wohin sie führte, aber irgendwie würde sie ihn aus dem Wald bringen.

Nach einer Stunde kam er an eine belebte Straße. Er kannte sie, sie führte geradewegs in die Innenstadt von Nürnberg. Auf dem breiten Gehweg kam ihm niemand entgegen, der Verkehr rauschte an ihm vorbei.

Er hatte Hunger und Durst. An einem Gebäude war eine Uhr, es war kurz nach eins. Zwanzig Stunden war es her, seitdem man ihn niedergeschlagen und verschleppt hatte. Als er die Innenstadt erreichte, blieb er an einem Wasserspender stehen und trank durstig.

In einem Schaufenster sah er sein Spiegelbild. Seine Jeans waren am Oberschenkel zerrissen und mit Lehm und Dreck verschmutzt.

Die Haare waren ungekämmt, an Stirn und Wangen klebte Blut. Er ging noch einmal zu dem Wasserspender und wusch sich das Gesicht. Doch das half nur wenig. Er wirkte wie ein Obdachloser, der sich seit Wochen nicht gewaschen hatte. Er fingerte in seinen Hosentaschen, er fand ein paar Münzen und einen zehn Euro Schein. Als er an einem Imbissstand vorbeikam, kaufte er sich ein Mineralwasser und ein Bratwurstbrötchen.

Die Bratwurstverkäuferin sah ihn forschend an. Sie zögerte einen Moment. »Brauchen Sie vielleicht Hilfe?«

Skamper schüttelte den Kopf. »Wenn ich was im Bauch habe, wird es mir gleich besser gehen«, sagte er.

Die Bratwürste waren heiß und knusprig. Hungrig biss er von dem Brötchen ab. Dann erblickte er den Zeitungsstand vor einer Buchhandlung. Sein Foto auf der Titelseite war alt, keine Ahnung, wo sie es herhatten, aber man konnte ihn gut erkennen. Er blickte vorsichtig zur Imbissverkäuferin, doch die bediente schon einen neuen Kunden und beachtete ihn nicht mehr.

Er drehte sich um, sodass er der Verkäuferin den Rücken zuwandte. Er ging näher zum Zeitungsstand. Hastig überflog er die fettgedruckten Zeilen unter der Überschrift. Schröder hatte den Schuss schwer verletzt überlebt. Er lag im Koma. Man hatte herausgefunden, dass die Patronen aus Skampers Waffe stammten. Skamper wurde gesucht, die Polizei war hinter ihm her.

Ein Zittern fuhr durch seinen Körper. Niemand hatte den Schuss beobachtet, niemand konnte bezeugen, wie es wirklich gewesen war. Er überlegte, zur Polizei zu gehen und sie zu dem Haus im Wald zu führen. Aber die beiden Nazis hatten sich sicher schon aus dem Staub gemacht.

Auf dem Weg zu seinem Haus wählte er Umwege, kleine, wenig belebte Gassen. Doch seine Angst, dass ihn jemand erkennen könnte, war unbegründet. Niemand beachtete ihn. Man sah ihn nicht, weil man ihn nicht sehen wollte. Er war für die anderen nicht vorhanden. Er war ein Penner, ein Obdachloser, durch den man hindurchsah.

Er näherte sich seinem Haus von der Seite. Hier grenzte ein kleines Waldstück an den Garten des Gebäudes. Als er nahe genug war, um die Zugangsstraße zu sehen, blieb er stehen.

Ein weißer VW-Bus parkte etwa zwanzig Meter von seinem Haus entfernt. Zwei Männer saßen darin. Er war sich sicher, dass sie von der Polizei waren. Sie warteten auf ihn. Hierher konnte er nicht zurück. Er überlegte, zu wem er gehen konnte. Ihm fiel nur ein Name ein.

Der Buchladen, in dem Arabella arbeitete, lag auf der gegenüberliegenden Straßenseite. Skamper stand neben einem kleinen Uhrengeschäft und blickte auf die graugrün angestrichene Hauswand. »Bücherkiste« stand mit gelben Buchstaben über einer großen Schaufensterwand.

Eine halbe Stunde war er hierher gelaufen, die U-Bahn zu nehmen, war ihm zu riskant erschienen. Die Straße lag verlassen vor ihm. Durch die große Schaufensterscheibe konnte er zwei ältere Frauen erkennen. Bei ihnen stand Arabella.

Er wartete. Die beiden Frauen konnten sich offensichtlich nicht zwischen zwei Büchern entscheiden. Schließlich nickten sie Arabella zu und verließen den Laden, ohne etwas gekauft zu haben. Arabella begleitete die beiden zur Tür. Skamper drückte sich an die Wand, er wollte nicht, dass ihn Arabella sah, nicht jetzt.

Als die beiden Frauen um eine Ecke verschwunden waren, lief er zum Eingang der Buchhandlung. Er öffnete die Tür und bewegte sich durch den Laden. Arabella war nach hinten gegangen, kehrte um, als sie das Geräusch der Türglocke hörte, und blieb stehen.

»Paul.« Ihre Stimme klang schrill, sie war in der Bewegung erstarrt und Skamper ging schnell auf sie zu. Er nahm sie am Arm und führte sie in die kleine Kochküche, die sich hinten im Buchladen befand. Dort setzte er sich auf einen der kleinen Stühle, während Arabella nur dastand und ihn erschrocken ansah.

»Was hast du gemacht? Sie suchen dich.«

»Ich weiß, weißt du etwas von Horst, wie geht es ihm?«

Arabella schüttelte heftig den Kopf. »Er liegt im Koma, ich wollte ihn besuchen, aber man hat mich nicht gelassen. Ich weiß nur, was in der Zeitung steht, und die wissen auch nichts.« Sie zögerte. «Du hast doch nicht?«

»Natürlich habe ich nicht auf ihn geschossen, das waren irgendwelche durchgedrehten Neonazis. Aber dafür habe ich keine Zeugen.«

»Warum haben die das gemacht?«

Skamper erzählte in hastigen Worten, was geschehen war.

»Und was willst du jetzt machen?«

»Ich brauch erst mal 'nen Platz, wo ich sicher bin, wo ich schlafen kann.«

»Du kannst zu mir gehen.«

»Auf keinen Fall, da werden sie sicher bald auftauchen.«

Arabella überlegte. »Willie, du kannst bei Willie schlafen.«

»Wer ist Willie?«

»Ein alter Freund, er hat mir die Schlüssel zu seiner Wohnung gegeben wegen seiner Pflanzen. Er ist für drei Monate in Indien. Hier.« Sie kramte in ihrer blauen Handtasche, die auf einem Regal stand. Dann reichte sie ihm einen kleinen Schlüsselbund. »Der hier ist für die Haustür, der für die Wohnung im dritten Stock. Da ist kein Türschild, aber du erkennst es gleich, weil er einen Hai auf die Wohnungstür gemalt hat.«

»Die Tür mit dem Hai.«

»Hessestraße 9. Von hier ist das ungefähr 'ne halbe Stunde zum Laufen. «

Sie setzte sich auf den zweiten kleinen Stuhl im Raum. »Willst du einen Kaffee?«

Skamper nickte. »Und Wasser.«

Arabella holte eine Wasserflasche aus dem kleinen Kühlschrank, gab sie Skamper. Der trank, er hatte das Gefühl, einen Brunnen leertrinken zu können.

»Danke.«

Dann schüttete ihm Arabella etwas Kaffee aus der Kaffeekanne in eine Tasse. Skamper schlürfte das heiße Getränk. Nie hatte er gedacht, dass Kaffee so gut schmecken konnte.

»Was ist da passiert?« Arabella deutete auf seinen kleinen Finger, der tiefrot und immer noch stark geschwollen war.

»Ein freundlicher Gruß von einem durchgedrehten Neonazi.«

»Ich werde später was mitbringen, eine Salbe.«

Die Türglocke ertönte.

»Ich komm gleich zurück.« Arabella verschwand in den Verkaufsraum. Skamper hörte sie mit einem Mann sprechen, manchmal lachten sie. Er nahm wieder einen Schluck von dem Kaffee, er spürte Hunger und auf einmal packte ihn Müdigkeit. Er wollte auf diesem Stuhl einschlafen und wenn er wieder erwachte, war das alles vergessen. Alles war nur ein schlechter Traum gewesen.

Arabella kam zurück. »In zwei Stunden kann ich mir freinehmen, dann komm ich gleich zu dir. Im Kühlschrank ist etwas zu essen. Und dann besprechen wir, was wir tun können.«

Skamper nickte, er stand auf. Bevor er ging, umarmte ihn Arabella.

»Ich komm, so schnell ich kann.«

Juni 1944

Wuttke hing an dem Gitterzaun, der um die Baracken gezogen war. Die Arme und Beine waren mit Schnüren an den Draht gefesselt, der Kopf war nach unten gebeugt. Jemand musste ihn in der Nacht hierher gebracht haben. Schulz, dachte Fischer sofort, das war eine Warnung, dass jeder Fluchtversuch bestraft werden würde.

Fischer hatte nicht schlafen können, es war kurz nach fünf, als er seine Unterkunft verlassen hatte. Etwas hatte ihn in das Halbdunkel des anbrechenden Morgens getrieben, als ob er ahnte, dass Wuttke auf ihn wartete.

Die Wachen, die jede Stunde patrouillierten, hatten sich in das kleine Barackenhaus am Eingang des Lagers zurückgezogen.

Fischer sah in Wuttkes Gesicht. Es war verschmiert mit Dreck und Blut, um die offene und klaffende Wunde an der Wange summten die Fliegen. Die Augen starrten ihn an, blutunterlaufen und tot. Er hätte sie ihm gerne geschlossen, um dem Blick des Toten nicht mehr standhalten zu müssen. Aber er hing zu hoch, ohne Leiter konnte er Wuttke nicht befreien. Er sah sich um, die Morgensonne durchbrach den Nebel und einzelne Häuser des Dorfes wurden sichtbar.

Sein Herz krampfte sich zusammen. Er drehte sich um und lief zu dem Wachhäuschen. Er befahl den beiden Wachen, Wuttke abzuhängen. Sie waren jung, mit ausdruckslosen, stumpfen Gesichtern. Gesichter von Soldaten, die an der Front gewesen waren. Sie blickten sich einen Moment stumm an, dann machten sie sich an die Arbeit. Auf einer Leiter stehend, schnitt einer der beiden die Seile durch. Er versuchte, ihn zu halten, aber Wuttke sackte nach unten und blieb vor Fischer liegen.

Fischer kniete neben ihm. Seine Hand berührte das zerfurchte Gesicht, ein Ausdruck von Schmerz und Verzweiflung war darin. Das trockene Blut klebte auf der Haut, die Augen waren schreckhaft geweitet.

»Was soll das, warum hat man den Mann abgehängt?«

Schulz. Fischer wandte sich nicht sofort um.

»Er war Soldat«, sagte Fischer. »Er soll ein Begräbnis erhalten wie ein Soldat.«

Fischer stand auf. Schulz stand einige Meter vor ihm am Zaun. Sein Bulldoggengesicht war gerötet, der schwarze Mantel spannte sich, Schulz atmete heftig, er war bekannt für seinen Jähzorn. Er wandte sich an die beiden Männer, die von der Leiter gestiegen waren und vor dem Zaungitter standen. »Bringt ihn wieder an.« Die beiden zögerten, sahen zu Fischer, der schüttelte nur den Kopf.

»Bringt ihn wieder an.« Schulz brüllte, Schaum bildete sich vor seinem Mund, sein Atem kam stoßweise.

»Wuttke gehörte zu meiner Truppe. Nur ich entscheide, was mit seinem Leichnam passiert.«

In Schulz' Gesicht war kalte Wut. »Wir werden noch voneinander hören.«. Er wandte sich um und ging mit schnellen Schritten zurück zum Barackenhäuschen.

Fischer war mit dem Toten und den zwei Wachen in den Wald gegangen. Sie hatten Wuttke auf einer Trage transportiert. Am Waldrand hatte Fischer die beiden Wachen zurückgeschickt. Der Wald ging hier in Acker über. Mit einer Schaufel begann er, ein Loch zu graben. Es war schwieriger, als er gedacht hatte, der Boden war hart, es hatte lange nicht geregnet und er kam ins Schwitzen. Er zog seinen Mantel aus und legte ihn ins Gras, dann grub er weiter, bis das Loch einen Meter tief war. Er zog den toten Wuttke in die Grube und fing an, aufgeschüttete Erde auf ihn zu schaufeln. Er hatte ihm nicht die Augen schließen können und so starrte ihn der tote Wuttke an, bis sein Gesicht von schwarzer Erde bedeckt war.

Als er fertig war, trampelte Fischer die Erde fest. Dann stand er vor dem Grab. Er faltete die Hände zum Gebet, aber er wusste nicht, was er sagen sollte. Er wollte weinen und er fragte sich, ob er Wuttke nicht folgen sollte. Einen Moment blieb er noch stehen. Dann drehte er sich um und ging Richtung Lager. Er blickte nicht mehr zurück.

Mai 2012

Die Sonne war verschwunden, tiefe Wolken hingen über der Stadt, es war später Nachmittag und Skamper eilte durch die Straßen.

Das Haus mit der Nummer 9 fiel auf, das grelle Orange bildete einen scharfen Kontrast zu dem Grau der umgebenden Gebäude. Er ging ohne Zögern zur Haustür, die offen war, sodass er seinen Schlüssel nicht brauchte. Mit schnellen Schritten lief er in den dritten Stock, er hatte Hunger und wollte endlich etwas essen.

Die Tür mit dem Hai, der Schlüssel passte und er betrat den kleinen Flur. Die Wohnung war klein, eine enge Küche, ein Wohnzimmer und ein winziges Schlafzimmer.

In der Küche stand ein runder dunkelbrauner Holztisch, an der Wand neben der Tür war ein übergroßer Kühlschrank und rechts ein großes Regal. Ein bequemes großes Sofa erstreckte sich über die hintere Wand. Skamper wunderte sich, wie man das alles in den Raum gebracht hatte.

Sofort öffnete er den Kühlschrank. Die wenigen Lebensmittel verloren sich in dem großen Innenfach. Er nahm Milch, Butter und Wurst. Er roch an der Wurst, sie schien noch essbar zu sein. Auf dem Regal fand er Toast, auch der war noch gut.

Nachdem er gegessen und einen Kaffee getrunken hatte, blieb er am Küchentisch sitzen. Irgendwo im Haus hörte er ein Baby schreien, sonst war es still. Er sah nach draußen, das Fenster ging auf einen Hinterhof, in dem ein großer Baum stand. Die Wolken über der Stadt hatten sich verdunkelt, es würde gleich anfangen zu regnen. Skamper dachte an Schröder, etwas krampfte sich in ihm zusammen.

Er ließ die Szene, als die Nazis Schröder angegriffen hatten, immer wieder vor seinem inneren Auge ablaufen. Hätte er etwas tun können? Hätte er erkennen müssen, dass er es mit Verrückten zu tun hatte, mit Leuten, die keine Skrupel kannten, die einfach anfingen zu feuern? Immer wieder sah er, wie Schröder zusammenbrach.

Wut stieg in ihm hoch, er hätte Boretzky töten sollen. Aber das hätte nichts geändert.

Zwei Stunden später saß er mit Arabella am Küchentisch, sie hatte frisches Gebäck mitgebracht und einen Kaffee aufgesetzt. Skamper war frisch geduscht.

»Wie geht es deinem Finger?«

Skamper nahm die Hand hoch, die Schwellung war abgeklungen. »Tut kaum mehr weh.«

»Ich hab dir was mitgebracht.« Sie kramte in ihrer Tasche und holte einen Verband und eine Salbe heraus. Dann kam sie um den Tisch zu ihm. Sie beugte sich über ihn, nahm etwas Salbe aus der Dose und bestrich den Finger. Sie cremte seine Hand ein, dann bewegte sie ihn vorsichtig.

Skamper zuckte.

»Gebrochen ist er nicht, nur ausgekugelt.«

»Und woher weißt du das, Doktor?«

»Ich war doch früher Krankenschwester, wollte sogar Medizin studieren.« Sie legte ihm den Verband an. Als sie fertig war, fixierte sie ihn mit kleinen Klammern, dann setzte sie sich wieder auf ihren Stuhl. »Was willst du jetzt machen?«

Statt einer Antwort ging Skamper in den Flur, wo er seine Jacke aufgehängt hatte. Aus der Tasche holte er das Feuerzeug heraus. Zurück in der Küche legte er es auf den Tisch.

»Was ist das?«, fragte Arabella.

»Keine Ahnung. Das habe ich in meinem Keller gefunden. Das müssen die Nazis verloren haben, als sie mir den Revolver geklaut haben.«

Arabella nahm das Feuerzeug in die Hand. Sie betätigte es, betrachtete einen Moment die Flamme. Sie ließ den Zünder los, die Flamme erlosch. Arabella studierte das Emblem auf dem Feuerzeug. Die schwarze Sonne auf rotem Grund.

»Die schwarze Sonne ist ein uraltes Symbol«, sagte Skamper.

Arabella blickte ihn neugierig an.

»Mehr weiß ich auch nicht«, musste Skamper zugeben.

Arabella holte ihr Smartphone heraus, tippte etwas ein, dann las sie vor: »Die Schwarze Sonne ist ein Symbol, das aus zwölf in Ringform gefassten gespiegelten Siegrunen oder drei übereinander gelegten Hakenkreuzen besteht. Vorlage für das Symbol ist ein ähnliches Bodenornament in Gestalt eines Sonnenrades, das in der Zeit des Nationalsozialismus von der SS im Nordturm der Wewelsburg eingelassen wurde. Die Schwarze Sonne ist heutzutage ein wichtiges Ersatz- und Erkennungssymbol der rechtsesoterischen bis rechtsextremen Szene.«

Arabella strich mit dem Finger über die eingekerbten Buchstaben »Devils Place« auf dem Feuerzeug. »Devils Place ist 'ne Kneipe in St. Leonhard. Das ist ein Treffpunkt für die Gothic-Szene. Neonazis sollen dort auch verkehren.« Arabella drehte das Feuerzeug um. Auf der Rückseite hatte jemand mit einem Stift die zwei Großbuchstaben A und S aufgemalt. »AS, was könnte das bedeuten?«

»Vielleicht ein Name?«

»Vielleicht?«, sagte Arabella. Sie legte das Feuerzeug zurück auf den Tisch.

Es war spät am Abend, als Skamper aus der U-Bahn ausstieg. In der fremden Wohnung hatte er es nicht mehr ausgehalten, er musste raus. Er hatte beschlossen, der Kneipe »Devils Place« einen Besuch abzustatten.

Am Ausgang der U-Bahn empfing ihn ein böiger, kalter Wind, Skamper zog seine Jacke zu. Es war schon dunkel, rechts von ihm auf der anderen Seite der Straße lag ein Kulturzentrum, davor hatte man einen kleinen künstlichen See angelegt. Die Lichter der Straßenlaternen spiegelten sich im Wasser. Das Gebäude war erleuchtet, durch die großen Fenster konnte man in eine kleine Bar sehen. Skamper hatte auf einmal das Bedürfnis hineinzugehen, sich in eine Ecke zu setzen und ein Bier zu trinken. Als könnte ihm diese kleine Bar Schutz vor der Welt bieten. Aber dann ging er geradeaus weiter an einem großen Bauzaun entlang.

Der Himmel war bedeckt, ein kahler Mond versteckte sich hinter Schleierwolken. Es waren kaum Menschen zu sehen, Skamper erschien die Szenerie grau und feindlich. Er hatte sich am Abend den Kopf geschoren und trug eine Brille. So getarnt würde ihn nur jemand erkennen, der ihn sehr gut kannte. Er fasste an seine Jackentasche. Dort hatte er die Pistole, die er Boretzky abgenommen hatte.

An einer Straßenkreuzung stand ein Zeitungsautomat. »Angeschossener Polizist immer noch im Koma.« Skamper überflog die fett gedruckte Überschrift. Die Ärzte seien optimistisch, las er. Sie glaubten, dass Schröder wieder aus dem Koma erwachen würde. Er spürte Erleichterung. Vielleicht würde alles gut werden. Wenn Schröder erwachte, würde sich alles aufklären.

Die Kneipe »Devils Place« lag in einem schäbigen Eckhaus, dessen Außenwand Flecken hatte. Als hätte der Nachtmond daraufgepisst. Die Fenster waren verdunkelt und über der Tür stand in großen Runenzeichen »Walküre«. Darunter in Kleinschrift »Devils Place«. Die Tür war halb angelehnt, sie wirkte massiv, war zerkratzt und von Graffitis und Schmierereien übersät.

Direkt vor der Tür stand ein Typ in einem schwarzen Mantel. Die langen Haare fielen ihm wirr über die Stirn. Er versperrte den

Eingang, wankte leicht hin und her und glotzte Skamper mit glasigen Augen an.

»Kann ich mal vorbei?«, fragte Skamper.

Der Typ zeigte keine Reaktion. Skamper schob ihn mit einem Arm zur Seite, ging durch den Eingang.

Aus dem dunklen Flur schlug Skamper der Geruch nach Urin und Erbrochenem entgegen. Er drückte sich an einem jungen Pärchen vorbei, der Mann hatte Tätowierungen auf der Glatze und ein platt gedrücktes Ohr. Sie hatte die Haare geschoren bis auf einen etwa zwei Zentimeter breiten Streifen, aus dem blaues Haar spross.

Die beiden glotzten Skamper feindselig an. Vielleicht hätte er seine Kleidung etwas mehr an die Kneipe anpassen müssen, aber das war ihm jetzt egal.

Zwei junge Männer in braunen Lederjacken mit Glatzen saßen auf dem Boden vor der Tür in den Gastraum. Jeder von ihnen hielt ein Bier in der Hand. Sie starrten vor sich hin, beachteten Skamper nicht.

Das Rauchverbot schien man hier nicht zu kennen. Dicke Schwaden waberten durch den Raum, der Rauch biss in die Augen und Skamper brauchte einen Moment, um sich an das dunkle Zwielicht zu gewöhnen.

Es waren nicht so viele Leute da, wie es der Lärm, der auf die Straße wummerte, vermuten ließ. Aus den Lautsprechern dröhnte ein Lied. Laut, in einem hämmernden Takt, der alle Sinne reizte.

Links erkannte er eine lange Theke, hinter der ein großer Mann mit halblangen, schwarzen Haaren stand. Er trug ein graues Unterhemd über seinem muskulösen, tätowierten Körper. Sein Gesicht war überall vernarbt, als hätte er seinen Kopf nachts auf einem Fakirbrett gelagert.

Er hatte die Hände auf dem Tresen und starrte Skamper an. Er war nicht der Einzige. Auf einmal war alle Aufmerksamkeit auf Skamper konzentriert. Als würde ein Scheinwerfer ein gleißend helles Licht über ihn gießen und die Musiklautstärke würde herabgedreht, um ihm Gelegenheit zu geben, etwas zu sagen. Aber vielleicht bildete er sich das nur ein. Im nächsten Moment wandten sich die Besucher wieder ihren Gesprächen zu, der Mann mit dem vernarbten Gesicht zapfte ein Bier. Skamper schätzte die Zahl der Gäste auf vierzig bis fünfzig, darunter nur wenige Frauen.

Er ging zu dem Tresen, wartete, bis der bullige Typ aufblickte.

»Ein Bier«, sagte Skamper.

Das Narbengesicht griff nach unten, schob ein Kühlfach auf. »Pils?«

»Ja.«

Das Narbengesicht öffnete die Flasche, gab sie Skamper. Der nahm einen Schluck, dann holte er das Feuerzeug aus seiner Jackentasche. Er legte es auf den Tresen.

»Das ist doch von euch?«

Das Narbengesicht glotzte darauf. «Woher hast du das, verdammt?« Sein Blick war feindselig. Als wollte er sich im nächsten Augenblick auf Skamper stürzen.

»Ganz ruhig, das ist nur ein Feuerzeug.«

»Von diesem Feuerzeug gibt es nur fünf Stück. Ich kenn jeden von den Typen, der so eins hat. Also, woher hast du das?«

»Ich hab's gefunden, im Wald. Vor ein paar Tagen.«

Das Narbengesicht starrte auf das Feuerzeug. »Das hast du doch geklaut?«

»Mach mal langsam. Weißt du denn wenigstens, was diese Buchstaben heißen?« Skamper drehte das Feuerzeug auf dem Tresen um, sodass die Initialen sichtbar wurden.

Der Mann hinter dem Tresen kniff die Augen zusammen. »Wieso willst du das wissen, bist du ein Bulle?«

»Kein Bulle. Seh ich so aus?«

»Das nicht.«

»Also, weißt du was oder nicht?«

»Ich weiß 'nen Scheißdreck. Und wenn du nicht aufhörst, hier blöde Fragen zu stellen, dann reiß ich dir den Arsch auf.«

Er nahm sich das Feuerzeug.

»Was soll das? Leg es wieder zurück.«

Das Narbengesicht grinste. »Ist konfisziert.«

Skamper zögerte nur einen Augenblick. Dann packte er das Handgelenk des Mannes, eine schnelle Drehung, ein Druck mit dem Mittelfinger auf das Gelenk. Ein Jiu-Jitsu Trick. Das Narbengesicht ließ ein quiekendes Japsen hören, das Feuerzeug fiel auf den Tresen. Skamper nahm es mit der anderen Hand, ließ den Mann los.

Der rieb sich das Gelenk. Skamper beobachtete ihn, doch das Narbengesicht wandte den Blick ab. Langsam ging Skamper einige Schritte zur Seite, er nahm einen Schluck von seinem Bier.

Niemand hatte etwas von der kleinen Auseinandersetzung bemerkt. Skamper ließ seinen Blick durch den Raum wandern. Er wollte sich wieder umdrehen, doch etwas ließ ihn innehalten. Da war etwas gewesen, ein Schatten, eine Bewegung in Richtung Hinterausgang. Der Schatten drehte sich um, sah ihn an. Der Irokese. Skamper stellte sein Bier ab, ging durch den Raum nach hinten, erst langsam, dann immer schneller.

Ein Ausgang führte in einen schmalen Gang. Rechts war eine Tür, der beißende Geruch verriet, dass es sich um die Toilette handelte. Darin war niemand, er ging weiter durch einen engen Schlauch, stieg über einen auf dem Boden liegenden Besoffenen, der leise ein Lied summte. Hinter einer Tür ein paar Meter vor Skamper war ein Geräusch. Plötzlich öffnete sich die Tür und der Irokese kam heraus. Er wandte sich sofort nach links, fing an zu rennen. Skamper stürzte hinter ihm her. Er war nur ein paar Meter entfernt, als Skamper sprang. Er bekam den Mann zu fassen, beide stürzten zu Boden, Skampers Kopf prallte in dem engen Schlauch gegen die Wand. Er packte den Hals des Mannes, ließ nicht los.

Sie lagen auf dem Boden, quer im Gang. Skamper hatte den Irokesen im Schwitzkasten. Der stieß mit den Füßen um sich, doch er traf nur ins Leere.

»Lass mich los«, röchelte er. »Was soll das?«

»Wo ist euer Obernazi? Dieser Boretzky. Wo kann ich ihn finden?«

Der Irokese hielt den Mund zusammengepresst.

»Wo finde ich ihn?«

Skamper verstärkte den Druck. Der Typ röchelte, dann flüsterte er etwas.

»Sag's noch mal, ich hab's nicht verstanden.«

»Südbad«, keuchte der Typ.

Skamper wollte ihn hochziehen, dann hörte er etwas. Er drehte sich um, ein paar Meter entfernt im Flur, der zur Kneipe führte, stand das Narbengesicht aus der Bar. Er hatte eine Pistole in der Hand. Er schoss direkt auf das Gesicht des Irokesen. Der Kopf in Skampers Arm schien zu explodieren, der Druck schleuderte ihn nach hinten.

Kugeln knallten durch den Raum, Skamper spürte Hitze neben seinem Ohr, dann ein Schmerz am Arm. Er zog seine Pistole, schoss, während er von dem Schützen wegkrabbelte, zog den toten Irokesen mit sich, der war sein Schutzschild, die Kugeln krachten in dessen Körper. Er feuerte aus seiner Pistole, der Barmann suchte Deckung.

Skamper erreichte das Ende des Ganges. Hier war eine Tür, immer noch am Boden, öffnete er sie, warf sich nach hinten, ließ den toten Irokesen los und rollte mehrmals nach rechts, bis er aus der Gefahrenzone war. Dann sprang er auf, er war in einem Hinterhof, vor sich sah er einen überdachten Weg, der zu einem großen Tor führte. Er hatte Glück, das Tor war offen.

Der Ausgang führte in eine kleine Seitengasse. Für einen Augenblick war alles gespenstisch still, von oben aus den Fenstern kam ein Schrei, dann das Wimmern eines Kindes. Er wandte sich nach links und fing an zu laufen, die Straße entlang, bog die erste Gasse nach links, dann nach rechts, lief weiter im Zickzack, bis er nicht mehr konnte, bis das Keuchen in seinem Hals hämmerte.

In einem Hauseingang wartete er, bis sein Atem ruhiger wurde. Er lief weiter, bis er in die Schwabacher Straße kam, hier kannte er sich aus, ein paar Meter weiter war die U-Bahn-Station St. Leonhard. Skamper befühlte seinen Arm, er spürte etwas Feuchtes, Blut.

In einer Seitenstraße war eine Kneipe. Skamper trat ein, er ging nicht in den Gastraum, sondern gleich im Eingangsbereich nach rechts, wo ein Schild zu den Toiletten führte. Vor dem Spiegel blieb er stehen. Eine Fratze starrte ihn an, Blut war an seiner Stirn. Seine Brille hatte er verloren.

Er wusch sich lange. Immer wieder füllte er die hohle Hand mit Wasser und tauchte sein Gesicht darin ein. Das kalte Wasser tat ihm gut, er trank etwas. Mit einem Taschentuch verband er die Wunde am Arm. Er zog seine Jacke an und betrachtete sich im Spiegel. Er sah heruntergekommen aus, aber nicht wie ein Mann, der eben einer Schießerei entkommen war.

Es wäre klüger gewesen, gleich zurück in die Wohnung zu gehen. Doch er ging in die Kneipe und setzte sich an einen kleinen Ecktisch. Es war ihm egal, welches Risiko er damit einging, er brauchte einen Moment, um innezuhalten, um über das nachzudenken, was geschehen war.

In dem tristen Gastraum beachtete ihn niemand. Drei Gäste saßen wie vergessene Wachsfiguren an einem Tisch, die Wirtin an der Theke spielte mit ihrem Handy. Skamper bestellte ein Bier. Aus den Lautsprechern drang Musik, »Try«, sang Pink und seine Hände zitterten auf einmal heftig. Als würde sein Körper die Angst erst jetzt spüren, wo alles vorbei war.

Arabella war noch wach, als er in die Wohnung zurückkam. Auf dem Weg war er nur ein paar Nachtschwärmern begegnet, Betrunkenen, die sich an den Häuserwänden entlangtasteten. Nebel waberte durch die Straßen. Die tristen Gassen, durch die er ging, wirkten wie die vergessenen Wege einer Geisterstadt voller Schatten. Skamper kam sich selbst vor wie ein Schatten, ein Mann auf der Flucht.

Arabella hatte nicht gefragt, als sie sein zerschundenes Gesicht und die Wunde am Oberarm sah. Sie verband ihn, während er noch ein Dosenbier trank, das letzte, das er im Kühlschrank gefunden hatte, er konnte nicht aufhören, nicht heute Nacht.

»Hast du was herausgefunden?«

Skamper blickte starr nach vorne. »Ich habe den Typen erwischt, der Schröder angeschossen hat.«

»Und?«

»Ich hatte ihn schon am Wickel … aber dann …« Skamper brach ab, nahm einen schnellen Schluck von dem Bier. »Sie haben ihn in den Kopf geschossen. Und mich hätten sie auch fast erwischt.« Seine Finger krallten sich in die Bierdose, auf einmal nahm er sie und warf sie in eine Ecke, als würde sich erst jetzt die Wut über das Geschehene entladen. »Verdammt, verdammt, verdammt … haben dem einfach den Kopf weggeschossen.«

Arabella atmete heftiger. Die kahle Glühbirne an der Decke flackerte und streute dunkle Flecken auf ihr Gesicht. Draußen auf der Straße fuhr ein Auto vorbei, warf seine Lichter in die Wohnung, wie irrende Scheinwerfer eines Leuchtturms.

»Du solltest dich mal ausschlafen«, sagte Arabella leise.

Skamper dachte an die Träume, die er jede Nacht hatte. Er wollte nicht schlafen, der Schlaf war kein Ort, an dem er sicher war.

Skamper saß noch lange in der Küche, Arabella hatte sich auf die Couch gelegt und war eingeschlafen.

Er blickte auf ihr Gesicht, manchmal atmete sie heftiger, als ob sie träumte, warf den Kopf hin und her und Skamper hatte den Wunsch, in ihrem Traum zu sein. Um ihr zu sagen, dass alles gut werden würde, dass er bei ihr sei, aber ihm blieb nur, hier zu sitzen und ihren Schlaf zu bewachen.

Irgendwann döste er ein. Im Traum lag er bei Arabella. Und sie sagten sich die Dinge, die ungesagt geblieben waren:

»Weißt du noch, als wir zusammen wohnten. Deine Erzählungen von deinen Reisen und von Providencia, der Insel, wo du den perfekten Moment erlebt hast, machten mich traurig, weil deine Worte wie ein Schiff waren, das dich mitnahm in die Ferne und mich zurückließ. Wenn der Abend vorbei war und jeder von uns in sein Zimmer ging, habe ich mir so gewünscht, du würdest noch zu mir kommen. Und unsere Träume würden sich berühren, im Schlaf.«

»Auch ich habe oft daran gedacht. Wie es wäre, wenn ich nicht in mein Zimmer gehen würde, sondern zu dir. Wie es wäre, wenn du mich berührst und ich dich berühre, jeden Abend habe ich daran gedacht, aber ich konnte nicht, ich hatte Angst, dass es alles zerstört.«

Juni 1944

Im Kellerbüro von Schäffler empfing Fischer ein süßlicher Geruch. Opium oder etwas Ähnliches, dachte er. Eine Kerze flackerte auf dem Schreibtisch, sie gab nur ein schwaches Licht. Fischer brauchte eine Weile, bis sich seine Augen an die Dunkelheit gewöhnt hatten. Schäffler lag auf einer Liege an der Seite des Schreibtisches. Er rauchte eine Pfeife. Waren seine Augen geschlossen? Fischer konnte im Halbdunkel nur Umrisse und Konturen erkennen.

Er räusperte sich und es dauerte unendlich lange, bis Schäffler seinen Kopf hob. Fischer ging näher und setzte sich auf den schweren Diwan vor dem Schreibtisch. Er blickte Schäffler in die wässrigen Augen. Der Glanz war trübe geworden, aber etwas flackerte noch darin. Wie Wahnsinn, der nicht verglühen wollte.

Fischer kannte die Geschichten um Schäffler. Man sah ihn als ein Medium, es gab Gerüchte, dass er blutige Kultorgien veranstaltete. Es hieß, durch extreme Rituale sei er auf eine höhere Bewusstseinsebene gelangt. Niemand wusste, was davon wahr war.

Doch in den letzten Wochen war die Aura des Messias verschwunden. Schäfflers Macht und sein Einfluss begannen zu schwinden. Fischer konnte nicht mehr nachvollziehen, warum er ihm einst bedingungslos gefolgt war.

»Du bist es«, sagte Schäffler.

»Man hat mir gesagt, dass du mich sprechen willst.«

Schäffler nahm einen Zug aus seiner Pfeife, schloss einen Moment die Augen und atmete den Rauch durch die Nase aus.

Fischer hatte gebetet, bevor er hierher gekommen war. Manchmal gelang ihm in den Gebeten, was ihm früher als Kind gelungen war. Zu spüren, dass Gott bei ihm war. Eins zu sein mit dem Gebet. Aber Schäffler und das dunkle Kellerverlies strahlten etwas aus, das ihm die Kraft nahm.

»Wie weit bist du?« Schäfflers Stimme klang hohl, wie aus einer fernen Tiefe.

»Ich denke, in einem Monat bin ich fertig.«

Schäffler hustete, der Anfall schüttelte seinen Körper. Es dauerte einige Zeit, bis es vorbei war. »Und du hast das gemacht, was dir aufgetragen war?«, fragte er dann.

»Genau das, du hast die Zeichnungen.«

Schäffler glaubte ihm nicht, das Misstrauen schien die Luft zu durchdringen. Doch es gab für Schäffler keine Möglichkeit, nachzuprüfen, was Fischer wirklich machte, jeden Morgen um fünf. Mit ein paar Gefangenen aus dem Lager, die nur Fischers Anweisungen ausführten.

Schäffler setzte sich auf. Er war nicht rasiert, seine schwarze Jacke war verschmutzt, die Haare ungekämmt. »Wuttke war ein Freund von dir«, sagte er.

»Ja.«

»Hat er mit dir gesprochen, über seine Flucht?«

»Ja.«

»Und du hast ihn nicht gemeldet?«

Fischer antwortete nicht auf die Frage. »Ich bin nicht mitgegangen, er hat mich gefragt, ob ich mitgehe, aber ich bin geblieben.«

Schäffler nickte. »Es gab Streit um die Leiche.«

»Ich hielt es nicht für angebracht, die Leiche eines Kameraden zur Schau zu stellen.«

»Und was hast du mit der Leiche gemacht?«

»Ich habe sie vergraben.«

Die Fragen waren nur ein Vorwand. Alles, was Fischer antwortete, wusste Schäffler schon.

Schäffler beugte sich vor, sein Blick wurde eindringlich. »Glaubst du noch an die Losung?« Seine Stimme war leise, ein Flüstern im Halbdunkel. »Ich frage dich, glaubst du noch an die Losung?«

Fischer schwieg. Schäffler atmete tief ein. »Schulz hat Wuttke verhört. Wuttke hat erzählt, dass du abgefallen bist. Dass du unser Werk sabotieren willst. Dass du nicht mehr einer von uns bist.«

Schäffler hatte die Worte herausgezischt. Fischer hatte auf einmal Angst. Er hätte fliehen sollen, noch bevor er zu Schäffler gegangen war, wäre es möglich gewesen. Jetzt war es zu spät.

»Du kannst noch zurück«, sagte Schäffler. »Wir können alles vergessen, du warst einer von uns, es ist noch nicht zu spät, du kannst es wieder sein. Du kannst wieder zurück.« Seine Stimme war beschwörend. »Zeig mir, dass du noch einer von uns bist und wir vergessen die Sache, es ist nie passiert, du kannst wieder zurückkommen, du kannst wieder zurück.«

Fischer atmete heftig. Es schien alles so einfach.

»Du kannst wieder zurück«, sagte Schäffler.

Vielleicht hatte ja alles keinen Sinn, vielleicht hatte Fischer die Macht der Lanze nur gespürt, weil er sie spüren wollte. Wenn Schäffler ihm verzieh, dann konnte er irgendwann einen günstigen Augenblick abwarten und fliehen. Alles war besser als zu sterben, denn er würde sterben, und sein Tod würde schmerzvoll sein.

»Wir waren Freunde, wir können es wieder sein.«

Leben, dachte Fischer, er konnte leben und versuchen zu fliehen. Wenn er jetzt zögerte, würde ihn Schäffler noch am selben Tag erschießen lassen. Er würde die Abenddämmerung nicht mehr erleben, er würde nicht wie an den anderen Abenden auf dem Hügel sitzen und die Sonne sehen, wie sie ihre Kraft aushauchte und verschwand.

Auf einmal legte Schäffler seine Hand auf den Tisch, direkt vor Fischer, und der sah den klobigen SS-Ring und Schäffler lächelte. »Küss den Ring, als Zeichen, dass du einer von uns bist, und wir vergessen alles. Du hast einen Eid geschworen, du hast ihn gebrochen, aber es gibt immer eine zweite Chance, küss den Ring.«

Fischer starrte auf das SS-Symbol. Etwas zwang ihn, nicht die Augen von dem Ring zu nehmen, etwas zwang ihn, sich nach vorne zu beugen, nur ein Stück weit, dann hielt er in der Bewegung inne.

»Küss den Ring, du weiß, was es bedeutet, einer von uns zu sein, wir haben ein großes Ziel.«

Leben, dachte Fischer wieder, er wollte nicht sterben.

»Warum zögerst du? Ich habe gesehen, dass du deinen Ring nicht mehr trägst, er würde einen Ausschlag verursachen, hast du gesagt, aber das stimmt nicht. Du trägst ihn nicht mehr, weil du vom wahren Glauben abgefallen bist.«

Der Ring schien verführerisch zu funkeln. Fischer musste einen Moment die Augen schließen. Er hatte Angst, er war nicht stark. Seine Angst ließ ihn zittern, es war so einfach, er musste nur den Ring küssen, dann war er frei.

»Du hast nicht mehr viel Zeit«, drängte Schäffler.

Fischer konnte den Ring nicht küssen. Als er die Lanze in Händen gehalten hatte, hatte sie ihm die Wahrheit offenbart, dass Christus am Kreuz auch für ihn gestorben war, dass es ein Vergeben gab, und ihn hatte diese Erkenntnis glücklich gemacht. Doch der Preis war, dass er die Lanze nicht verraten durfte. Wenn er den Ring küsste, würde er die Lanze verraten.

»Wenn du den Ring nicht küsst, weißt du, was das bedeutet.«

Fischer antwortete nicht.

»Sei kein Narr.« Schäffler wurde auf einmal laut. Fischer sah in Schäfflers wütendes Gesicht, das sich verzerrte, das verschwamm vor seinen Augen. Er würde den Schmerz ertragen, er hatte gezweifelt, aber die Lanze war stärker gewesen. Fischer stand auf und hastete aus dem Raum.

Mai 2012

Skamper träumte. Aber diesmal war etwas anders. Er stapfte nicht durch eine verlassene Schneelandschaft, sondern stand in der Morgendämmerung, vor ihm ein Tal aus Nebel. Er erkannte die Umrisse eines Mannes, der auf dem Boden lag. Dann sah er zwei andere Männer, wie dunkle Schatten, die auf den Mann am Boden einschlugen. Alles war still und er sah, wie rot gefärbter Atem aus dem Mund des am Boden Liegenden kam.

Das Gesicht wurde scharf, wurde erkennbar. Das Gesicht des Mannes, der am Boden lag, stach aus der Szene heraus, alles andere war nur Kontur und Umriss.

Skamper kannte das Gesicht nicht. Der Mann hatte die Augen geschlossen, als schliefe er und träumte von einem Mann, der ihn beobachtete und den Schmerz nicht spürte, die Fäuste und die Peitschen der Männer, die auf ihn einschlugen.

Skamper wollte helfen, aber er konnte sich nicht bewegen, die Muskeln folgten den Befehlen nicht, die das Hirn sandte, und dann erkannte er, dass eine Welt zwischen ihnen lag. Zwischen ihm und dem Mann am Boden, dessen Gesicht sich langsam auflöste und aufging in Schatten und Nebel.

Dann ließen die Schläger von dem Mann ab und erblickten Skamper. Er hörte sie auf einmal keuchen, hörte ihre Schritte und in dem Moment wurde ihm bewusst, dass er träumte, dass man ihm nichts tun konnte, dass er nur aufwachen müsste.

Etwas ging da draußen vor, außerhalb seines Traums. Du musst aufwachen, dachte er. Er musste seinen Traum verlassen, er konnte dem Mann am Boden nicht helfen.

Dann schreckte er hoch. Sein pochendes Herz füllte seinen Brustraum aus, er keuchte und brauchte einen Moment, um sich zu beruhigen.

Der Digitalanzeiger des kleinen Weckers neben ihm zeigte halb fünf an.

Er lag auf einer Matratze in dem kleinen Wohnzimmer, Arabella schlief auf dem Sofa in der Küche nebenan. Sein Kopf schmerzte. Langsam gewöhnten sich seine Augen an das Halbdunkel, die Löcher in der Jalousie streuten das Straßenlicht auf den Boden.

Etwas war im Gange. War das noch der Nachklang seines Traums, das Gefühl, dass ihn etwas bedrohte? Er horchte in die Nacht. Alles war ruhig. Doch etwas war falsch an der Stille. Dann hörte er ein Rascheln, Fußtritte, Flüstern. Da draußen war etwas. Wieder war Stille, wie eine Atempause vor dem Gefecht.

Skamper ging zum Fenster, zog die Jalousie langsam nach oben. Die Straße, auf die er blickte, war leer. Die Schnüre, an denen die Straßenbeleuchtung befestigt war, bewegten sich im Wind. Kein Geräusch, die Häuser auf der gegenüberliegenden Straßenseite waren dunkel. Nur ein Fenster war hell, ein Mann saß einsam vor einem Computerbildschirm.

Skampers Blick schweifte über die geparkten Autos am Straßenrand. Dann sah er den Mann. Er duckte sich hinter einem Mülleimer, blickte nach oben zu ihm. Skamper trat von dem Fenster zurück. Er war mit einem Male hellwach, sein Herz raste.

Arabella, er musste sie wecken. Er zog sich an, stolperte zur Tür und rannte in die Küche.

»Arabella.« Er wusste, dass sie einen tiefen Schlaf hatte. Sie schüttelte den Kopf. »Will weiterschlafen«, hörte Skamper, aber sie durfte jetzt nicht weiterschlafen.

»Arabella.« Endlich machte sie die Augen auf und Skamper glaubte wieder etwas zu hören, ein Geräusch auf der Treppe, als kämen Schritte näher.

»Wir müssen weg«, sagte er. Arabella stand auf wie in Trance. Der Ton und sein Gesichtsausdruck mussten so eindringlich sein, dass sie sich hastig anzog. Skamper führte sie nach draußen.

Jetzt waren es laute, stampfende Schritte, Skamper glaubte, ein Vibrieren unter seinen Füßen zu spüren. Vor der Wohnungstür blieben Skamper und Arabella stehen. Ein anschwellender dumpfer Lärm war zu hören, ein Rollen, als näherte sich ein Gewitter. Eine Spezialeinheit, dachte Skamper, oder eine Bande wildgewordener Neonazis, die Spinner aus »Devils Place«.

Es war egal, durch die Tür konnten sie nicht fliehen. »Wir müssen durch das Fenster.«

Unter dem Küchenfenster gab es ein Stockwerk tiefer einen Balkon, von dort waren es noch drei Meter bis zum Boden. Skamper öffnete das Fenster und sprang. Er hörte, wie sie drinnen an der Tür waren, irgendjemand schrie etwas.

Dann war ein Krachen zu hören. Das Haus erzitterte. Arabella sprang und er fing sie auf. Hinter dem Fenster des Wohnhauses, das zum Balkon gehörte, stand auf einmal ein kleines Mädchen. Wie ein Geist stand sie da, in einem Nachthemd mit einer Puppe in der Hand und beobachtete Skamper mit großen Augen.

Der legte den Finger auf den Mund, dann kletterte er über das Geländer. Er hielt sich mit den Händen daran fest, sah nur einen kurzen Augenblick nach unten und sprang.

Er kam auf, federte mit den Knien ab, ein kurzer, heftiger Schmerz im Knöchel, der wieder verschwand. Er sah nach oben. »Spring«, flüsterte er. Er sah Arabellas Haare im Nachtwind und hörte wieder ein Krachen, gleich mussten sie in der Wohnung sein. »Spring«, sagte er noch einmal. Und sie sprang. Skamper fing sie auf.

Sie hielten sich einen Moment umfangen, ihr Haar in seinem Gesicht, Skamper roch ihr Parfüm, für einen Moment führte es ihn weit weg, auf eine Blumenwiese im späten Sommer.

»Raus hier«, sagte er. Sie rannten zum Tor des Hinterhofes, es war nicht verschlossen, Skamper öffnete es. Sie liefen hinaus auf den Gehweg, dann sofort nach links, wo eine kleine Straße wieder nach links führte. Sie hielten sich an den Händen, kamen zu einer Kreuzung, von hier aus zweigten zahlreiche Gassen ab, eine ideale Strecke, um Verfolger abzuschütteln.

Sie rannten und rannten, hasteten durch die Straßen, Skamper drehte sich immer wieder um, doch hinter ihnen war niemand.

Als er sicher war, dass sie außer Gefahr waren, blieb er stehen. Er ließ ihre Hand los. Vor ihnen war eine große Kirche. Skamper ging zu den Steintreppen vor dem Eingang. Dort ließ er sich nieder. Kurze Zeit später setzte sich Arabella neben ihn. Sie legte ihren Kopf auf seine Schulter. Skamper saß schweigend da, starrte auf die Häuserfront auf der gegenüberliegenden Seite, die Fenster waren dunkel.

Sie waren hier allein, niemand war zu sehen. Es wurde langsam hell, Seine Uhr zeigte Viertel vor fünf.

»Glaubst du, wir haben sie abgehängt?«

»Ich bin ziemlich sicher«, sagte Skamper.

»Wer war das?«

Skamper schüttelte den Kopf. »Die Polizei ganz bestimmt nicht, das waren die Neonazis. Die sind mir gefolgt.«

»Und was machen wir jetzt?«

»Du gehst am besten nach Hause.«

Arabella sagte nichts.

»Von dir wissen die nichts«, sagte er. »Glaub mir, für dich ist es zu Hause am sichersten.«

»Und du, was wirst du machen?«

»Ich habe da eine Idee.«

Arabella stand auf, sie sah ihn an, dann beugte sie sich zu ihm und küsste ihn. Er war einen Moment überrascht, dann ließ er es geschehen, erwiderte ihren Kuss, roch den Duft ihrer Haare. Sie löste sich von ihm.

»Pass auf dich auf«, sagte sie.

Skamper lief eine halbe Stunde durch die Nacht. Vom Westen der Stadt Richtung Südosten. In der Nähe der Peterskirche blieb er vor einem kleinen Haus stehen, das nur zwei Fenster hatte. Es war kurz vor halb sechs. Auf den Straßen war jetzt viel mehr los und Skamper schätzte, dass auch Mike schon wach war. Er drückte auf die Klingel. Eine verschlafene Stimme meldete sich.

»Was ist los?«

»Mike, ich bin's, lass mich rein.«

Skamper hörte den Summer, drückte die Tür auf und trat ein.

Mike erwartete ihn an der Tür. Er wirkte noch verschlafen, trug einen blauen Adidas-Trainingsanzug und war barfuß. »Mann, du hast Nerven. Ich bin noch gar nicht richtig wach.« Er machte eine einladende Handbewegung. »Komm rein. Willst du einen Kaffee?«

»Das ist eine Superidee.«

Mike fragte nicht, was los war und warum Skamper um diese Zeit an seiner Tür klingelte. Das schätzte Skamper an ihm. Man konnte sich immer auf ihn verlassen. Während Mike Kaffee machte, saß Skamper am Küchentisch.

»Du bist der Erste, der den Kaffee aus der neuen Kaffeemaschine ausprobiert. Die Maschine habe ich erst gestern gekauft. Ein Sonderangebot, der Kaffee soll eins a schmecken.«

Mike stand vor dem Automaten und blickte darauf, als hätte er ein Wunderwerk der Technik vor sich. »Das ist unglaublich, in Afghanistan mussten wir immer so eine Brühe trinken, sage ich dir, und da habe ich zu meinem Sergeant gesagt, wenn ich von hier weg bin, kaufe ich mir eine Maschine, wo man nur einen Kopf zu drücken braucht und dann kommt der Kaffee, aber richtiger Kaffee und gestern habe ich das endlich gemacht.«

Mike sah ehrfürchtig zu, wie die schwarze Flüssigkeit in die kleine Kaffeetasse floss. »Unglaublich«, sagte er.

»Hör auf, Mann«, sagte Skamper. »Das ist nur eine Kaffeemaschine.«

Mike nahm die Tasse, roch daran, schloss die Augen und schlürfte genießerisch. »Und jetzt einen für dich. Der schmeckt unglaublich gut. Wie in Italien.«

»Du warst doch nie in Italien.«

»War ich nicht, aber der Kaffee schmeckt sicher genauso wie der hier.«

Die kleine Tasse war endlich voll. Mike nahm sie und stellte sie vor Skamper. Er setzte sich erwartungsvoll auf die andere Seite des Tisches.

»Wenn du dauernd so schaust, kann ich keinen Kaffee trinken«, sagte Skamper.

»Jetzt trink schon.«

Er trank. Der Kaffee schmeckte bitter. »Der schmeckt ausgezeichnet.« Er versuchte ein Lächeln.

»Hab ich doch gesagt, ein wunderbarer Kaffee.«

»Aber deshalb bin ich nicht hier.«

»Ja«, sagte Mike. »Ich habe gehört, du hast ein paar Probleme.«

»So kann man es auch nennen.«

Skamper erzählte ihm seine Geschichte. Als er fertig war, lehnte Mike sich zurück.

»Und was willst du jetzt machen?«

»Keine Ahnung. Erst mal brauch ich etwas Schlaf.«

»Hier kannst du nicht bleiben, wenn die deine Freunde abgrasen, dann schauen die doch zuerst bei mir vorbei. So viele Freunde hast du ja nicht, da kommen die schnell auf mich.«

»Da hast du recht.«

Mike überlegte. »Es gibt da einen Platz, wo du absolut sicher bist.«

Es war kurz nach acht, als die beiden den Parkplatz des Fitnesscenters erreichten. Skamper spähte durch die Scheiben von Mikes Jeep nach draußen.

»Die Luft ist rein.«

Sie stiegen beide aus – Skamper mit einem Koffer in der Hand – und liefen zu der Rückseite des Fitnesscenters. Mike holte einen Schlüssel aus seiner Tasche und öffnete eine Tür. Der Gang, in den sie traten, war dunkel. Mike drückte auf einen Schalter und Licht flammte auf. Ein kleiner Treppenaufgang. Ein paar Stufen hoch, dann kamen sie zu einer Eisentür. Wieder holte Mike den Schlüssel aus seiner Tasche.

Der Raum, den sie betraten, erinnerte an eine Gefängniszelle. Rechts war eine kleine Dusche mit integriertem WC. An der linken Wand standen das Bett und ein kleiner Tisch mit zwei Stühlen.

»Ich weiß bis heute nicht, wozu dieses Zimmer gut ist«, sagte Mike. »Ich schlafe hier manchmal, wenn es spät ist. Glaub mir, hier findet dich keiner, niemand weiß, dass es das hier gibt.«

Skamper legte den Koffer auf den Tisch, öffnete ihn. Auf den Kleidungsstücken lag ein kleines Notebook.

»Die Sachen müssten dir passen«, sagte Mike. »Und mit dem Computer kannst du sogar ins Internet. Er hat Zugang zu dem WiFi hier.«

Skamper blickte Mike an. »Ich werd dir das nicht vergessen.«

Mike hob abwehrend die Hände. »Keine Gefühlsduselei.«

Skamper nickte.

»Ich muss zur Arbeit«, sagte Mike. »Hab die Schicht bis zwei. Ich bin also immer in der Nähe. Aber im Fitnesscenter würde ich mich an deiner Stelle nicht blicken lassen.«

Nachdem sich Skamper geduscht hatte, setzte er sich an den kleinen Tisch und startete den Computer. Er suchte nach Nachrichten über Schröder. Es gab nichts Neues, sein Zustand war unverändert. Dann versuchte er, in den lokalen News etwas zu dem erschossenen Nazi im »Devils Place« zu erfahren. Doch er fand nichts.

Er konnte es nicht fassen, ein Mord war geschehen, in einer Kneipe vor mindestens einer Handvoll Zeugen. Er sah noch das kalte Gesicht des bulligen Narbengesichts, der Kopf des Irokesen war in seinen Armen förmlich explodiert. Da hatten andere hinter dem Narbengesicht gestanden, sie hatten den Mord gesehen, aber nichts davon war auf den Online-Seiten der lokalen Zeitungen zu finden. Die Erkenntnis machte ihm Angst. Sie gehörten alle zusammen, zu einem undurchsichtigen Bund, der ihn jagte.

Skamper gab einen neuen Suchbegriff ein, diesmal wollte er Informationen zu Schäffler und dem Brief, den ihm Brand gezeigt hatte. Doch er erhielt nur unbrauchbare Ergebnisse. Für eine präzise Suche wusste er zu wenig. Er gab es auf.

Er gab »Heilige Lanze« in das Suchfeld ein. Er kannte natürlich viele der Geschichten, die sich um die Heilige Lanze drehten. Erst vor ein paar Monaten war er ein Wochenende in Wien gewesen und hatte die Lanze gesehen. In einer Vitrine in der Wiener Hofburg deutete nichts darauf hin, dass die Lanze eine der wichtigsten Reliquien des Christentums war. Napoleon hatte vergeblich versucht, sie in seinen Besitz zu bringen und Hitler hatte sie während der Nazizeit nach Nürnberg geholt. Am Kriegsende hatte ein amerikanischer Offizier den Auftrag gehabt, sie dort aufzuspüren. Über einen Mittelsmann, der ein Gespräch in einem Gefangenenlager belauschte, kam er tatsächlich an das Versteck und konnte die Lanze bergen. Aber es gab Gerüchte, dass diese Lanze nur eine Nachbildung war, dass SS-Soldaten die echte Lanze ausgetauscht hatten und in Wien ein Duplikat lagerte.

Forscher hatten die Lanze in der Wiener Hofburg untersucht und herausgefunden, dass sie wahrscheinlich aus dem siebten Jahrhundert nach Christi stammte. Diese Lanze war also nicht die Lanze, mit der ein römischer Soldat Jesus in die Seite gestoßen hatte.

Doch hatte es jemals eine solche Lanze gegeben? Wer diese Frage beantworten wollte, musste zugeben, dass er den Bereich sicheren historischen Wissens verließ. Hier überschritt man die Grenze vom Wissen zum Glauben. Der Glaube hatte der Reliquie die Kraft gegeben, Schlachten zu gewinnen und Kranke zu heilen.

Unerheblich war, ob das tatsächlich die echte Lanze war, ob noch immer das Blut des Gottessohnes daran klebte. Die Soldaten, die für die Lanze in den Tod gegangen waren, hatten geglaubt. Die Pilger, die sich von der Lanze das Himmelreich versprachen, hatten geglaubt. Man musste glauben. Glauben, dass am Kreuz der Sohn Gottes gestorben war und nicht irgendein Wanderprediger aus der Provinz. Glauben, dass es den Hauptmann Longinus wirklich gegeben hatte und dass das Blut Jesu die Macht hatte, Wunden zu heilen und unbesiegbar zu machen.

Skamper dachte an die Ereignisse in der Nacht nach Brands Angriff. Vor seinem inneren Auge sah er die Lanze, die er in der kleinen Höhle gefunden hatte. Er hatte sie in Händen gehalten, er hatte ihre Kraft gespürt. War das ein Traum gewesen, eine Vision, die ihm die K.-o.-Tropfen vorgegaukelt hatten?

Wenn es wahr war, wenn tatsächlich, so wie Brand angedeutet hatte, die Nazis die Lanze in Besitz gehabt hatten, mit der vor fast zweitausend Jahren ein römischer Legionär einen gefährlichen Prediger namens Jesus verletzt hatte. Würde man dies je beweisen können? Würden auch die sorgfältigsten wissenschaftlichen Untersuchungen nur vage die Zeit und den Ort bestimmen können, an dem die Lanze entstanden war? Mussten nicht auch die besten Wissenschaftler am Ende kapitulieren und zugeben, dass endgültige Aussagen über die Echtheit der Lanze auf Glauben beruhten?

Skamper rieb sich die Augen, er spürte die Müdigkeit. Vielleicht war es besser, sich noch einige Stunden hinzulegen und zu schlafen. Aber er wusste, dass er zu unruhig war. Was geschehen war, ließ ihn nicht los.

Warum war er so fest davon überzeugt, einer großen Sache auf der Spur zu sein? Er musste zurück an den Anfang. Die beiden Steine, die Änderungen, nachdem die beiden Artefakte eine Nacht nebeneinander gelegen hatten. Das war real gewesen und gleichzeitig so fantastisch, dass er überzeugt war, nicht einem der unzähligen Gerüchte um das Artefakt auf den Leim gegangen zu sein.

Nach Brands Besuch hatte sich ihm eine neue Welt aufgetan. Als er nach dem Besuch von Schröder und Meyer wieder nach Happurg gefahren war, hatte er versucht, herauszufinden, welchen Weg er nach dem Angriff von Brand gegangen war. Aber vielleicht sollte er systematischer vorgehen. Die Linien auf den beiden Artefakten hatten sich an sechs Punkten gekreuzt, der Plan musste immer noch in dem Versteck in seiner Garage sein. Aber nach Hause konnte er nicht. Die Suche nach der Lanze musste warten. Schröder lag noch immer im Koma. Sicher wurde er im Krankenhaus bewacht, aber würden die Nazis nicht alles tun, um zu verhindern, dass er wieder erwachte und gegen sie aussagte?

Südbad, hatte der Irokese gesagt, kurz bevor man ihn erschossen hatte. Südbad war die Antwort auf die Frage gewesen, wo Boretzky sei. Und Boretzky hatte ihm seinen Namen gesagt, hatte ihm erzählt, dass er Masseur sei. Er hatte vorgehabt, ihn zu töten, wenn er erst einmal im Besitz der Karte wäre. Sonst hätte er ihm sicher nicht seinen Namen genannt. Skamper legte die Finger auf die Tastatur. Konnte es so einfach sein? Er gab Boretzky und Südbad Nürnberg in die Suchleiste ein.

Zwei Stunden später lag Skamper auf einer Liege im Ruheraum des Südbads.

Gleich als er gekommen war, war er in den Türkischen Haman gegangen. Dort konnte man sich für eine Massage eintragen. Er hatte mit der Frau an der Rezeption gesprochen.

Wann der Masseur Boretzky frei sei, fragte er. Die Frau war nicht einen Moment misstrauisch. Boretzky war bekannt als Masseur, ein Wunderheiler, einer, der magische Hände hatte. So hatte es Skamper in Bewertungen im Internet gelesen.

Als er nach Boretzky recherchiert hatte und sofort auf zahlreiche Informationen gestoßen war, hatte er einen Moment mit dem Gedanken gespielt, zur Polizei zu gehen und alles zu erzählen, was in dem Haus im Wald geschehen war. Aber ihm war sofort klar gewesen, dass er keine Chance hatte. Er hatte keine Beweise. Boretzky würde alles abstreiten und er würde in der Falle sitzen, denn dass ihn die Polizei als Mordverdächtigen einfach wieder gehen ließe, war ausgeschlossen. Er konnte nur darauf hoffen, dass

Schröder aufwachte und erzählte, wer wirklich auf ihn geschossen hatte.

Skamper musste sich zwingen, nicht dem Impuls nachzugehen, einfach von seiner Liege aufzustehen und das Südbad zu verlassen. Es war verrückt, was er hier vorhatte. Aber er blieb liegen.

Er hatte noch eine halbe Stunde bis zum Massagetermin. Die Atmosphäre und die warme Luft im Raum machten ihn schläfrig. Er fühlte sich hier sicher. Es war ein absurdes Gefühl, hier war er unter Menschen, jeden Moment konnte er entdeckt werden. Aber wer kam schon auf die Idee, dass ein von der Polizei gesuchter Mordverdächtiger den Nachmittag in einer Sauna verbrachte.

Skamper hatte zwei Aufgüsse mitgemacht. Es waren nicht viele Leute in der Sauna. Er genoss die Hitze, den Schwall heißer Luft, wenn der Saunameister mit dem Handtuch wedelte und die heiße Luft in Wellen auf die Saunagäste traf.

Zwischen den Saunagängen lag er im Ruheraum. Er döste vor sich hin und in diesem Zustand zwischen Wachsein und Schlaf erschienen ihm die Bilder seines morgendlichen Traums wieder. Das Gesicht eines gepeinigten Mannes, der auf dem Boden lag.

Etwas war anders in dem Traum gewesen. Er hatte sich unterschieden von den Träumen vorher. Der Traum hatte ihm Angst gemacht. Nicht durch die Bilder. Doch die Atmosphäre des Traums schien mit Entsetzen und Panik aufgeladen zu sein. Sein Herz hatte gerast, als er aufgewacht war.

Der Traum war eine Botschaft. Es hing mit der Lanze zusammen. Der Augenblick der Berührung hatte etwas in ihm geweckt. Ein Strom war in ihn gefahren, eine Woge, die seine Seele berührt hatte.

Die Berührung mit der Lanze war auch der Grund, weshalb er jetzt hier war. Er hatte keine Angst, auf Boretzky zu treffen. Er war sich sicher, dass Boretzky ihm nichts tun würde. Er hatte keine Ahnung, woher er diese Sicherheit nahm, es war etwas, was er nicht in Worte fassen konnte.

Kurz vor drei betrat Skamper den Haman, wandte sich nach rechts zu der Rezeption, hinter der immer noch die bebrillte Frau saß.

Er trug nur ein großes Saunahandtuch um seine Hüften.

»Kommen Sie«, sagte die Frau.

Sie führte ihn in einen kleinen Raum, in dessen Mitte eine große Massageliege stand.

»Legen Sie sich bitte auf die Liege, Herr Boretzky kommt gleich.«

Ihre Schritte entfernten sich. Er legte sich auf die Liege. Auf einmal verließ ihn seine Sicherheit, die ihn hierhergeführt hatte. Es war Wahnsinn, was er hier machte. Er lag auf dem Bauch und wartete auf einen Mann, der ihn gefoltert hatte und den er beinahe umgebracht hätte. Warum hatte er es nicht getan? Etwas war in Boretzkys Blick gewesen, das ihn hatte zögern lassen. Es war nicht einfach, jemanden zu töten, der einem in die Augen blickte.

Skampers Herz klopfte, er konnte hier nicht so liegen, er richtete sich auf, saß auf der Liege und in diesem Moment erschien ein breitschultriger Mann in einem weißen Kittel an der Tür.

Boretzky. Er sah ganz anders aus als in dem Haus im Wald. Er trug seine Haare in einem Zopf nach hinten und hatte eine weiße Hose und ein graues T-Shirt an, doch er war für Skamper unverkennbar der Mann, der ihn gefoltert hatte. Boretzky stockte in der Bewegung, niemand sagte etwas. Dann trat Boretzky ein und wandte sich einem kleinen Tisch zu, auf dem verschiedene Massageöle und Tücher lagen.

»Sie sind hier, weil Sie eine Rückenmassage wünschen?«

Die Stimme. Hätte Skamper noch Zweifel gehabt, ob dieser Mann tatsächlich Boretzky war, dann hätte die sonore Stimme sie ausgeräumt.

»Ja«, sagte Skamper.

»Dann legen Sie sich bitte auf den Bauch.«

Skamper tat, was Boretzky gesagt hatte.

Er hörte, wie Boretzky bestimmte Vorbereitungen traf. Boretzky rieb sich die Hände, schaltete einen kleinen CD-Rekorder ein. Leise, meditative Musik ertönte.

Dann spürte Skamper Boretzkys Finger. Eine Wärme ging von ihnen aus, etwas Elektrisches und Boretzky begann, Skampers Muskeln zu erfühlen. Er knetete den rechten Nacken. Augenblicklich spürte Skamper einen stechenden Schmerz.

»Hier ist etwas«, sagte Boretzky. Seine Hände umkreisten einen Knoten im Muskel.

»Eine alte Verletzung«, erklärte Skamper.

Boretzky drückte unvermittelt mit dem Daumen auf die Stelle. Der Schmerz war im ersten Moment so stark, dass Skamper die Tränen in die Augen schossen. »Sind Sie verrückt«, keuchte er.

Der Schmerz saß wie eine Faust unter der Haut, schien sich in die Muskeln zu wühlen, dann wurde es besser.

»Schmerz ist nötig«, sagte Boretzky. Und Skamper spürte, wie sich etwas löste. An der pochenden Stelle breitete sich Hitze aus.

Boretzky nahm seine Hände von Skampers Rücken. »Versuchen Sie, Ihren Arm zu bewegen.«

Skamper hob seine Schulter. Der Schmerz war verschwunden, da war nur noch ein dumpfes Erinnern. »Das ist fantastisch.«

Skamper hatte sich spontan aufgerichtet. Die schweren Hände von Boretzky drückten ihn wieder auf die Liege.

»Der Schmerz wird wiederkommen, wenn sie nicht anders trainieren. Sie trainieren doch?«

»Ja.«

»Verzichten Sie auf Schulterübungen, bei denen Sie viel Gewicht pressen. Und dehnen Sie. Die meisten Muskelschmerzen sind auf Verkürzungen zurückzuführen. Ihr Muskel ist zu kurz. Spüren Sie es?«

Skamper spürte den Druck, einen kurzen stechenden Schmerz.

»Machen Sie mehr Übungen, mit denen Sie den Muskel dehnen. Mehr ziehen als drücken.«

»Werd ich tun.«

Boretzky massierte weiter, war nach seinen Ausführungen zu Skampers Muskelproblemen still geworden. Seine Hände kreisten fachmännisch um die Muskeln, dehnten, drehten, kneteten sie weich und Skamper fing an, die Massage zu genießen, er hätte nicht gedacht, dass es ihm so gut tun würde.

»Sie sind ein mutiger Mann, Paul Skamper.« Boretzkys Hände hatten den Hals von Skamper umfasst. Er lockerte mit seinen Fingern die Muskeln und redete dabei weiter. »In dieser Lage wäre es ein Leichtes für mich, Sie mit einer Bewegung zu töten, hier.« Seine Finger drückten leicht auf die Seite von Skampers Hals. »An der Stelle, wo die Aorta fließt. Ein besonders empfindlicher Nerv. Ein Druck hier und Sie würden keine Luft mehr kriegen und nach kurzer Zeit elendig ersticken. Ein qualvoller Tod.«

Skamper spürte das Pochen seines Herzens. Genau dort, wo ihn Boretzkys Finger berührten.

»Aber ich kann Sie nicht töten. Sie hatten mein Leben in der Hand und Sie haben es mir gelassen. Also bin ich Ihnen ein Leben schuldig.«

Die Worte beruhigten Skamper. Er hielt Boretzky für brutal und verrückt, aber in diesem Moment vertraute er ihm.

»Sie haben mir in die Augen gesehen, als Sie die Pistole in der Hand hatten. Es war Hass in ihren Augen und der Wille zu töten.« Boretzky massierte jetzt den Rücken im Bereich der Hüften. Seine Rede schien dem Rhythmus der einschläfernden Musik zu folgen. »Aber es war noch etwas anderes in Ihren Augen ... als würden Sie sich selbst erkennen und in einen Spiegel sehen.«

Boretzkys Handkanten klatschten auf Skampers Hüften.

»Die Masse ist stumpf und das bringt mich zum Verzweifeln. Sie leben nicht, sie existieren, sie sind wie amorphe Amöben, immer auf der Suche nach einem Wirt. Sie suchen etwas, in das sie eintauchen können, das ihrer erbärmlichen Existenz Größe gibt. Aber weil sie das nicht finden, ersticken sie ihr Begehren in Genuss und Konsum. Und irgendwann vergessen sie, wonach sie sich sehnten.«

Boretzky machte eine Pause, er ging zu dem kleinen Tisch und rieb seine Hände mit einem Öl ein. Skamper spürte die kühle Feuchtigkeit, als sich die Hände von Boretzky wieder auf seinen Rücken legten. »Haben Sie Filme gesehen über Hitler? Was mich immer fasziniert hat, war dieser unbedingte Wille. Ein ganzes Volk in einem Menschen personifiziert. Als wäre er aus der Masse geschaffen worden, um dieser Masse eine Stimme zu geben, ein Wollen. Haben Sie die Begeisterung der Menschen gesehen, wenn sie Hitler sahen? Die Menschen dürsten nach so einer Begeisterung.«

»Und Sie wollen der neue Hitler sein?« Skamper hatte den Redefluss von Boretzky unterbrochen. Dessen Hände ruhten schwer auf seinen Schultern.

»Ich bin auserwählt, ich hatte es Ihnen schon bei unserer ersten Begegnung gesagt.« Er fuhr mit der Massage fort. »Es gibt so viele Theorien über Hitler. Die Leute sehen ihn als Manipulator, als jemand, der den Zeitgeist geschickt zu nutzen verstand. Aber sein Erfolg beruht auf etwas ganz anderem. Die wenigsten wissen, dass sich Hitler mit schwarzer Magie beschäftigte. In geheimen Gruppen vollführte er grausame, furchtbare Rituale. Er überschritt die Grenze des Menschlichen, er wurde Teil einer höheren Sphäre. Hitler hatte eine Macht, die ihm von einer anderen Welt verliehen war. Er konnte Dinge sehen, die andere nicht sahen. Und ich bin ihm auf diesem Weg gefolgt.«

In Skamper war etwas, das sich gegen die Worte von Boretzky aufbäumte. Aber er beherrschte sich. Dieser Mann war ein Irrer, er war zu allem fähig.

»Ich sehe Dinge, die vor der Wirklichkeit verborgen sind. Und in Ihren Augen habe ich gesehen, dass Sie zu uns gehören. Sie haben den Willen in Ihren Augen und die Verzweiflung über ein Leben, das Ihnen nicht das gab, was Sie verdienen.«

»Ich weiß nicht, was ich verdiene«, sagte Skamper. »Und ob man überhaupt etwas zu erwarten hat.«

»Wir haben etwas zu erwarten. Wir sind bestimmt für Größeres, Sie und ich. Sie wollen nicht eines der Massentiere bleiben, das ist es, was Sie einst auf Abenteuerreise gehen ließ. Haben Sie je über Ihre Motive nachgedacht?«

»Ich wollte einen Schatz finden und reich werden. So einfach war das.«

»Das sagen Sie, weil Sie enttäuscht wurden. Gehen Sie zurück, suchen Sie in Ihrer Erinnerung. Was war es, was Sie aufbrechen ließ.«

Es war, als würde ihn Boretzkys Stimme zurückführen. Skamper stand wieder am Bahnhof mit seinem Rucksack. Allein mit dem Wissen, dass es Jahre dauern würde, bis er zurückkommen würde. Was hatte er damals gedacht?

»Sie waren befreit und Sie wussten, dass Sie das Richtige taten.«

»Das wusste ich.« Skamper redete ihm nach wie die Puppe eines Bauchredners.

»Sie hatten ein Gefühl der Bedeutung an diesem Tag. Erinnern Sie sich.«

Auf einmal war alles wieder da. Das Gefühl des Abenteuers, die Neugier, das Wissen, dass das Leben für ihn mehr als das bereithalten musste, was er kannte. Der brennende Wunsch, ein anderes Leben zu führen.

»Deshalb sind Sie heute zu mir gekommen. Sie können es nicht ertragen, in der Masse zu versinken. Sie gehören zu uns. Gestehen Sie es sich ein.«

Aus Skamper brach es auf einmal heraus. »Ich gehöre nicht zu Ihnen. Hören Sie auf.«

Boretzky überlegte einen Moment. Seine Hände lagen bewegungslos auf Skampers Schultern. »Wir müssen zusammenarbeiten«, sagte er. »Sie haben den Plan, wir haben die Mittel, den Schatz zu heben. Und wir haben das zweite Artefakt. Nur zu zweit sind sie etwas wert.« Seine Stimme klang auf einmal nüchtern.

»Und wie soll die Zusammenarbeit aussehen?«

»Wir machen uns zusammen auf die Suche. Wir könnten schon morgen starten.«

»Und wenn wir den Schatz gefunden haben?«

Einen Moment zögerte Boretzky. »Die Heilige Lanze gehört mir. Sie ist mir bestimmt. Alles andere können Sie haben.«

»Und warum sollte ich Ihnen vertrauen?«

»Ich gebe Ihnen mein Wort. Ich biete Ihnen eine Chance. Es ist nicht nur die Heilige Lanze in dem Versteck. Es gibt Dinge dort, die Ihnen ein sorgloses Leben ermöglichen werden.«

Skamper schwieg. Boretzky hatte wieder begonnen, mit kreisenden Bewegungen die Gegend unterhalb des Nackens zu bearbeiten.

»Es geht nicht ohne Vertrauen«, sagte Boretzky. »Darauf gründet unsere Suche. Ich vertraue Ihnen, vertrauen Sie auch mir und wir beide werden bekommen, wonach wir gesucht haben.« Er beendete die Massage. »Die Zeit ist um. Bleiben Sie noch einen Moment liegen und ruhen Sie sich aus. Überlegen Sie, was ich Ihnen gesagt habe.«

Er verschwand aus dem Raum, eine Tür schloss sich und Skamper war allein. Er hörte die leise Meditationsmusik und fühlte sich auf eine seltsame Weise entspannt. Für einen Moment wollte er glauben, was ihm Boretzky gesagt hatte, dass er ihm vertrauen könnte, dass sie wie gleichberechtigte Partner auf die Suche gehen und sich die Beute teilen würden. Dann verwarf er den Gedanken. Boretzky würde nicht teilen. Sobald er das Ziel erreicht hätte, würde er versuchen, ihn aus dem Weg zu räumen. Das Gerede, dass er ihn nicht töten könne, sollte ihn einlullen.

Skamper richtete sich auf. Als er in den Vorraum kam, saß Boretzky hinter einem Schreibtisch und schrieb etwas.

»Sie wissen, dass Sie keine Chance haben«, sagte er, ohne aufzusehen. »Sie müssen sich entscheiden. Jetzt. Wollen Sie mit mir zusammenarbeiten?« Boretzky sah ihm in die Augen. Sein Blick war kühl.

»Sie glauben doch nicht wirklich, dass ich so etwas überhaupt in Erwägung ziehe.«

»Gut, es war ein Angebot. Es wird so kommen, wie ich sagte. Wir werden den zweiten Stein bekommen und den Plan und wir werden den Schatz finden. Ich werde Sie nicht töten, das ist gar nicht nötig. Sie stehen unter Mordverdacht. Ihr Freund im Krankenhaus wird nicht mehr aufwachen und so wird niemand erfahren, was wirklich passiert ist. Sie werden nicht sterben, aber Ihre Träume können Sie begraben. Wenn Sie jemals wieder aus dem Gefängnis herauskommen, werden Sie sie vergessen haben.«

»Das war es?«, fragte Skamper.

»Nein«, sagte Boretzky. »Ich bekomme noch zwanzig Euro für die Massage.«

Skamper blieb nicht länger in der Sauna. Nachdem er den Haman verlassen hatte, holte er seine Tasche und ging Richtung Umkleidekabine. Boretzky hatte gesagt, dass Schröder nicht mehr aufwachen würde, und Skamper wusste, was das bedeutete. Sie würden dafür sorgen, dass Schröder für immer schwieg. Sicher hatte die Polizei jemand zur Bewachung von Schröder abgestellt, aber Boretzky war alles zuzutrauen. Vielleicht hatte er sogar seine Leute im Krankenhaus, vielleicht war diese Nazi-Sekte viel größer, als Skamper ahnte. Er musste ins Krankenhaus.

Er zog sich hastig an, dann eilte er zur Haltestelle der Straßenbahn. Ungeduldig wartete er. Er hatte keine Zeit, vielleicht war es schon zu spät.

Juli 1944

Fischer saß vor dem Papier. 28195. Er hatte die Zahl auf das Blatt geschrieben, immer wieder. Er hatte von der Zahlenfolge geträumt. Er hatte einst die Bedeutung der Ziffern gekannt. Er glaubte, sich an dieses Wissen zu erinnern, aber jetzt war es weit weg.

Schritte näherten sich. Sie kommen, dachte er. Sie kommen und sie werden mir keine Zeit mehr lassen zu verstehen, was es mit der Zahl auf sich hat. Ich sollte fliehen. Jetzt wäre es noch möglich zu fliehen. Er könnte durch das Fenster, dann rechts zu den Baracken. Der Weg zur Straße war nicht bewacht. Wenn er auf der Straße war, musste er nur links in den angrenzenden Wald. Sie würden ihn verfolgen, mit ihren Spürhunden, aber er kannte die Gegend, er würde sich nicht fangen lassen wie Wuttke.

Für einen Moment sah er sich durch den Wald rennen, fühlte sich frei, aber er saß vor seinem kleinen Tisch und wartete.

Das Geräusch der Schritte wurde lauter, dann war es auf einmal still. Sie mussten direkt vor der Tür sein. Er rührte sich nicht, die Tür öffnete sich, Schäffler und zwei SS-Soldaten traten ins Zimmer. Die Männer blieben einige Meter vor ihm stehen, schweigend. Sie hatten Gewehre in der Hand. Schäffler stand vor den beiden anderen. Schäfflers Augen starrten ihn aus tiefen Höhlen an. Er sah aus wie ein Geist, er war krank, aber das würde Fischer nicht helfen. Schäffler fasste in die Tasche seiner schwarzen Jacke und warf etwas auf die Liege, die neben dem Tisch stand.

Fischer blickte stumm darauf. Die Briefe an Eva. Sie hatten sie nie erreicht. Er stand auf, ging zu der Liege und nahm sie in die Hand. Er strich über sie, als müsste er sich vergewissern, dass seine Augen ihn nicht betrogen hatten, dass es tatsächlich seine Briefe waren.

»Das ist schade«, sagte er leise. »Eva hätte sich gefreut, die Briefe zu lesen. Ich bin sicher, sie hätte sich sehr gefreut.«

»Eva ist tot«, sagte Schäffler.

Die Worte erreichten Fischer nicht.

»Eva ist tot«, wiederholte Schäffler. »Du weißt das. Du hast die Liste mit den Namen gesehen. Sie stand darauf, ganz oben. Am 12. März 1943 eingeliefert in das Konzentrationslager Flossenbürg. Am 10. April 1944 verstorben. Du weißt das, ich habe dir damals alles erzählt, ich habe dir die Liste gebracht, ich wollte dich prüfen, ich wollte wissen, auf welcher Seite du stehst.«

Fischer hatte die Briefe immer noch in den Händen. Er blickte auf, sah zu den Wänden. Sie waren vollgeschmiert. 28195. Immer wieder diese Zahl, rot auf der grauen Tünche. War er das gewesen? Seine Hände waren rissig, trockenes Blut klebte auf der Haut.

»Und du hast richtig gehandelt, damals, du hast gezeigt, dass du einer größeren Sache dienst, du hast ein Opfer gebracht, ein großes Opfer, und ich habe dich bewundert und glaubte, in dir jemanden zu sehen, der würdig wäre, würdig unserer Sache.«

»Eva hätte sich gefreut«, sagte Fischer.

»Ich bin enttäuscht. Nicht, weil du dieser Eva geschrieben hast. Nein, aber ich habe die Briefe gelesen. Du bist abgefallen, Fischer, du glaubst nicht mehr an unser Ziel, du redest davon, dass diese Lanze dir die Augen geöffnet hat. Aber du bist verblendet. Dieser Glaube ist wie Gift, er zerstört das Große, das wir erschaffen wollen.«

Fischer hörte die Worte nicht. Sie waren wie ein Murmeln im Hintergrund, das keine Bedeutung hatte.

»Jetzt gerade ist es wichtig, dass wir eins sind. Niemand darf ausscheren, es darf keinen Verräter geben. Aber ich will dir eine Chance geben, ich habe in dir einen Freund gesehen. Wenn du mir erklären kannst, was es mit den Briefen auf sich hat, dann werde ich alles vergessen.«

Gib mir Kraft, dachte Fischer. Er betete, er wusste, dass der Moment gekommen war zu beten.

»Warum?« Schäfflers Stimme war ruhig, er tobte nicht wie so oft in den letzten Tagen. Er wirkte müde.

»Es ist der falsche Weg«, sagte Fischer. »Ich habe es gesehen. Es ist falsch, was wir machen.«

Schäffler wartete, aber Fischer hatte alles gesagt.

»Das ist alles?«

»Ja, das ist alles.«

Schäffler wandte sich an die Männer hinter ihm. »Nehmt ihn mit.«

Die beiden traten vor. Sie zögerten kurz. Fischer wehrte sich nicht, als sie ihn in die Mitte nahmen.

Mai 2012

Skamper saß auf einer Parkbank in der Nähe des Nordklinikums. Links neben ihm befand sich ein kleiner Parkplatz für Fahrräder, auf der anderen Seite war ein Kiosk. Von hier aus konnte man den Eingang des Krankenhauses gut sehen. Am Kiosk hatte Skamper sich eine Zeitung gekauft. Es würde weniger auffallen, wenn er hier saß und etwas las. Aus den Augenwinkeln beobachtete er den Eingang.

Vielleicht war er doch zu überstürzt hierher gefahren. Er wusste ja nicht einmal, auf welchem Zimmer Schröder lag. Und an der Information nach ihm zu fragen, wäre viel zu auffällig. Vielleicht überschätzte er auch Boretzky, ließ sich genau wie die anderen von seiner Erscheinung und von seinen Reden einschüchtern. Vielleicht würde es reichen, wenn er einen anonymen Anruf absetzte. Er wusste, wo es in Nürnberg noch eine Telefonzelle gab, sie waren selten zu finden, aber es gab sie noch.

Skamper atmete auf, das war die richtige Idee, er würde die Polizisten so aufschrecken, dass sie eine ganze Armee vor Schröders

Zimmer auffahren würden. Er wollte aufstehen, einen Bus nehmen, der ihn zum Cinecittà bringen würde. Auf dem Platz davor gab es eine Telefonzelle. Doch dann bemerkte er etwas.

Am Eingang des Krankenhauses standen Patienten und rauchten. Sie pafften an ihren Stummeln, atmeten den Rauch ein und stießen ihn wieder in die kühle Luft. Drei Männer in grauen Bademänteln standen ganz rechts. Der Mann in der Mitte, der ihm den Rücken zuwandte, hatte seine Aufmerksamkeit geweckt. Etwas war an seinen Bewegungen und seiner Haltung, das in Skamper eine Erinnerung weckte.

Sie sprachen leise, in der Entfernung konnte er unmöglich verstehen, was sie sagten. Der ganz rechts stand, lachte auf einmal und die beiden anderen fielen ein. Der Mann in der Mitte schüttelte sich vor Lachen. Wenn er sich nur einmal umdrehen würde, der Mann wandte sich nach rechts, Skamper konnte etwas von seinem Profil erkennen, das machte ihn wieder unsicher. Vielleicht hatte er sich doch getäuscht. Aber dann drehte der Mann seinen Kopf und Skamper sah ihn von vorne.

Er musste schlucken. Der Barkeeper aus »Devils Place«, es gab keinen Zweifel. Skamper würde nie das vernarbte Gesicht des Mannes vergessen, der im Flur der Kneipe auf ihn geschossen hatte.

Als der Mann seine Zigarette auf den Boden warf und die drei sich in Richtung des Eingangs aufmachten, stand Skamper von seiner Bank auf und überquerte die Straße. Seine Tasche mit den Saunasachen ließ er auf der Bank zurück.

Er konnte die Männer durch den gläsernen Eingang beobachten, wie sie sich langsam auf eine Treppe zubewegten. Sie blieben davor stehen und unterhielten sich. Skamper kam durch die große Drehtür. Er wandte sich nach links zu einem Getränkeautomaten, hinter dem er stehen blieb. Die drei liefen die Treppe hoch, er folgte ihnen.

Zweiter Stock, die Männer gingen nach rechts in den Gang zu den Patientenzimmern. Er beobachtete sie von der Treppe aus, als die drei stehen blieben. Sie spielten immer noch Patienten, die von einer Raucherpause zurückkamen, aber die verstohlenen Blicke und die angespannte Haltung verrieten, dass sie etwas vorhatten.

Skamper versteckte sich hinter einem großen Putzwagen, der vor einer Tür stand. Der Barkeeper verabschiedete sich von den beiden anderen mit einem Nicken, drehte sich um und lief weiter den Gang entlang. Die beiden anderen wandten sich zur Treppe und stiegen sie hoch.

Skamper verließ sein Versteck, er lief schneller, der Barkeeper bog nach rechts ab. Als Skamper um die Ecke kam, erblickte er am Ende des Flurs einen Polizisten, der auf einem Stuhl saß.

Etwas stimmte nicht, der Polizist rührte sich nicht, sah nicht auf. Schlief er? Skamper kam näher, er war allein im Gang, was war mit dem Polizisten los? Er bewegte sich nicht, hatte die Augen geschlossen, als Skamper die Tür neben dem sitzenden Polizisten erreichte.

Skamper öffnete die Tür und blickte in das Gesicht des Barkeepers. Einen kurzen Moment lähmte die Überraschung die beiden. Skamper an der Tür und den Barkeeper neben dem Bett, in dem Skamper den schlafenden Schröder erkannte.

Dann sah Skamper das Aufblitzen eines Messers, er duckte sich instinktiv, das Messer zischte gegen die Tür und fiel zu Boden. Mit drei Schritten war Skamper im Raum, dann sprang er. Direkt auf den Barkeeper, sie stießen gegen das Bett, rollten auf den Boden. Skamper kam auf seinem Gegner zu liegen, schlug mit der Faust zweimal mit voller Wucht auf dessen Nase, Blut spritzte. Dann krachte ein Schlag gegen Skampers Kinn, er wurde nach hinten gerissen. Auf dem Rücken liegend sah er, wie der Barkeeper sich aufrichtete. Skampers Beine wischten über den Boden, ein Fuß traf das Knie des Barkeepers, der wieder stürzte. Erneut hechtete Skamper auf sein Gegenüber, es gelang ihm, seinen Hals zu umklammern. Er hielt den Barkeeper im Würgegriff.

»Paul.« Der Klang des Wortes schwebte durch den Raum und füllte für einen Moment sein Bewusstsein aus.

»Paul.« Keine Sinnestäuschung, Skamper hielt seinen Gegner immer noch umklammert, er hob den Kopf und sah direkt in die offenen Augen von Schröder. Schröder war wach, Schröder erkannte ihn.

Die Erkenntnis füllte ihn aus wie ein Triumph.

»Was machst du da?«

Skamper war einen Moment abgelenkt, der Barkeeper konnte sich befreien, ein Schlag bohrte sich in Skampers Eingeweide. Der Barkeeper wollte zur Tür stürzen, doch Skamper rappelte sich hoch, war sofort hinter ihm. Sie krachten gegen die Wand, das Narbengesicht stieß ihm mit dem Ellenbogen in den Magen, er sackte zu Boden, das Narbengesicht über ihm. Sein fleischiger Arm presste sich gegen Skampers Hals. Skamper röchelte, er versuchte, sich aus dem Griff zu befreien, doch der Barkeeper ließ nicht locker.

Wieder hörte er die Stimme von Schröder. »Paul, was machst du da?«

Trotz seiner Lage durchfuhr ihn Glückseligkeit. Schröder hatte ihn erkannt, das hieß, dass er sich erinnerte, dass er erzählen würde, was wirklich passiert war, dass das Versteckspiel endlich vorbei wäre.

Wütend schlug er mit dem Ellenbogen gegen den Magen des Barkeepers, konnte sich befreien. Beide rappelten sich hoch. Skamper wollte sich auf seinen Gegner stürzen.

»Hören Sie auf!« Die Stimme an der Tür ließ Skamper innehalten, ein Polizist mit einer Pistole stand dort, es war nicht der, der selig geschlafen hatte.

Skamper stand ebenso regungslos wie der Barkeeper, der Polizist sah unsicher von einem zum anderen.

»Nehmen Sie ihn fest«, sagte der Barkeeper. »Er wollte den Patienten im Bett umbringen, ich bin im letzten Moment dazugekommen.«

Skamper war einen Moment zu verblüfft, um etwas sagen zu können. Er blickte zu Schröder, aber der hatte die Augen geschlossen.

Der Polizist hatte die Pistole auf ihn gerichtet. Skamper tauchte nach unten, drehte sich auf dem Boden und griff mit der Hand nach dem Messer, das an der Wand lag. Im nächsten Moment stand er wie aus dem Nichts hinter dem Barkeeper.

Er presste ihm das Messer an die Kehle. Er spürte, dass sich der Mann versteifte. Die Pistole des Polizisten zielte jetzt auf den Barkeeper. Skamper hielt den Mann wie einen Schild vor sich. Er zwang den Barkeeper, mit ihm zu gehen, schob ihn vor, bis er nur noch zwei Meter vor dem Polizisten stand.

»Lassen Sie mich durch«, sagte Skamper, sein Messer am Hals seiner Geisel, der Polizist zögerte. Warum verschwand er nicht endlich und gab den Weg frei?

Der Polizist blickte zu dem schlafenden Schröder, als würde er von ihm Hilfe erwarten, sah dann wieder auf Skamper. Der Barkeeper rührte sich nicht.

»Lassen Sie mich durch«, wiederholte Skamper noch einmal.

Wieder zögerte der Mann, doch dann trat er einen Schritt zur Seite.

»Sie müssen ihn besser beschützen«, sagte Skamper. »Was für Pfeifen bewachen ihn da. Dieser Kerl«, er verstärkte den Druck seines Messers, »war hier, um ihn zu töten. Also machen Sie verdammt noch mal Ihre Arbeit und sorgen Sie dafür, dass er sicher ist.«

Das Gesicht des Polizisten zeigte, dass er nicht im Mindesten verstand, was hier vor sich ging.

Skamper führte seine Geisel zur Tür, ließ den Polizisten nicht aus den Augen. Als er auf dem Gang war, schlug er dem Barkeeper mit dem stumpfen Griff des Messers gegen die Schläfe. Der Mann sackte zu Boden und Skamper rannte den Gang entlang, hörte hinter sich einen Ruf, irgendetwas wie »Stehen bleiben«, aber dann war er schon um die Ecke und hetzte die Treppe nach unten.

Erst als er aus dem Krankenhaus war, den kleinen Fahrradparkplatz erreicht hatte, wurde er ruhiger. Er ging langsamer, die Abenddämmerung hatte eingesetzt und er atmete tief ein. Ein Moment der Ruhe. Ein Moment, wo alles gut schien. Schröder war erwacht und hatte ihn erkannt. Skamper war glücklich und sah den Polizisten nicht, der hinter ihm stand, in der Hand eine Pistole.

»Wollen Sie etwas, vielleicht einen Kaffee?«

Skamper schüttelte den Kopf.

»Ihr Kaffee war damals ausgezeichnet, Sie haben mir nicht verraten, was für eine Marke das war.«

Skamper war irritiert. Das musste Meyers Masche sein. Das Gespräch mit Banalitäten einleiten, um ihn so unvorsichtig zu machen.

»Ich weiß nicht, ich nehm immer den in der grünen Verpackung, im Supermarkt bei mir um die Ecke.«

»Ach, dann ist es sicher die Zubereitung oder die Maschine. Na ja, der Kaffee, der aus dieser Kaffeemaschine kommt, ist gar nicht schlecht. Wollen Sie wirklich nicht probieren?«

Skamper schüttelte den Kopf. Er saß in Meyers Büro. Meyer stand neben der Tür an einem Regal, auf der eine altmodische Kaffeemaschine stand. Sie war damit beschäftigt, den Filter mit Kaffeepulver zu befüllen. Die Uhr über dem Regal zeigte halb sechs. Skamper hatte die Nacht in einer kleinen Gefängniszelle verbracht. Man hatte ihn nicht verhört. Bei der Festnahme hatte er keinen Widerstand geleistet. Er hatte nicht nach einem Anwalt verlangt, er wollte nur schlafen, egal wo. Es würde sich alles aufklären, Schröder war aufgewacht und hatte ihn erkannt, der Gedanke lag über allem und gab ihm Sicherheit und einen traumlosen Schlaf.

Er war noch nicht ganz wach, als man ihn in das Büro von Meyer gebracht hatte. Hätte man ihn blind in diesen Raum geführt und ihm dann die Augenbinde abgenommen, wäre er niemals darauf gekommen, dass er sich im Büro einer Kommissarin befand.

Auf dem Schreibtisch herrschte das reinste Chaos. Neben leeren Schokoriegelhüllen lagen Dokumente, zerknitterte Zeitungen, er entdeckte sogar ein altes Kochbuch. An der Wand hing eine große Landschaftsaufnahme, ein tiefblauer See, an dessen Ufer sich eine Waldböschung erhob.

Meyer quetschte sich mit der Kaffeetasse hinter ihren Schreibtisch. Sie nahm einige leere Schokoriegelhüllen, knüllte sie zusammen und warf sie in den schon überquellenden Papierkorb.

»Ich sollte damit aufhören, es ist eine Sucht. Ich wette, die tun irgendeinen Stoff in die Schokolade, der abhängig macht.«

»Das tun sie sicher.«

Meyer nickte, sie faltete die Hände und sah zu der Kaffeemaschine. Sie öffnete die Schublade ihres Schreibtisches, holte einen

Schokoriegel hervor und riss die Hülle auf. Dann wandte sie sich an Skamper.

»Sie wissen, warum Sie hier sind?«

Die Frage verblüffte ihn. »Schröder«, sagte er. »Er ist doch wieder aufgewacht. Hat er nicht alles erzählt?«

»Dass mein Kollege aufgewacht ist, davon weiß ich nichts. Sein Zustand ist unverändert.«

»Aber im Krankenhaus war er wach, er hat mich erkannt, er kann alles aufklären.«

Meyer sagte nichts, schüttelte nur den Kopf.

»Und der Polizist, er muss Ihnen doch erzählt haben, dass da ein Typ Schröder umbringen wollte, er muss das doch gesehen haben.«

»Der Polizist hat erzählt, dass Sie in Schröders Krankenzimmer eingedrungen sind, dass ein zufällig daherkommender Patient Sie überrascht hat, als Sie Schröder umbringen wollten, dass es zu einem Kampf kam und dass Sie nur entkommen konnten, weil Sie diesen Patienten als Geisel genommen haben.«

»Dieser Patient ist von der Nazi-Sekte ›Schwarze Sonne‹. Er war im Krankenhaus, um Schröder umzubringen. Ich hoffe, Sie haben ihn festgenommen.«

Meyer antwortete nicht. Skamper warf sich in seinen Stuhl zurück. »Sie glauben also immer noch, dass ich auf Schröder geschossen habe?«

»Haben Sie?«

»Nein, natürlich nicht. Das waren diese zwei Neonazis.«

»Von dieser Sekte ›Schwarze Sonne‹.«

»Ja. Es war ein verdammter Zufall, dass Schröder da reingeplatzt ist. Die hatten es auf mich abgesehen.«

»Warum haben sie es auf Sie abgesehen?«

»Es geht um einen Nazischatz. Ich habe den Plan, der zu dem Schatz führt. Aber das habe ich Ihnen schon erzählt, als Sie mit Schröder bei mir waren.«

»Ein Nazischatz. Das klingt alles ein bisschen wie ein Hirngespinst.«

»Ein Hirngespinst? Die haben Schröder niedergeschossen, die haben mich in irgendeinem Keller im Wald gefoltert. Ich war in einer Kneipe in St. Leonhard, dort habe ich den Typen aufgespürt, der auf Schröder geschossen hat. Ich hatte ihn schon am Wickel, da hat der Typ, derselbe Typ, der jetzt im Krankenhaus Schröder umbringen wollte … Der hat ihn in den Kopf geschossen. Weiß man das bei der Polizei nicht? Das war ein kaltblütiger Mord. Und in der Nacht haben Sie eine Wohnung gestürmt, in der ich war. Das muss doch jemand gehört haben. Ich habe die letzten Tage im Internet gesucht, ob es irgendeine Nachricht darüber gab. Nichts.«

»Wie erklären Sie sich das?«

»Wie ich mir das erkläre? Sie müssten mir das beantworten. Entweder hier bei der Polizei macht man nichts anderes, als die ganze Zeit Schokolade zu fressen. Oder …«

»Oder?«

»Oder die Polizei hält die Informationen ganz bewusst zurück.«

Meyer lachte kurz auf, dann schüttelte sie den Kopf. »Es gab einen Einsatz in diesem Lokal ›Devils Place‹. Man hat die Polizei gerufen, es sollen Schüsse gefallen sein. Aber es stellte sich heraus, dass irgendein Betrunkener ein paar Silvesterknaller abgefeuert hat.«

»Silvesterknaller?«

»Er war ein paar Monate zu früh dran.« Meyer zuckte die Schultern.

»Silvesterknaller, das ist doch ein Scherz.«

»Wissen Sie eigentlich, weshalb Schröder bei Ihnen auftauchte?«, fragte Meyer.

»Ich denke, es ging um die Blutprobe.«

»Darum auch, aber vor allem ging es darum, Sie noch einmal zu dem Fall Brand zu befragen.«

»Ich hatte Ihnen schon alles dazu gesagt.«

»Nicht, dass Sie Brand ermordet haben, Sie haben ihn den Abhang hinuntergestoßen.«

Die Anschuldigung kam so unvermittelt, dass Skamper nur den Kopf schüttelte.

»Was soll das? Brand hat mich angegriffen. Er wollte mich einen Abhang hinunterstoßen und hat mich vorher mit K.-o.-Tropfen betäubt.«

»Das ist Ihre Version.«

»Das ist die Wahrheit.«

»Vielleicht war alles ganz anders.« Meyer fixierte Skamper, als sie weitersprach. »Vielleicht gab es gar keine Nazis.«

»Wie meinen Sie das?«

»Ich glaube, dass sich die Geschichte so abgespielt hat: Da ist ein abgebrannter Abenteurer, der sich so sehr wünscht, einen Schatz zu finden, dass er sich eine eigene Welt baut, eine Welt, in der es einen geheimnisvollen Nazischatz gibt. Dann erscheint Brand, der genauso ein Spinner ist wie Sie. Er ist das willkommene Opfer für Ihre Fantasien. Es ist, als ob sich das Verrücktsein zweier Spinner potenziert.«

»Das ist Unsinn.«

»Zwei Verrückte, die sich ihre eigene Welt zusammenbasteln. Doch dann kommt es zum Streit zwischen Ihnen und Brand, vielleicht hat Brand Sie auch provoziert.«

»Er wollte mich niederschlagen, er hat mich von hinten angegriffen.«

»Vielleicht hat er das, aber am Ende haben Sie ihn niedergeschlagen und den Abhang hinuntergestürzt. Und dann sind Sie durch den Wald geirrt, vielleicht hat Brand Sie verletzt, aber wahrscheinlicher ist, dass Sie sich die Wunde an der Schulter selbst zugefügt haben.«

»Brand hat irgendwas in mein Bier getan, K.-o.-Tropfen oder so was.«

»Das Ergebnis war negativ. Es gab keine K.-o.-Tropfen oder irgendwelche Drogen.«

Skamper hatte Schwierigkeiten zu atmen. Was erzählte Meyer? War das ein Trick? »Es muss ein Ergebnis vorliegen. Vielleicht waren das Substanzen, die man nicht feststellen kann. Ich habe einen Artikel in der Zeitung gelesen, dass die meisten K.-o.-Tropfen nur für ein paar Stunden nachweisbar sind.«

»Sie haben sich diese Geschichte mit den K.-o.-Tropfen zusammenfantasiert. Sie sind ins Krankenhaus gekommen, um Schröder umzubringen. Damit er nicht mehr erzählen kann, dass Sie auf ihn geschossen haben.«

»Ich habe nicht auf ihn geschossen. Wenn Schröder aufwacht, dann wird er Ihnen das bestätigen.«

»Schröder ist wieder aufgewacht.«

»Ja, als ich in seinem Zimmer war.«

»Nein, er ist schon vor zwei Tagen einmal wach gewesen. Er hat mir alles erzählt. Diese Mär, dass er immer noch im Koma liegt, das haben wir der Presse gesteckt, damit Sie reagieren, damit Sie zum Krankenhaus kommen und das beenden, was mit dem Schuss auf Schröder nicht gelungen war. Und das wollten Sie ja auch.«

»Aber hat Schröder nicht erzählt, wie alles gewesen ist?«

»Er hat das gesagt, was wir vermutet haben. Dass Sie mit der alten Affäre anfingen, behaupteten, er hätte etwas mit Ihrer Ex-Frau. Dass Sie sich gestritten haben, dass Sie ihn niedergeschossen haben.«

Skamper spürte einen Schwindel, der Raum um ihn drehte sich, immer schneller. »Das kann nicht sein.«

Ein Trick, dachte Skamper. Meyer war mit allen Wassern gewaschen, ein Profi, und jeder, der sich von ihrem biederen Hausfrauenimage täuschen ließ, war verloren. Sie war eine Hexe, sie log. Schröder war wieder eingeschlafen und träumte und in seinen Träumen wiederholte sich immer wieder, was geschehen war. Vor Skampers innerem Auge erschien das Bild, als der Irokese mit seiner Waffe auf Schröder gezielt hatte. Immer wieder ertönte der Schuss und Schröder brach zusammen, eine Endlosschleife, aus der sich niemand befreien konnte.

»Sie waren in Behandlung«, sagte Meyer.

»Was fangen Sie jetzt damit an. Das ist schon ewig her.« Skampers Stimme klang monoton, im Kopf lief immer noch die Endlosschleife. »Ich hatte psychische Probleme, aber das ist vorbei. Ich bin schon lange nicht mehr in Behandlung«

»Was genau waren die Gründe, warum Sie einen Psychiater aufsuchten?«

»Ich hatte Albträume und Angstzustände.«

»Und jetzt sind Sie geheilt.«

»Es geht mir besser. Was Sie erzählen, ist doch nur ein Bluff. So leicht können Sie mich nicht aufs Glatteis führen, wozu brauchen Sie eigentlich mein Geständnis, wenn Ihnen Schröder schon alles erzählt hat? Das ist doch Bullshit, was Sie erzählen.«

Meyer hatte die Hände gefaltet. »Glauben Sie mir, das ist auch für mich ein schwerer Schlag. Ich meine, als wir bei Ihnen waren, bei unserem ersten Verhör. Da habe ich mir durchaus Hoffnungen gemacht.«

In Skampers Kopf fuhren die Gedanken Karussell. Ein Bluff, sagte er sich. Sie bluffte, sie wollte ihn weichkochen.

»Ich dachte, unsere erste Begegnung könnte durchaus auch der Anfang sein für eine Beziehung voll dramatischer Worte und Sex. Ja, auch an Sex habe ich gedacht. Immerhin wollten Sie mir Ihre Flasche Chante Clair extragroß zeigen. Nun ich bin keine Frau, die alles vergisst, nur weil ein Mann ihr sein Putzmittel zeigen will. Aber bei Ihnen war ich bereit, bestimmte Grundsätze aufzugeben, und nun das.«

Ihre Worte rauschten an Skampers Gehörgängen vorbei. Was redete sie da überhaupt?

»Aber ich habe meine Prinzipien, die ich nicht umstoßen kann. Keine Beziehungen zu Mordverdächtigen und anderen Kriminellen, denen ich während der Arbeit begegne. Es fällt mir gerade bei Ihnen schwer, aber ich weiß, ich würde …, wir beide würden in Teufels Küche kommen, wenn wir etwas anfangen würden.«

»Was soll das?«, unterbrach Skamper sie. »Das interessiert mich nicht, mich interessiert nur, wie es Schröder geht.«

»Schröder wird wieder aufwachen und dann werden wir mehr erfahren. Und Sie werden solange hier bleiben.«

»Ich bin also verhaftet.«

»Nennen Sie es, wie Sie wollen.« Meyer nahm den Schokoriegel, den sie bisher nicht angerührt hatte, in die Hand. »Ich habe Hunger.« Sie biss etwas von dem Riegel ab. »Wollen Sie auch einen?«

»Danke, im Moment ist mir nicht nach Schokolade.«

»Das ist schade. Würden Sie auch Schokolade mögen, dann wäre unsere Beziehung perfekt. Wir hätten etwas, worüber wir reden könnten.« Sie biss wieder etwas von dem Riegel ab. »Ich habe noch zu tun. Wir werden uns später sprechen.«

Skamper wurde in eine enge, kleine Zelle geführt, die nur mit dem Nötigsten ausgestattet war. Er legte sich auf eine kleine Liege. Er schlief sofort ein, doch sein Schlaf war nur ein unruhiges Dahindämmern, in dem Bilder der vergangenen Tage auftauchten wie Lichtblitze. Er wusste nicht, wie lange er so dagelegen hatte, als sich die schwere Eisentür seiner Zelle öffnete. Der dünne Wärter, der aussah, als hätte er sein ganzes Leben in den dunklen Gängen der Untersuchungshaft verbracht, erschien in der Tür.

»Gehen wir«, sagte er. Er drehte sich um und Skamper folgte ihm, wunderte sich einen Augenblick, warum ihm nicht Handschellen angelegt wurden. Vielleicht schätzte man ihn nicht mehr als gefährlich ein.

Meyer thronte hinter ihrem Schreibtisch, als hätte sie ihren Stuhl seit dem Morgen nicht verlassen. Sie fixierte Skamper. »Und? Werden Sie endlich gestehen?«

»Was gestehen? Ich habe nichts zu gestehen.«

Sie lehnte sich in ihrem Stuhl zurück. »Okay«, sagte sie. »Dann können Sie gehen.«

Skamper war einen Moment zu verblüfft, um etwas zu sagen.

»Schröder ist wieder aufgewacht. Er hat sich an alles erinnert und Ihre Angaben bestätigt.«

»Aber Sie hatten gesagt, dass Schröder mich beschuldigt hätte.«

Meyer presste die Mundwinkel zusammen. »Ich habe ein bisschen geflunkert.« Sie nickte, als wäre sie selbst über diese Tatsache empört. »Ich habe gelogen. Habe gedacht, ich könnte Sie so weichkochen. Alter Polizistentrick, na ja, vielleicht war ich auch nicht überzeugend genug.« Sie kramte wieder auf ihrem Schreibtisch, suchte etwas. »Sie haben das wahrscheinlich gleich gemerkt, dass ich geblufft habe, aber was soll's. Einen Versuch war's wert.« Immer noch suchte sie auf dem Schreibtisch, öffnete die Schublade. »Aber wenn ich das recht bedenke, ich hätte weitermachen sollen mit der Nummer erfolgloser Schatzsucher in der Midlife-Crisis, der sich seinen Schatz zusammenfantasiert. Da hätte ich Sie drangekriegt. Aber das hebe ich mir noch auf.«

Skamper wusste nicht, was er von Meyer halten sollte. Da saß sie, hatte endlich den Schokoriegel gefunden und ihr Gesicht hellte sich auf. Eine pausbäckige Hausmutti mit einer Betonfrisur, der man sofort zutraute, dass sie fantastischen Apfelkuchen machte, und die als Polizistin so hart war wie Stahl.

»Ich kann jetzt wirklich gehen?«

»Na sicher, das habe ich Ihnen doch gesagt.«

Skamper stand unsicher auf.

»Da fällt mir noch ein«, sagte Meyer, »jetzt, wo Sie kein Verdächtiger mehr sind, wäre eine Verabredung mit Ihnen eine Option. Ich kenne da einen Italiener in der Südstadt, wirklich lauschig, vielleicht ist das Wetter sogar schon so gut, dass wir im Freien sitzen können, nur Sie und ich. Ach was, wir sollten du sagen, ich heiße Sabine.«

Skamper blieb noch einen Augenblick stehen. Die ganze Situation war absurd. Er wollte etwas sagen, aber Meyer redete einfach weiter. Wollte sie überhaupt eine Antwort?

»Danach könnten wir noch einen Drink in einer kleinen Bar nehmen. Ich sehe das alles schon vor mir, unsere Zukunft. Ich hätte auch nichts dagegen, wenn du ab und zu auf Expedition gehst, ich finde das nicht schlecht, wenn ein Paar auch mal getrennt ist, das macht die Spannung größer, wenn man sich wiedersieht.«

Skamper verließ den Raum, auf dem Gang wurde Meyers Monolog leiser, ebbte ab und wurde zu einem beunruhigenden Hintergrundrauschen, während er immer schneller der Treppe zustürmte, die nach draußen führte.

Eine Stunde später saß Skamper auf einer Hantelbank im Fitnesscenter. Es war eine spontane Idee gewesen, etwas zu trainieren und nicht sofort nach Hause zu fahren.

Er war noch zu aufgewühlt von den Ereignissen der letzten Tage, er musste sich auspowern, um wieder klar im Kopf zu werden, um zu begreifen, dass er frei war, dass es Schröder gut ging. Von weiter hinten hörte er ein gleichmäßiges Klacken, ein Schnaufen, wenn jemand die Langhantel hob und wieder auf den Boden absetzte.

Skamper legte sich zurück, er hatte hundert Kilo aufgelegt. Er schloss kurz die Augen, konzentrierte sich.

»Brauchst du Hilfestellung?«

Skamper öffnete die Augen, über sich sah er das breite Grinsen von Mike.

»Wäre nicht schlecht.«

»Dann leg los.«

Skamper konzentrierte sich, fasste die Hantel, hob sie aus der Halterung, hielt sie, spürte, wie das Blut in die Muskeln schoss, dann gab er nach, sodass sie sich nach unten senkte. Mike hinter ihm hatte die Hände an der Hantelstange, berührte sie jedoch nicht, jederzeit bereit zuzugreifen, wenn Skamper die Kraft verließ. Skamper bewegte die Langhantel langsam nach oben, dann wieder zurück, nach oben und wieder zurück.

Er wurde schwächer, seine alte Verletzung an der Schulter begann zu schmerzen.

»Come on«, sagte Mike hinter ihm, »it's not over yet.« Und Skamper machte weiter.

»Come on. Come on.« Die Worte von Mike ließen ihn noch einmal alles geben, seine Arme zitterten, er hatte das Gefühl, als würde sich das Blut in ihnen stauen.

»Come on, it's not over yet.« Skamper stieß die Hantel hoch, ließ sie nach unten absinken, konnte sie nicht mehr heben, versuchte es, aber es ging nicht und Mike fasste die Stange und gemeinsam hoben sie sie in die Halterung.

Skamper setzte sich auf, beugte sich nach vorne. Er wischte sich die Schweißtropfen von der Stirn, versuchte, zu Atem zu kommen, den brennenden Schmerz in seinen Armen zu ignorieren. »Das war gut.«

Mikes Hand krachte auf seine Schulter. Er grinste ihn an, dann ging er Richtung Ausgang, ein federnder, leichter Schritt, in dem Unbeschwertheit mitschwang, und Skamper sah ihm nach, als er aus der offenen Tür nach draußen ging.

Skamper blieb lange unter der Dusche und genoss den heißen Wasserstrahl. Als hätte er Angst, den schützenden Duschraum zu verlassen. Es war noch nicht vorbei, hatte Mike gesagt. Er hatte recht, aber Skamper wollte den Moment festhalten, in dem er das Gefühl hatte, dass alles möglich war.

Er würde sich wieder auf die Suche machen, er hatte noch den Plan. Er hatte die Lanze gesehen, er hatte sie in Händen gehalten, er spürte immer noch die Magie, die davon ausging. Sie ließ ihn nicht los, es war, als hätte er in jener Nacht einen Auftrag erhalten. Als ob sein Leben nur noch darin bestünde, die Lanze zu finden. Was er machen würde, wenn er sie gefunden hätte. Er wusste es noch nicht.

Nur, dass er dann keine Zweifel mehr haben würde. Es hatte sich etwas verändert, seit er die Lanze berührt hatte, nie spürte er das so deutlich wie in dem Moment unter dem heißen Wasserstrahl. Dann dachte er an Arabella, er hatte das Gefühl, sie sehen zu müssen. Er hatte ihr noch nicht gesagt, dass er wieder frei war. Er sollte es tun, gleich wenn er zu Hause war, würde er sie anrufen.

Etwas war anders. Skamper spürte es, als er die Straße hochging, die zu seinem Haus führte. Jemand war in seinem Haus gewesen. Und war vielleicht immer noch dort. Skamper konnte nicht sagen, warum er sich dieser Sache so sicher war. Es war ein instinktives Wissen.

Langsam ging er zum Eingang. Er holte seinen Schlüssel aus der Tasche, öffnete die Tür. Im Flur empfing ihn ein muffiger Geruch, er ging geradewegs ins Wohnzimmer.

Boretzky saß in dem großen Sessel vor der Bücherwand und sah ihn direkt an. Skamper blieb stehen. Boretzky lächelte. »Ich freue mich, Sie zu sehen.«

Skamper wusste nicht, was er tun sollte. Offensichtlich war Boretzky allein. Und er schien unbewaffnet zu sein.

»Wie geht es Ihrem Nacken?«

»Gut.«

»Ich hoffe, Sie waren zufrieden mit der Massage.«

»Das war ich.«

»Wollen Sie sich nicht setzen?«

Skamper zögerte einen Moment, Boretzky redete wie ein Gastgeber auf einer Party. Skamper setzte sich langsam auf den Stuhl, der am Tisch stand. »Was wollen Sie?«

Boretzky spielte mit dem Ring an seinem Mittelfinger. Ein großer, klobiger Ring, Skamper erkannte das aufgeprägte Zeichen. Eine schwarze Sonne.

»Sie wissen, was ich will. Ich biete Ihnen an, mein Partner zu sein, wir hatten schon darüber gesprochen. Sie hatten abgelehnt, aber ich glaube, Sie haben das gemacht, weil Sie nicht alle Informationen hatten. Weil Sie nicht wissen, was es bedeutet, wenn Sie ablehnen.«

Skamper fixierte den massigen Mann im Sessel. Boretzkys Lächeln war wie festgeklebt auf seinem zerknitterten Gesicht.

»Welche Informationen meinen Sie?«

Boretzky beugte sich nach rechts. Auf dem Boden stand eine kleine Notebooktasche. Er wuchtete sie auf seine Knie, öffnete die Tasche und holte ein MacBook heraus. Er stellte den Computer auf den kleinen Tisch neben der Bücherwand, klappte ihn auf und schaltete ihn ein.

Boretzky blickte starr auf den Computer, wartete, bis er hochgefahren war. Dann schrieb er etwas auf der Tastatur, tippte auf das Touchpad. Er wartete einen Moment. Der Computer stand immer noch so, dass Skamper nicht sehen konnte, was auf dem Bildschirm geschah.

Boretzky drehte ihn. Skamper beugte sich vor. Zuerst sah er nur ein verschwommenes, undeutliches Bild, schwarz-weiß wie von einer Überwachungskamera. Dann wurde das Bild schärfer und er erkannte eine Gestalt, die auf einem Stuhl in einer kleinen Küche saß und gerade einen Kaffee trank.

Ihm stockte der Atem, das Bild zeigte Arabella. So, wie sie dasaß, schien sie nicht die geringste Ahnung zu haben, dass man sie filmte.

»Was soll das?«

Boretzky hob eine Hand, er deutete mit dem Kopf auf das Bild.

»Wann bist du heute fertig?« Eine Frau hatte die Frage gestellt. Skamper kannte die Stimme nicht, Arabella war nicht allein in der kleinen Küche im Buchladen.

»Um vier.«

»Ihre Freundin ist eine ganz außergewöhnliche Frau.« Boretzky starrte auf den Bildschirm. Er schien sich nicht sattsehen zu können an Arabella. »Ich habe sie beobachtet, die letzten Tage. Ihre offene Art, ihre Spontanität und ihre Herzlichkeit haben mich sehr beeindruckt. Sie kann einen Raum mit ihrer Anwesenheit zum Leuchten bringen.«

In Skamper stieg Wut hoch. Er wollte diesem Kerl die Faust ins Gesicht rammen, immer wieder. Aber er musste ruhig bleiben, sie würden Arabella etwas antun, sie hatten die Möglichkeiten.

Arabella hatte das kleine Kofferradio angemacht, ein Song ertönte, Arabella lehnte jetzt an der Spüle, wippte mit ihrem Pferdeschwanz im Takt der Musik.

»Wie geht es deinem Paul?«, war die weibliche Stimme wieder zu hören.

»Er ist nicht mein Paul«, sagte Arabella.

»Okay, wie geht es ihm?«

»Ich weiß nicht.«

»Hat er sich nicht bei dir gemeldet?«

»Nein, hat er nicht.«

Arabellas Gesicht war unscharf. Aber Skamper glaubte, ihre Enttäuschung zu sehen. Er wollte etwas sagen, für einen Moment war er versucht, ihr zuzurufen, dass er sich sofort gemeldet hätte, als könnte sie ihn hören, Kilometer weit weg von ihm.

»Sie sind ein beneidenswerter Mann«, sagte Boretzky.

Skamper schluckte die Wut hinunter. Boretzkys Gesicht war ungerührt. »Glauben Sie, es würde mir wehtun, sehr wehtun, wenn Ihrer Freundin etwas passieren würde. Mein Herz würde mir brechen. Es liegt in Ihrer Hand. Sie entscheiden, ob ihr Lächeln weiterhin unser Herz erfreuen wird.«

»Das muss total spannend gewesen sein, was du erzählt hast. Du und der Mann, den du liebst, gemeinsam auf der Flucht. Küsse unter Lebensgefahr …«

»Hör bloß auf«, unterbrach Arabella. »Woher willst du wissen, dass ich ihn liebe?«

»Ich bitte dich, das weiß doch jeder.«

Nur langsam sickerten die Worte und ihre Bedeutung in Skampers Bewusstsein. Arabella liebte ihn. Er hatte es geahnt und sich immer gegen seine eigenen Gefühle gewehrt. Er war zu alt für sie, nicht der Richtige, ein unzuverlässiger Abenteurer, es gab tausend Gründe für ihn, warum es nie funktionieren würde. Aber jetzt schnürte ihm die Angst um Arabella die Kehle zu.

Das Mädchen, das mit Arabella sprach, kam kurz ins Bild. Sie ging an ihr vorbei, nahm sich Kaffee aus dem Automaten. Als sie sich umdrehte, erkannte Skamper sie. Sie war öfter zu Besuch gewesen, als er noch mit Arabella zusammengewohnt hatte. Eine alte Schulfreundin, jetzt fiel ihm auch der Name wieder ein, Madeleine.

»Aber«, sagte Madeleine, »du bist ihm doch nähergekommen, als ihr auf der Flucht wart.«

Arabella antwortete nicht.

»Das ist wie im Film«, sagte Madeleine. »Ich stell mir das irre romantisch vor. Vielleicht ist er jetzt gerade irgendwo, wo er sich nicht melden kann. Die hören sicher alle Telefone ab.«

»Vielleicht ist es so«, sagte Arabella.

»Du steckst in einer irren Geschichte. Du liebst einen Mann auf der Flucht. Vielleicht ist er sogar ein Mörder …«

»Hör auf mit dem Gerede.«

Skamper konnte den Blick nicht von Arabella wenden, die immer noch mit trübseligem Gesicht an der Küchenspüle lehnte. Er kannte sie so nicht, sie war immer fröhlich, ein Mensch, der einen Raum mit seiner Anwesenheit zum Leuchten bringen konnte. So blödsinnig es Boretzky formuliert hatte, es war wahr. Es wird alles gut, dachte er. Wie ein Gebet wiederholte er diesen Gedanken.

»Wenn Sie ihr nur ein Härchen krümmen, dann werden Sie den Tag verfluchen, an dem Sie geboren wurden.«

Boretzky lachte. »Ihre Drohungen sind lächerlich. Sie wissen, was ich möchte. Ich will nicht mehr als eine faire Zusammenarbeit. Wir werden Partner sein. Wir werden etwas finden, das die Welt verändert.« Er klappte den Computerdeckel abrupt zu und packte ihn in seine Notebooktasche. Er stand auf. »Morgen ist der große Tag. Halten Sie sich bereit.«

Nachdem Boretzky gegangen war, fuhr Skamper sofort in die Stadt. Wie besessen raste er durch die Straßen. Er parkte im Halteverbot, direkt vor der Buchhandlung.

Arabella lehnte immer noch an der Spüle, sie war allein, ihre Freundin musste gegangen sein. In ihren Augen spiegelte sich Erschrecken, als sie Skamper erblickte. Sein Herz zog sich zusammen.

Ein paar Schritte, dann stand er vor ihr, Arabella sah aus, als würde sie gleich anfangen zu weinen. Er nahm sie in den Arm. Er spürte ihren Körper und wollte ewig so stehen, mit ihr, geschützt vor der Welt da draußen.

Lange Zeit hielten sie sich und niemand sagte etwas. Dann löste sich Arabella von ihm. Bevor sie fragen konnte, sagte Skamper: »Horst ist aufgewacht, er hat sich erinnert, ich bin frei.«

»Gott sei Dank.« Arabella umarmte ihn nochmals, hielt ihn fest.

Skamper hob den Blick und suchte die Kamera, die hier im Zimmer installiert sein musste. Vielleicht saß Boretzky irgendwo vor seinem blöden Apple-Computer und beobachtete sie mit seinem zerknitterten Grinsen im Gesicht. Irgendwann würde ihm das vergehen, irgendwann würde Skamper ihm dieses Grinsen aus dem Gesicht prügeln.

Er fand die Kamera nicht. Und hätte er sie gefunden und zerstört, was hätte es gebracht? Es ging nicht um die eine Kamera. Boretzky hatte ihm gezeigt, wozu er fähig war.

»Arabella …« Er stockte. »Ich kann dir nicht alles erklären. Ich werde für einige Tage weg sein. Ich rufe dich an, wenn … wenn alles vorbei ist.«

»Geht es um den Stein?«

»Ja, es geht um den Stein, aber ich kann dir nicht alles erzählen.« Er atmete tief ein. »Es wird alles gut, das verspreche ich dir. Es wird alles gut, das musst du mir glauben.«

»Es wird alles gut«, wiederholte sie.

»Aber du musst auf dich aufpassen, das musst du mir versprechen.«

Arabellas Blick war ratlos. »Weißt du, dass du einem verdammt Angst machen kannst, wenn du so redest?«

»Ich weiß, aber wenn das jemand aushält, dann du.« Er drückte sie wieder an sich. Er hatte die Kamera vergessen, die sie aufzeichnete. »Wenn das alles vorbei ist, machen wir eine Reise, nur du und ich. Ich habe dir doch von dem Strand in Kolumbien erzählt. Wo ich ein paar Tage war.«

»Der perfekte Moment.«

»Ja, der perfekte Moment, den ich dort erlebt habe. Aber er war nicht so perfekt, wie ich dachte. Weil ich allein war. Wenn du dabei bist …«

»Diesen Strand wollte ich immer schon sehen.«

»Wir werden dorthin fahren. Ich muss jetzt weiter. Ich bin nur hierhergekommen, um zu sehen, wie es dir geht.«

Eine Glocke ertönte, jemand war in den Buchladen gekommen.

»Pass auf dich auf«, sagte Skamper. Er löste sich von ihr, ging zu dem Durchgang, der in den Laden führte, blickte sich noch einmal um. Er lächelte sie an, dann lief er weiter durch die Buchhandlung, wurde schneller, eilte an einem älteren Herrn vorbei, dann zur Tür auf die Straße.

In der Nacht träumte Skamper von dem kleinen Strandcafé in Kolumbien.

Der Wind war nicht zu stark. Er war wie eine leichte zärtliche Berührung. Die Luft war nicht zu trocken und nicht zu feucht. Die Sonnenstrahlen legten sich wie Samt auf die Haut. Die wenigen Wolken am Himmel waren wie übermütige junge Hunde, die den Wind jagten. Und die Wellen im Meer spielten eine Symphonie von Bach. So kam es mir jedenfalls vor. An diesem Morgen hatte ich keine Wünsche, ich war nicht mehr auf der Suche. Ich wollte nur hier sitzen und hoffte, dass der Augenblick in meiner Erinnerung blieb.

Skamper räusperte sich. Am anderen Ende der Leitung war Stille.

»Mike, bist du's?«

»Ja.«

»Gut, dass ich dich erwische.«

»Was ist denn los, ich bin schon halb im Bett.«

»Ich brauch deine Hilfe.«

Draußen liefen grölende Männer vorbei, einer kam direkt auf das Telefonhäuschen zu, tanzte auf dem Platz, brüllte dann etwas auf Englisch. Skamper wandte sich ab.

»Wo bist du überhaupt, was ist da los?«

»Ich bin in einer Telefonzelle.«

»Telefonzelle, so was gibt's noch?«

»Am Cinecittà.«

»Was ist mit deinem Handy?«

»Haben die Neonazis geklaut. Ist auch viel zu unsicher.«

»Aber die Polizei ist doch nicht mehr hinter dir her.«

»Die Polizei nicht.«

Schweigen.

»Du hast doch eine Waffe.«

Mike antwortete nicht sofort.

»Ich weiß, dass du eine hast. Wahrscheinlich nicht legal, glaubst du, ich steck das jemandem?«

»Ja, ich habe eine Waffe.«

»Wir müssen uns treffen, so bald wie möglich.«

»Jetzt brauch ich erst mal Schlaf. Aber ich wollt morgen früh trainieren.«

»Wann?«

»Fünf Uhr.«

»Das ist wirklich früh.«

»Für dich vielleicht. Bei der Army ...«

»Hör auf mit der Army. Ich bin um fünf da. Und bring die Waffe mit.«

»Klar. Worum geht es überhaupt?«

Skamper atmete tief durch. »Ich sag es dir morgen.« Er zögerte, überlegte, was er sagen sollte. »Sei auf jeden Fall vorsichtig.«

»Was heißt das? Kannst du nicht Klartext reden? Auf was soll ich achten?«

»Auf alles, wenn dir irgendjemand verdächtig vorkommt. Pass einfach auf.« Skamper hörte ein Schnaufen, dann Stille. »Mike, bist du noch da?«

»Klar.«

»Ich bin dann morgen um fünf im Fitnesscenter.«

»Morgen um fünf.«

»Mach's gut.«

Skamper hörte ein Klicken, er legte den Hörer zurück. Er blieb noch einen Moment stehen. Der Platz vor dem Cinecittà war leer. Die grölenden Männer sah er neben der Stadtbibliothek zu der Treppe laufen, die nach unten in eine Gasse führte, in der es ein Irish Pub gab. Das war wahrscheinlich ihr Ziel. Nichts deutete darauf hin, dass Skamper beobachtet wurde.

Es war ein Risiko gewesen, Mike anzurufen, er zog ihn mit hinein und damit brachte er auch Arabella in Gefahr. Aber er musste etwas tun. Dem Gerede von Boretzky über Vertrauen glaubte er nicht. Er würde ihn und Arabella nur so lange am Leben lassen, bis sie den Schatz gefunden hatten. Vorher musste Skamper etwas tun. Und dafür brauchte er eine Waffe, ohne Waffe hatte er keine Chance. Die Pistole, die er Boretzky abgenommen hatte, nützte ihm nichts. Er hatte das Magazin bei der Schießerei im »Devils Place« leer geschossen und keine Ahnung, wie er an neue Kugeln kommen könnte.

Einen Moment spielte er mit dem Gedanken, die Polizei anzurufen. Aber auch das war zu gefährlich. Skamper hatte keine Ahnung, wie weit die Verbindung der Schwarzen Sonne reichte. Und Schröder lag immer noch im Krankenhaus, bis der ihm helfen konnte, das würde noch dauern.

Nein, er musste die Sache allein durchziehen.

Skamper schlief unruhig, als ihn das Klingeln des Telefons weckte. Er fuhr auf, griff nach dem Hörer, der auf dem Nachttisch lag. Das Display zeigte einen Anruf von Arabella an.

»Hallo.« Schweigen, Skamper glaubte, jemanden atmen zu hören. Mit einem Mal hatte er Angst. So große Angst, dass es unmöglich war, klar zu denken. »Arabella, was ist los?«

»Ich bin im Fitnesscenter, du musst kommen, gleich.«

Er schluckte. Sie hatten Arabella gekidnappt. Die Erkenntnis beherrschte alle seine Gedanken. Arabella war nicht allein, er glaubte, durch den Hörer die Anwesenheit von Boretzky zu spüren, er sah ihn vor sich, sein verknittertes Grinsen.

»Bring den Stein mit und die Karte.«

Wieder herrschte Schweigen, er wollte etwas sagen, dann brach die Verbindung ab.

Die Dämmerung hatte noch nicht eingesetzt, als Skamper auf den Parkplatz des Fitnesscenters fuhr. Er stoppte, schaltete den Motor ab und stieg aus.

Das Gebäude lag im Dunkeln, er ging in Richtung der kleinen Außentür, die zu dem geheimen Zimmer führte, in dem er sich versteckt hatte.

Er öffnete die Eisentür, ging die Treppe hoch in den ersten Stock. Der große Raum mit den Fitnessgeräten lag im Halbdunkel, alles war still, das vertraute Geräusch der Hantelscheiben, die aufeinander schlugen, und das Quietschen der alten Geräte fehlte.

Skamper ging langsam durch den Raum. An der Wand standen Fahrräder, hinten waren die Crosstrainer und daneben die Rudergeräte. Er sah sich weiter um und der Schatten, der auf einem der Sitzfahrräder saß, wirkte so dazugehörig, dass sein Unterbewusstsein erst verzögert Alarm schlug. Sein Blick ging zurück. Tatsächlich, jemand saß dort, ein dunkler Schatten, der sich deutlich vom Halbdunkel abhob. Die Figur war so regungslos, dass sie mit der Nacht und den Objekten um sie herum verschmolz. Skamper ging näher, dann erkannte er den Mann: Mike.

Skamper wartete, dass sein Freund sich rührte, etwas sagte, aber nichts geschah. Mike sah ihn aus großen Augen an und Skamper wusste, dass er tot war. Die Erkenntnis lähmte ihn, Mikes tote Augen ließen ihn nicht los. Wut stieg in ihm auf, erfasste alle Sinne seines Körpers. Er beugte sich vor, schloss Mikes Augenlider. Einen Moment blieb er noch stehen, dann ging er zur Treppe, die nach unten führte.

In dem kleinen Büro im Erdgeschoss brannte Licht. Am Eingang stand eine gedrungene, massige Figur mit breiten Schultern. Boretzky, seine weißen Haare schienen im Halbdunkel zu leuchten.

Skamper blieb an der Treppe stehen. Durch das große Fenster sah er Arabella. Sie saß auf einem Stuhl und neben ihr stand das bullige Narbengesicht aus dem »Devils Place«. Der Kerl hatte eine Pistole in der Hand und zielte damit auf Arabella.

Skamper ging nach unten und blieb vor Boretzky stehen. Dieser deutete mit dem Kopf nach innen, Skamper ging an ihm vorbei, sein Blick traf den von Arabella.

Zwei Männer lehnten an der Wand des kleinen Büros. Sie hatten graue Jacken und schwarze Trainingshosen an. Sie wirkten wie Zwillinge, hatten beide Glatzköpfe und stumpfe Gesichter.

Skamper wandte sich an Boretzky. »Lassen Sie Arabella aus dem Spiel.«

Boretzky grinste aufreizend. »Ich dachte, es wäre gut für Ihre Motivation, wenn Ihre Freundin mitkommt.«

»Und Mike Swanson?«

»Ihr Freund war leider zur falschen Zeit am falschen Ort.«

Skamper widerstand dem Impuls, sich auf Boretzky zu stürzen. »Es ist nicht so einfach, wie Sie denken«, sagte er. »Wir hatten nicht einen bestimmten Ort zum Suchen, es gab sechs Punkte, die wir nacheinander absuchen wollten.«

»Brand war nicht ganz offen zu Ihnen«, unterbrach ihn Boretzky.

»Was meinen Sie?«

»Was glauben Sie, warum er Sie niedergeschlagen hat, er wollte den Schatz für sich allein. Er brauchte nur Ihren Stein. Wir haben in seinen Aufzeichnungen einen Hinweis gefunden, dass der mittlere Punkt auf den Ort weist, wo sich die Kultstätte befindet. Haben Sie die Karte dabei?«

Skamper zögerte, dann holte er die Karte aus seiner Jacke und legte sie auf den Tisch. Er sah das Leuchten in Boretzkys Augen. Boretzky deutete auf den Punkt, der sich im Zentrum befand.

»Dort muss es sein. Und Ihr Stein?«

»Ich habe ihn bei mir.« Skamper fasste an seine Jackentasche.

Boretzky nickte. »Wir starten, sobald es hell ist.«

Sie warteten bis zum Morgengrauen. Einer der Männer holte etwas vom Bäcker. Skamper machte Kaffee, es hätte ein normales Frühstück sein können, wäre da nicht die Waffe in der Hand des Narbengesichts gewesen und das dumpfe Schweigen, das das Frühstück begleitete.

Skamper suchte immer wieder den Blick von Arabella. Doch sie starrte nur regungslos vor sich hin. Vielleicht hatten sie ihr irgendwelche Drogen gegeben. Wieder stieg Wut in ihm auf, doch er musste ruhig bleiben.

Eine fahle Sonne hinter einer dichten Nebelwand hing über dem Parkplatz, als sie starteten. Sie fuhren mit zwei Geländewagen. In einem der Wagen saßen Skamper und Boretzky auf der Rückbank. Einer der beiden Graujacken fuhr. In dem anderen waren der Barkeeper, Arabella und der zweite Glatzkopf.

Boretzky saß neben Skamper, mit einer Pistole in der Hand. Eine aggressive Konzentriertheit ging von ihm aus.

Sie fuhren langsam über die fast leere B4 in Richtung Norden. Es gab keine Autofahrer, nur einzelne Lastwagen, deren Scheinwerfer sich durch den Nebel fraßen wie gierige Glühwürmchen.

Der Mann am Steuer drehte das Radio an, ein Popsong ertönte.

»Wie weit ist es noch?«, fragte Boretzky.

»Noch dreißig Minuten.«

Als Skamper aus dem Auto stieg, hatte sich der Morgennebel verzogen. Die klare Morgenluft prickelte auf seiner Haut. Er erinnerte sich an den Tag, als alles begann, als Brand vor seinem Haus gewartet hatte.

Arabella war blass. Skamper suchte ihre Augen, er nickte, um ihr Mut zu machen.

»Und jetzt?«, fragte er.

»Sie gehen voran«, sagte Boretzky. »Nach der Karte müssen wir in diese Richtung.« Er zeigte nach Südwesten, ein Weg führte direkt in den Wald.

Warum hatte Boretzky ihn und Arabella nicht schon längst aus dem Weg geräumt? Den zweiten Stein hatte er und das Gerede, dass er Skamper nicht töten könne, dass sie verbunden seien, das glaubte Skamper nicht eine Sekunde.

Es gab nur eine Erklärung. Boretzky fürchtete, dass das Versteck mit Fallen geschützt sei. Er würde ihn und Arabella vorschicken. Doch wenn sie erst den Schatz gefunden hatten, würde er keine Rücksicht mehr nehmen.

Hin und wieder sah Skamper sich um, begegnete den kalten Augen von Boretzky. Die Morgendämmerung verflüchtete sich, die aufgehende Sonne verscheuchte die letzten Nebelreste. Es würde einen warmen Tag geben und einen milden Abend. Skamper wollte ihn erleben.

Nach einer Viertelstunde erreichten sie den Punkt, der auf der Karte markiert war. Sie standen auf einer Lichtung vor einem mächtigen Felsen, der direkt anstieg. Skamper blieb stehen. »Und wie geht es jetzt weiter?«, fragte er.

Boretzky blickte nach oben. Ungefähr in fünf Metern Höhe gab es einen Felsvorsprung, der von dichtem Gestrüpp bedeckt war. »Wenn es irgendwo so was wie eine Höhle gibt, dann könnte der Eingang da oben sein.« Suchend wanderten seine Augen über das Buschwerk.

Skamper beobachtete die anderen. In ihren Blicken sah er, was er so oft bei Schatzsuchern gesehen hatte. Die nackte Gier. Die Gier war ein Gift, das blind machte. Sie war seine Chance, Arabella zu retten und zu entkommen. Er musste geduldig auf den richtigen Moment warten.

Ein kleiner Weg führte auf den Felsvorsprung. Als alle oben waren, kämpfte sich Skamper durch das dichte Gebüsch, Boretzky war dicht hinter ihm. Skamper bewegte sich nach rechts, mit den Händen befühlte er den Stein, tastete sich am Felsen entlang.

Der viereckige Balken aus massivem Holz war so in den Felsen eingearbeitet, dass er nur zu sehen war, wenn man direkt davorstand. Er war bestenfalls einen Meter hoch und etwa genauso breit. Skamper blieb überrascht stehen.

»Dahinter muss der Eingang sein«, sagte er zu Boretzky. Skamper begann, das Gebüsch hinter ihm niederzutrampeln, Äste abzureißen, damit mehr Platz war.

Boretzky kniete vor dem hölzernen Eingang, schlug mit der Faust dagegen. Er trat zurück, dann sah er nach hinten zu den zwei Graujacken. Die beiden hatten einen großen Kasten mit Werkzeug dabei. Mit zwei kleinen Äxten begannen sie, das Holz zu bearbeiten. Es dauerte kaum fünf Minuten, dann war der Eingang offen.

Boretzky trat vor, leuchtete mit einer Taschenlampe in ein undurchdringliches Dunkel. Die Öffnung führte in einen Gang, der sich zu weiten schien. »Gehen Sie vor«, sagte er zu Skamper.

Skamper kniete auf den Boden und kroch in den schmalen Eingang. Zuerst erkannte er nichts, er richtete sich vorsichtig auf. Seine Taschenlampe gab so viel Licht, dass er grobe Umrisse erkennen konnte. Sie waren in einem Stollen. Der Untergrund war festgetreten, die Mauern an den Wänden waren mit Streben gesichert.

Er wartete, bis die anderen hinter ihm standen. Hier drinnen war es still, es war, als würde der Eingang die Geräusche von draußen verschlucken. Soweit man erkennen konnte, führte der Stollen tief in den Untergrund. Das Licht von Boretzkys Taschenlampe zitterte über die Wände.

»Gehen wir weiter«, sagte er.

Es war mühsam, dem engen Stollen zu folgen. Es gab Stellen, da war er kaum einen Meter hoch und man musste kriechen, um vorwärtszukommen. Dann öffnete sich der Gang wieder und sie konnten sich aufrichten. Oft mussten sie Hindernissen ausweichen, über Felsen klettern, manchmal schien der Gang abrupt zu enden, bis man kleine Abzweigungen fand, die tiefer in das Innere führten.

Als sich der Schacht auf einmal weitete, blieben die Männer und Arabella stehen.

Das Licht von Skampers Taschenlampe bewegte sich über den nassen Felsen, es war kühl hier, Skamper glaubte, einen Luftzug zu spüren, vielleicht gab es in der Nähe einen weiteren Zugang.

Er ging ein paar Schritte nach rechts, blieb dann abrupt stehen. Wäre er nur einen Meter weitergegangen, wäre er in einen Abgrund gestürzt. Vor ihm ging es steil nach unten. Im Schein der Taschenlampe sah er, dass es an der Seite Eisenstufen gab, wie kleine Steigbügel, an denen man hinunterklettern konnte. Wie tief es in die Erde ging, konnte man nicht sagen. Die Lichter der Taschenlampen verloren sich in der Schwärze.

Boretzky trat ein paar Schritte zurück. Er stand da mit gesenktem Kopf, schweigend und bewegungslos. Seine drei Männer, die zwei Graujacken und das Narbengesicht, hielten sich im Hintergrund, sie wirkten auf Skamper wie unsichtbare Bedienstete. Schatten, die nur auftauchten, wenn man die Aufmerksamkeit auf sie richtete.

»Sie beide gehen voran, wir folgen Ihnen«, sagte Boretzky zu Skamper und Arabella.

Skamper nickte. Die Gruppe machte sich für den Abstieg bereit. Skamper setzte sich wie die anderen eine Stirntaschenlampe auf und band sich ein Seil um die Hüften.

»Ich geh voran«, sagte Skamper leise zu Arabella. »Du folgst mir. Und immer schön vorsichtig.«

Arabella nickte.

Skamper setzte sich an den Rand des Abgrunds und ließ sich hinab. Sein Fuß fand den ersten Halt, vorsichtig kletterte er abwärts. Arabella folgte ihm. Die Luft wurde kühler, über sich hörte er das Atmen von Arabella, dann folgten die anderen.

Plötzlich stoppte Arabella über ihm. Skamper bewegte sich nicht weiter.

»Was ist los?«, fragte er.

»Ich habe das Gefühl, ich krieg keine Luft.«

»Bleib ganz ruhig.«

Skamper hörte Arabellas Keuchen. Die Männer über ihr klebten wie dunkle Schattenstiche an der Wand.

»Atme ganz ruhig«, sagte er. «Spür deinen Atem. Atme ganz ruhig.« Er wiederholte die Worte immer wieder, flüsterte sie. Eine Panikreaktion, Arabella durfte jetzt nicht durchdrehen. Ihr Atmen wurde langsam gleichmäßiger.

»Geht es wieder?«

»Ja.«

»Kannst du weiter?«

»Ja.«

»Gut. Dann gehen wir.«

Er kletterte weiter abwärts. Arabella folgte ihm und die an der Wand festgeklebten Schatten wurden wieder lebendig. Es ging weiter und weiter nach unten.

Auf einmal machte der Schacht, der sich vorher steil nach unten in den Boden gefressen hatte, eine Biegung zur Seite und wurde wieder gerade. Dann ging es nicht mehr weiter, Skamper sprang einen Meter nach unten und hatte sicheren Boden unter den Füßen. Er wartete, bis die anderen neben ihm standen. Schweigend machten die Männer und Arabella ihre Sicherungsseile ab.

Skamper schätzte, dass sie vielleicht fünfzig Meter abgestiegen waren. Sie standen in einem Gang, der fünf Meter breit und drei Meter hoch war. Er führte geradeaus in ein dunkles Nichts.

Der Lichtschein von Skampers Stirntaschenlampe huschte über gemauerten Stein. Der Boden war fester Lehm. Skamper lief ein paar Schritte nach vorne, blieb dann plötzlich stehen.

»Was ist?«, fragte Boretzky, der ihm gefolgt war.

»Weiß nicht, da war etwas, ein Geräusch.«

Die Gruppe horchte in die Stille. Skamper glaubte, ein Schaben zu hören, ein Wispern. Aber das konnten auch irgendwelche Ratten sein. Er hatte schon einige von ihnen gesehen.

»Das kann alles sein«, meinte Boretzky. »Gehen wir weiter.«

Wieder war etwas zu hören.

»Da, da vorne«, sagte Boretzky.

Jetzt sah es auch Skamper. Ein Schatten vor ihnen im Gang. Alle Taschenlampen richteten sich darauf.

War das eine optische Täuschung, was er sah? Eine Figur wie eine Statue, die dort stand und auf sie zu warten schien. Wenn man sie genauer ins Auge fasste, schien sie wieder zu verschwinden, sich mit dem Felsen dahinter zu vereinigen und zu einem diffusen Flecken an der Wand zu werden. Doch jetzt hatte sich die Gestalt bewegt. Dann hörte Skamper ein Krachen, ein Schuss knallte durch den Raum, explodierte an der Felswand, aber er traf nur einen Felsen, der Schatten bewegte sich immer noch und Boretzky feuerte weiter.

»Hören Sie auf!« Skampers Schreien wurde verschluckt von den Schüssen. Dann war der Schatten weg und mit einem Mal war es still.

Boretzky hielt die Pistole in der Hand, die Mündung suchte nach einem Ziel, doch der Schatten war verschwunden. »Zeig dich, du Feigling!« Boretzkys Stimme trieb wie eine Welle durch das Gewölbe. »Zeig dich, wir kriegen dich!« Der Schrei verebbte, alles war ruhig, als würde ihn der Schatten verhöhnen.

»Hören Sie auf«, forderte Skamper erneut.

Boretzky stand wie eingefroren da, mit gezogener Pistole.

Sie suchten mit ihren Taschenlampen den Gang ab, aber da war nichts mehr, der Schatten war verschwunden.

Skamper setzte sich wieder in Bewegung, die anderen folgten ihm.

Der Lehmboden wurde feucht, er musste einzelnen Pfützen mit öligem Wasser ausweichen. Schweiß rann ihm über das Gesicht, obwohl es hier kühl war. Die Luft war drückend, das Atmen fiel schwer und Skamper achtete immer weniger auf Arabella und die Männer, die hinter ihm gingen. Ein Schritt nach dem andern, sein Blick fixierte den lehmigen Untergrund.

Was ist los?, dachte Skamper. Konzentrier dich. Er zwang sich, gleichmäßig und langsam zu atmen. Er hob den Kopf, das fahle Licht seiner Taschenlampe fiel auf die Wand.

Etwas bewegte sich dort. War das der Schatten, den sie vorhin gesehen hatten? Der Schatten wuchs, wurde größer. Jetzt löste er sich von dem Felsen, sackte zu Boden, auf allen vieren kniete die Figur. Ein Mann mit einem Kreuz. Schweißtropfen rannen in Skampers Augen, er schloss sie kurz, öffnete sie wieder, aber der Mann war immer noch da. Er hob den Kopf, Skamper sah in sein schmerzverzerrtes Gesicht und hörte die Schläge und das Stöhnen des Mannes.

»Was ist los?«, hörte er eine Stimme hinter sich. Boretzky. Alle standen, niemand rührte sich, Skamper hörte die anderen keuchen.

»Wir müssen weiter«, sagte Boretzky.

Skamper stolperte vorwärts, vorbei an dem Mann, der immer noch auf dem Boden lag.

Vor Skampers Augen verschwamm alles, er riss die Augen auf und dann ging es nicht mehr weiter. Eine Wand, die den Gang abschloss, unvermittelt war sie nach einer Kurve aufgetaucht. Er blieb stehen, schwankte leicht, der Zug hinter ihm war ins Stocken geraten, neben ihm tauchte Boretzky auf. Dessen Taschenlampe glitt über den Felsen, auf der Suche nach einem Durchgang, einer Lücke, aber da war nichts.

Panik erfasste Skamper. Er begann, an der Felswand entlangzugehen. Dabei schlug er mit der Faust gegen den Felsen, horchte auf den dumpfen Klang, vielleicht gab es eine hohle Stelle, vielleicht eine Spalte.

Dann war da wieder die bleierne Lähmung. Er musste sich setzen. Der Raum wankte, ein Schaukeln, das ihm Übelkeit bereitete. Er schloss die Augen.

Als er sie wieder öffnete, war er an dem Strand in Providencia. Die Sonne schien ihm ins Gesicht. Er atmete tief ein und blickte auf das Wasser. Die Wellen im Meer spielten eine Symphonie von Bach. So kam es ihm jedenfalls vor. Der Wind war wie eine leichte zärtliche Berührung und die wenigen Wolken am Himmel waren wie übermütige junge Hunde, die den Wind jagten.

Ein Mann saß neben ihm. Skamper blickte ihn an. War das tatsächlich Mike?

»Es ist wirklich so schön, wie du geschrieben hast«, sagte Mike. »Ich habe die Stelle immer wieder gelesen, von diesem Strand in Kolumbien. Und jetzt bin ich glücklich, dass ich hier sein kann.«

Skamper starrte ihn an. Auf einmal fröstelte ihn. Wir sind nicht hier, dachte er. Und du bist tot.

»Du hast recht«, sagte Mike und lächelte. »Ich bin tot, aber es ist trotzdem wunderschön hier.«

Etwas sog ihn und Mike auf, in einen Strudel, der sie mitnahm und Skamper wieder auswarf in den Stollen auf den lehmigen Boden. Sein Atem ging stoßweise, die Luft wurde immer drückender.

An der Seitenwand saß Arabella. Etwas geschah mit ihr. Ihr Kopf wurde länger, dehnte sich aus, wurde flach und begann, die Wand hochzukriechen und mit dem Felsen zu verschmelzen.

Skamper schloss erneut die Augen, zählte langsam bis zehn, dann öffnete er sie wieder. Die surreale Vision war verschwunden, alles war normal, er war erleichtert, doch dann passierte etwas anderes. Arabellas Haut wurde durchsichtig, die Knochen wurden sichtbar, das Skelett schien durch und ihm stockte der Atem.

»Was ist da los, verdammt noch mal?« Der Satz von Boretzky klang hohl, er zog sich in die Länge, als bräuchten die Worte am Ende länger, um bis zu Skampers Ohren zu gelangen, und die ersten Worte hallten nach, die Worte tanzten von Wand zu Wand, dröhnten in den Ohren, bis der irrwitzige Tanz aufhörte und es ganz still war.

Irgendwelche Gase, dachte Skamper. In diesen unterirdischen Stollen konnten sich leicht giftige Gase bilden. Sie hätten Atemmasken mitnehmen sollen.

Die Luft war zäh, schien die Lungenflügel zu verkleben.

Etwas stieg in Skamper hoch, er wollte hier nicht verrecken, er musste Arabella retten, er musste sie irgendwie rauskriegen, er sah, wie sie immer durchsichtiger wurde, wie ihr Körper zu verschwinden schien, und dieses surreale Bild trieb ihn an. Er zog sich an der Wand hoch, irgendwie kam er zum Stehen. Er tastete sich weiter an der Wand entlang und die flache Hand schlug wieder gegen den Felsen, die Geräusche wurden zu einem Hall, aber dann hörte er etwas.

Der Klang an dieser Stelle war anders, heller, hier musste eine Hohlstelle sein. Er befühlte die Wand, spürte eine Einfassung. »Hier, das ist nur ein paar Zentimeter dick.«

Skamper ging ein paar Schritte zurück. Einen Moment blieb er vor der Wand stehen, dann drehte er sich um und trat mit seinem Fuß gegen die Mauer. Sie bröckelte, im nächsten Moment war Boretzky an seiner Seite. Ein harter Kick von ihm schlug ein kleines Loch in die Mauer, er schlug noch einmal zu, nach dem dritten Kick war das Loch schon deutlich zu sehen. Mit den Händen begannen er und Skamper, den Schutt beiseitezuräumen. Es war jetzt einfach, das Loch breiter zu machen. Bald war es so groß, dass man durchkriechen konnte.

Boretzky zwängte sich als Erster durch. Dann folgten die anderen, es gab keine Reihenfolge mehr, keine Geiseln, sie waren alle gleich, Gefangene des Untergrunds.

Irgendwie ging es weiter, Skamper torkelte durch die Dunkelheit, spürte neben sich Arabella. Er fasste sie an der Hand, sein Puls raste, kalter Schweiß verdunstete in der kühlen Luft und er stolperte vorwärts, nur weg von den tödlichen Gasen.

Es wurde besser, Skamper konnte atmen, er presste Luft in die Lungen. Dann wurde es heller, er spürte einen Luftzug und plötzlich war da ein Durchgang und sie traten auf eine große Plattform.

Der Übergang von dem dunklen Gang zu dieser Plattform war so abrupt, dass Skamper längere Zeit brauchte, um die neuen Eindrücke aufzunehmen.

Der Boden der Plattform war glatt und von einem glänzenden Schwarz mit einer aufgemalten Sonne in der Mitte, die leuchtete wie von dunklem Feuer. Skamper konnte nicht erkennen, wie dieser Sinneseindruck zustandekam. Woher kam das Licht?

Er ging bis an den Rand, von dem es etwa zwanzig Meter steil nach unten ging. Ihm wurde klar, dass sie auf einem riesigen Block standen, der die Form eines Zylinders hatte. Der Boden unten war mit Runen bemalt. Die Zeichnungen erstreckten sich bis hin zu einer riesigen Skulptur, die die Form einer Sonne hatte.

Arabella trat neben Skamper, dann kamen Boretzky und die anderen. Sie alle blickten schweigend nach unten.

»Wir sind am Ziel«, sagte Boretzky. »Das ist der Tempel einer neuen Welt.« Seine Stimme klang feierlich. Einen Moment stand er nur da, als wollte er den Augenblick genießen. Dann sah er sich suchend um. »Wir müssen nach unten.«

»Und wie?«, fragte Skamper. »Mit einem Aufzug?«

Boretzky antwortete nicht. Er bewegte sich nach rechts, bis er an eine Wand kam. Er blieb stehen. »Hier ist etwas.«

Die Gruppe lief zu ihm. Er stand vor einer schwarzen Einfassung. Darin waren zwei Hebel und daneben drei rote Knöpfe.

Das sieht aus wie das Cockpit einer uralten Flugmaschine, dachte Skamper, als er davorstand.

Boretzky griff nach einem der Schalter. Anfangs konnte er ihn nicht bewegen, doch mit einiger Kraftanstrengung gelang es ihm, den schwarzen Eisenstab nach unten zu drücken. Zuerst passierte nichts, dann spürte Skamper eine leichte Erschütterung. Der Boden unter ihnen senkte sich ab, begann sich langsam nach unten zu bewegen.

Skamper fragte sich, woher die Energie für diesen außergewöhnlichen Fahrstuhl kam. Ein leichtes Surren war zu hören, doch er konnte die Quelle dieses Geräusches nicht ausmachen.

Die Umgebung erhellte sich, an den Seiten wurden zahlreiche Gemälde und Symbole sichtbar, seltsame Runen und rätselhafte Figuren.

Keiner sprach etwas, während sie nach unten schwebten, Boretzkys Augen leuchteten, er schien sich nicht sattsehen zu können an den Zeichnungen.

Als sie den Boden erreichten, spürten sie einen Ruck. Das Summen war verstummt. Vor ihnen lag eine lang gestreckte Halle, an deren Ende sich eine steinerne, schwarze Sonne befand. Sie war etwa fünf Meter groß. Direkt davor stand, einem Altar gleich, ein großer Tisch, ein wuchtiger Koloss aus Marmor oder Granit, glatt geschliffen. Staub hatte sich darauf gelegt, doch durch das Licht wirkte er wie eine schwarze funkelnde Decke.

Der Raum hatte nichts mehr von einer Höhle oder einem Stollen. Die Wände waren glatt und schwarz genau wie der Marmorboden. Die Schwärze gab dem Raum etwas Sakrales. Die Gruppe ging langsam auf die schwarze Sonne zu. Dahinter war ein Streifen von zwei Metern. Der Marmorboden ging hier abrupt in Lehm über, der übersät mit Geröll und Steinen war. An dessen Ende stieg eine Wand aus grauem Fels hoch, die einen scharfen Kontrast bildete zu dem glänzenden Marmor des Raumes.

Sie waren nicht fertig geworden. Alles wirkte so, als wäre man überstürzt geflohen. Skamper erblickte an der Felsenwand einen alten kaputten Hammer, daneben große Schrauben und eine zerbrochene Leuchte. Das ist eine Ruine, dachte er. Es sollte Aufbewahrungsort für wertvolle Schätze sein, aber die Schätze fehlten.

»Wo ist der Schatz?« Boretzkys Stimme klang dumpf, es war, als würde der Raum die hellen Töne verschlucken. Sein Gesicht war verzerrt, wie von Schmerz. »Wo ist die Lanze?« Er brüllte die Frage gegen das steinerne Monument vor ihm, doch dieses blieb stumm. Er ging näher, ging den Tisch entlang. Er schlug mit der Faust auf den harten Stein, suchte nach einem Hohlraum, ging dann auf die schwarze Sonne zu, betrat den Streifen dahinter, doch am Boden war nur Geröll. Er irrte an den Wänden entlang, betastete sie, fing an, mit bloßen Fäusten gegen den Felsen zu schlagen.

»Hören Sie auf, sie sind nicht fertig geworden, das sehen Sie doch«, sagte Skamper. Aber Boretzky hörte nicht auf, er schlug gegen die Wand, bis Blut von seiner Hand strömte.

»Es hat keinen Sinn«, sagte Skamper. »Vielleicht war auch jemand vor uns hier und hat die Heilige Lanze mitgenommen.«

»Sie muss hier irgendwo sein!« Boretzky ließ seine Wut an der Wand aus. Schließlich hörte er auf. Er lehnte sich an die Mauer und atmete schwer.

»Wir sollten von hier verschwinden«, sagte Skamper.

»Die Weissagung, die Weissagung muss sich erfüllen.« Boretzky trat an den schwarzen Tisch.

Dann hörte Skamper etwas. Ein Grollen, wie ein mächtiges Tier, das sich auf den Weg zu ihnen machte. Es war kurz zu hören und ebbte ab. Etwas war unter seinen Füßen, ein leichtes Zittern, das ihn erfasste, und sein Herz klopfte überlaut.

»Wir müssen weg von hier!« Sein Schreien schien die anderen zu lähmen. »Weg hier«, rief er noch einmal. Er lief zu Arabella, zog sie weg von dem Tisch und dann liefen sie los. Nach hinten, in den Gang, aus dem sie gekommen waren. Das Zittern unter ihnen wurde zu einem Beben, als liefen sie auf einer riesigen Schlange aus Stein, die aufgewacht war, die sich bewegte und sie abschütteln wollte.

Hinter ihnen gab es eine Explosion. Skamper drehte sich nicht um, hastete weiter, zerrte Arabella mit sich. Es dauerte nur einen Sekundenbruchteil, dann hatte sie der Atem der großen Schlange eingeholt, ein feuriger Luftschwall, heiß wie die Hölle, der ihnen den Atem nahm. Sie rannten weiter. Am kreisförmigen Aufzug zweigte rechts ein enger Gang ab. Wohin er führte? Skamper hatte keine Ahnung, es war nur wichtig, dass es weiterging. Er fiel, spürte einen heftigen Schmerz in den Händen, rappelte sich wieder auf. Arabella keuchte neben ihm. Er nahm ihre Hand, hinter ihnen änderte sich das Geräusch, ein gellendes Knirschen, als würden sich zwei Felsen ineinanderschieben.

Am Ende des Ganges türmte sich eine Wand auf. Griffe waren daran befestigt, eine Leiter nach oben. Skampers Hände krallten sich um das Eisen in der Felswand und einen Moment dachte er, dass er nicht genug Kraft hatte, alle Kraft hatte er schon aufgebraucht, es war zu spät. Wie leicht wäre es, sich einfach fallen zu lassen. Aber dann hörte er einen Schrei

»Kletter los«, schrie Arabella. Von tief unten aus Skampers Körper stieg etwas hoch. Der reine Wille zu leben, weiterzuexistieren, eine Kraft, die ihm half, den nächsten Griff zu fassen und sich hochzuziehen. Es war noch nicht so weit, er würde nicht sterben, nicht in diesem gottverdammten Loch. Der nächste Griff, immer weiter. Sein Wille, alle Fasern seines Körpers waren auf den nächsten Griff gerichtet und dann auf den nächsten, er lebte noch. Von unten stieg die heiße Luft hoch, als würde ein Drache unten stehen und seinen giftigen Atem nach ihnen schleudern, doch er erreichte sie nicht.

Skamper hustete, fasste den nächsten Griff und dann ging es weiter. Unter ihm hörte er Arabella keuchen. Sie würden durchkommen, sie würden es schaffen.

Als sie eine Plattform erreichten, zogen sie sich hoch, lagen einen Moment auf feuchtem Lehmboden. Dann standen sie auf. Vor ihnen war wieder ein Gang und die beiden stolperten hinein.

Eine Explosion zerfetzte die finstere Stille. Ein mächtiger Druck hob sie hoch, schleuderte sie auf den Boden. Um sie herum flogen Brocken, Steine, eine dicke Staubschicht legte sich auf alles.

Skamper spürte neben sich den Körper Arabellas. In der Luft war ein stummes Dröhnen wie ein Nachhall. Seine Hände fühlten sich taub an, sein Gesicht brannte, das Atmen fiel schwer.

Er legte die Hand auf Arabella, fasste sie an der Schulter. Sie bewegte sich nicht. »Arabella«, flüsterte er. Keine Antwort. »Steh auf«, presste er hervor. »Steh auf.«

Er rappelte sich auf, zog sie hoch, sie schien unendlich schwer, doch dann standen sie beide und er spürte, wie sie zitterte. Er hielt sie, ihr Körper wollte nach unten sacken.

»Wir müssen weiter«, sagte er. »Weiter!« Er schrie, als könne sie der Klang der Worte aufrecht halten.

Sie lehnte sich an ihn, sie konnte gehen, langsam bewegten sie sich, hielten sich aneinander fest wie Ertrinkende in einem Ozean. Hielt sie ihn oder er sie? Oder zogen sie sich gemeinsam weiter und lehnten sich aneinander, um nicht zu fallen? Er spürte ihren Atem an seiner Wange. Manchmal blieben sie stehen, dann umfasste er sie und glaubte zu spüren, wie sie die Kraft verließ, wie das Leben langsam aus ihrem Körper wich.

»Wir müssen weiter«, trieb er sie an. Aber sie bewegte sich nicht.

»Warte«, sagte sie. Er blieb stehen, lehnte sich an die Wand und spürte, wie sie ihren Kopf auf seine Schulter legte. Einen Moment war alles still. Er spürte eine große Zärtlichkeit.

Auf einmal wurde er ruhig. Alles um ihn verlor an Wichtigkeit und Bedeutung. Er war allein auf der Welt mit Arabella. Es gab nur diesen Moment und sie beide und Arabella hatte immer noch ihren Kopf auf seiner Schulter. Er wünschte, etwas von seinem Lebenswillen könne durch die Berührung in ihren Körper fließen. Sie würden eins werden und weiterleben.

»Wir müssen weiter«, sagte er noch einmal. Diesmal war seine Stimme ruhig. Arabella hob ihren Kopf und fing an zu gehen.

Das Atmen fiel schwer. Irgendwo glaubte Skamper Licht zu sehen, aber dann legte sich wieder eine Wolke aus Dunkelheit auf seine Wahrnehmung und sie stolperten einen Gang entlang, von dem er nicht wusste, ob er sie rettete oder ins Verderben führte.

»Weiter«, sagte er und der Atem von Arabella wurde eins mit seinem.

Wieder blieb sie stehen, lehnte sich an ihn und er rührte sich nicht, als würde jede Bewegung den Zauber brechen.

»Wir kommen hier raus«, flüsterte er.

Dann gingen sie weiter. Und während sie gingen, erzählte Skamper von dem kleinen Strandcafé in Providencia. Von dem perfekten Moment, als er keine Wünsche mehr gehabt hatte. Als er das Gefühl gehabt hatte, sein ganzes Leben war nur Vorbereitung, um diesen Moment zu erleben.

»Aber etwas hat gefehlt in diesem Moment. Du hast gefehlt«, flüsterte er. »Wir reisen zusammen nach Providencia. Nur du und ich.«

Skamper beschrieb das Meer, die Wellen, den Wind, der über die Haut strich wie ein Flüstern.

»Halt durch«, sagte er. »Wir beide werden dorthin fahren, nur du und ich, nur du und ich.« Er wiederholte die Worte, als wären sie ein Zauber, der ihnen Kraft gab.

»Es ist nicht mehr weit«, sagte er. »Jetzt kann ich es dir sagen, Boretzky hatte eine Kamera in eurem Buchladen, er hat es mir gezeigt, ich habe sie gesehen, ich habe dich gesehen, als du mit deiner Freundin gesprochen hast, mit dieser Madeleine. Ich habe gehört, was ihr geredet habt …«

Hörte sie ihm zu? Er wusste es nicht. Aber es war wie ein Zwang, dass er reden musste, solange er redete, gab es Hoffnung.

»Als sie gesagt hat, dass du mich liebst, da war ich … Ich habe mich einfach wie blöd gefreut, obwohl die ganze Situation so furchtbar war. Ich wollte Boretzky umbringen, aber ich hatte Angst um dich, ich hatte immer nur Angst um dich.«

Arabella hustete, blieb kurz stehen. Skamper wartete, dann gingen sie weiter.

»Als ich dich gesehen habe, auf dem Video, da habe ich es kapiert. Da ist irgendwas passiert. Ich habe mir auf einmal nur gewünscht, dass ich bei dir bin. Du bist das Beste, was mir je passiert ist. Bitte gib nicht auf, mach weiter.«

Er spürte, wie sie langsamer wurde, doch sie mussten weiter. Er fasste sie, beugte sich nach vorne, nahm sie huckepack.

»Halt dich fest, wir kommen hier heraus, halt dich fest.« Irgendwie schaffte er es zu gehen, er keuchte, aber er redete weiter. »Wir beide schaffen es, wir schaffen es.«

Er stolperte, spürte ihre Hand, die sich gegen seine Brust presste. Dann veränderte sich die Dunkelheit, wie das Wechseln von einem Grauton zu einem anderen. Die Luft war plötzlich klarer, sie hatten die Höhle verlassen, der Wechsel der Grautöne war ein Ausgang gewesen und sie torkelten durch die Nacht und dann fielen sie in das Gras und Arabella lag neben ihm.

Skamper atmete tief durch, dann beugte er sich über Arabella. Er berührte ihre Wange und sie bewegte sich unter seiner Berührung und sein Herz hüpfte vor Freude, weil sie lebte und weil alles gut sein würde, wenn sie nur lebte.

Sie öffnete die Augen und lächelte und er spürte, wie alle Kraft ihn verließ, als könne sein Körper jetzt endlich Schwäche zulassen, da er wusste, dass es weiterging und sie lebten.

III.

August 2012

Skamper presste das Gewicht noch einmal hoch. Es war, als würde die Luft in seinen Lungen von innen gegen seine Brust drücken. Sein Kopf schien anzuschwellen und die Muskeln in seinen Armen brannten. Aber sie folgten seinem Willen, der sie zwang, sich zusammenzuziehen, das Gewicht zu heben. Er hielt die Langhantel einen Moment, bis seine Muskeln zitterten, dann ließ er sie auf die Halterung krachen.

Er lag auf der Bank und schnappte nach Luft, hörte auf sein Herz, auf das Pochen, das sich langsam beruhigte. Er schloss die Augen und wartete, bis der Schmerz in seinen Muskeln aufhörte.

Dann richtete er sich auf. Es war neun Uhr morgens, er war fast allein in dem Raum mit den freien Gewichten. Irgendwo hinten, bei den Kurzhanteln, saß ein Junge – Skamper schätzte ihn auf sechzehn – und hob ein Gewicht, blickte dabei fasziniert auf seinen Bizepsmuskel.

Zwei Stunden war Skamper schon hier, wie jeden Tag, quälte seinen Körper bis zur Erschöpfung. Seine Arme schmerzten, aber er hatte das Gefühl, als hätte er diesen Schmerz verdient. Ein Satz noch, dann war er fertig, er lehnte sich zurück, fasste aber nicht nach der Hantel, sondern blieb liegen. Er sah nach oben auf die Stange, auf die schweren Gewichte. Er würde sie nicht noch einmal heben können.

Warum kam er immer noch hierher? Wo ihn alles an Mike erinnerte. Mike war tot, aber sein Geist war noch hier. Sein Geist hielt Skamper gefangen in der Vergangenheit. Er hatte vergessen wollen, hatte neu anfangen wollen. Er und Arabella hatten überlebt, sie waren frei, Boretzky und seine Leute waren tot, jedenfalls hatte er nichts mehr von ihnen gehört. Aber er hatte das Gefühl, dass ein Teil von ihm immer noch in dem Stollen war auf der Suche nach einer Reliquie, die es nicht gab.

Skamper blieb auf der Bank liegen. Der Junge im hinteren Teil des Raumes war verschwunden und er war allein. Nur er und die Leere und das Wissen, dass es noch nicht vorbei war. Er schloss die Augen.

Vor einer Woche war ein Artikel in der Zeitung erschienen, nachdem die Polizei ihre Untersuchungen abgeschlossen und man Boretzky und seine Männer für tot erklärt hatte. Die Leichen zu finden, hatte man schnell aufgegeben, sie waren für immer in dem verschütteten Höhlensystem vergraben. Die Mörder von Mike waren tot, ihnen konnte nicht mehr der Prozess gemacht werden.

Dass man glaubte, in dem Höhlensystem die Heilige Lanze zu finden, hatte Skamper bei den Vernehmungen verschwiegen. Er hatte nur vage von einem Schatz gesprochen, unter dem sich bedeutende Reliquien befinden sollten. Doch man war Fehlinformationen und Gerüchten aufgesessen, es gab keinen Schatz, die Suche war ein gigantischer Fehlschlag gewesen. So schilderte er es den Polizisten. Und ein Felsrutsch hatte jede Hoffnung begraben, dass man dort unten jemals etwas finden würde.

Es gab viele offene Fragen, doch davon hatte er nicht gesprochen. Wer war das Phantom gewesen, auf das Boretzky gefeuert hatte? Was hatte die Explosionen ausgelöst, die alles zum Einsturz gebracht hatten? Skamper vermutete, dass sie durch das Betreten der Kultstätte Fallen ausgelöst hatten, vielleicht einen Zeitzünder, aber das würde man nicht mehr klären können. Und was war wirklich in der Nacht im April passiert, als ihn Brand niedergeschlagen hatte? Er hatte aufgegeben, darüber nachzudenken. Er wollte nach vorne schauen, vergessen, aber das gelang ihm nicht. Er richtete sich auf. Es war Zeit, duschen zu gehen.

Nachdem er geduscht hatte, holte er sich einen Kaffee aus dem Automaten. Er setzte sich an den kleinen Tisch neben dem Automaten und trank einen Schluck. Der Kaffee schmeckte bitter. Doch er trank weiter, bis die Tasse leer war, als müsste er seine Medizin ganz nehmen.

Skamper dachte daran, was er heute noch machen würde. Er würde am Abend wieder ins »Ricks« gehen, denn auch heute würde er sich besaufen, so wie er es gestern getan hatte und vorgestern und die Tage vorher. Er sagte sich, dass das nicht ewig so weitergehen konnte, irgendwann musste er aufhören. Doch heute war nicht der Tag dafür.

Dann geschah es wieder. Zuerst hörte Skamper dieses Rauschen in den Ohren, wie von einem Zug, der aus der Ferne kommt. Dann war da die Eiseskälte, die sich auf sein Gesicht legte wie ein Frostfilm. Das Atmen fiel schwer und die Dinge vor seinen Augen verschwammen, verloren ihre Kontur und wurden zu einer formenlosen Masse, die sich vor ihm auftürmte. Bis sich neue Formen bildeten, mit scharfen Rändern. Er starrte auf die Geschehnisse vor ihm mit einem heftigen Keuchen, das stärker wurde, etwas nahm ihm die Luft. Er erblickte einen Mann am Boden vor einer Nebellandschaft. Und er sah die Männer, die ihn mit einer monotonen Verbissenheit schlugen. Der Mann schrie nicht, aber das ganze Bild war ein Schrei, der sich in seine Ohren bohrte und die Trommelfelle zerreißen wollte.

Seine Finger krallten sich in den Tischrand, dass er glaubte, seine Knochen würden brechen, sein Atem kam stoßweise und die Schläge wurden heftiger. Aber der Mann am Boden wehrte sich nicht, nahm die Schläge hin und Skamper erschien es eine Ewigkeit, bis das Bild wieder verfloss, sich mit der Nebellandschaft vereinigte und zu einem formenlosen Klumpen wurde.

Skamper schloss die Augen und als er sie wieder öffnete, war alles wie sonst. Vor ihm war der Eingangsbereich des Fitnesscenters, rechts standen zwei Rückengeräte, niemand war zu sehen, das Fitnesscenter war leer. Nur hinter der Glasscheibe, durch die man ins Büro sehen konnte, saß einer der Trainer und starrte auf einen flimmernden Monitor.

September 1944

Fischer schlief schlecht. Er wusste, dass sie kommen würden, es war nur eine Frage der Zeit. Das Urteil war gefällt. Erinnerungsfetzen blitzten auf, Bilder flackerten in der Dunkelheit. Die Zahl

28195, er hatte sie an die Wand gemalt, blutrot und sie schien den ganzen Raum zu erfüllen. Dann hörte er Schäfflers Stimme. Eva ist tot, brüllte sie, als müsste sie diese Wahrheit in sein Bewusstsein schreien.

Immer wieder träumte er die Szene, als Schäffler ihm die Liste gezeigt hatte. Die Liste, auf der Evas Name stand.

Fischer hatte stumm auf die Buchstaben gesehen. Er hatte nicht gezittert, nicht gesprochen, es war ihm, als würde sein Herz zu einem kalten Klumpen erstarren.

»Was geschehen ist, war richtig«, hatte Schäffler gesagt.

Fischer hatte genickt. »Es war richtig.«

»Wir sind die, die besondere Härte zeigen müssen. Mit solchen Taten zeigen wir, dass wir bereit sind, jedes Opfer zu bringen. Wir dienen dem Führer.«

»Ja«, hatte Fischer geantwortet. »Wir dienen dem Führer.« Er hatte nichts gespürt, als er die Worte sprach. Der Klumpen in seiner Brust klopfte regelmäßig.

»Es war richtig, was geschehen ist«, hatte Schäffler noch einmal gesagt.

»Es war richtig«, hatte Fischer wiederholt.

August 2012

Ein Uhr nachts, aber Skamper war nicht müde. Er saß am Tresen seiner Stammbar und blickte ins Leere. Vor ihm stand ein halbgefülltes Glas Bier, er wusste nicht, das wievielte es war, es war auch egal. Heute war der richtige Tag, um sich zu betrinken, aber das hatte er auch schon gestern gedacht und vorgestern.

Carla erschien, die Bedienung, eine blonde Frau Mitte Vierzig. Sie blieb vor ihm stehen. Lange sah sie ihn an. Er nahm sein Glas, trank es auf einen Zug aus und hielt es ihr vor das Gesicht.

»Noch eins«, sagte er.

Sie zögerte einen Moment, dann nahm sie das Glas und ging zum Zapfhahn.

Es ist egal, dachte Skamper. Es ist alles egal. Darauf trank er heute Abend. Carla hatte das Glas eingeschenkt und brachte es ihm. Er beobachtete die Bläschen im Glas, die ihren Weg nach oben suchten. Wie ein Meditierender einen Punkt anstarrt, der in die Trance führt. Doch er war kein Meditierender.

Er trank hastig und lange, setzte das Glas ab und wartete, dass sich das Gefühl des Vergessens einstellte, das Gefühl, das Meditierende und Trinker hatten. Er wartete darauf, dass egal war, wer und wo man war. Dass man einsank in das große Nichts, in das unendliche Vergessen, um irgendwann das Hochgefühl zu erleben. Den Moment, an dem man begriff, dass die großen Rätsel einfach waren, weil sie nichts bedeuteten. Aber der Moment kam nicht, es kamen Kopfschmerzen, kleine Stiche von innen an die Schädelwand. Es kam die Erkenntnis, dass er sich hier befand, in dieser kleinen heruntergekommenen Kneipe und dass alles zwangsläufig war. Die Erkenntnis, dass er sich am richtigen Ort befand, wo die sich trafen, die Angst vor dem Schlaf und ihren Träumen hatten.

In dem Raum waren außer ihm nur noch zwei andere Verzweifelte, die sich an den Tischen festhielten, zwei ältere Männer, Rentner, deren leere Gesichter den Ausdruck völliger Ratlosigkeit trugen.

Skamper dachte, dass er aufhören müsse. Jeden Abend schüttete er die Biere in sich hinein. Und am nächsten Morgen ging er in das Fitnessstudio, um den Alkohol auszuschwitzen. Das würde er nicht mehr lange durchhalten.

Morgen werde ich mein Leben ändern, dachte er. Oder vielleicht auch übermorgen. Aber er würde etwas ändern. Er trank wieder von dem Bier, es schmeckte ihm nicht. Es war, als ob er jetzt erst merkte, dass es ihm nicht schmeckte.

»Es gibt einen Grund«, sagte er und ihm schien, als ob die Musik, die im Hintergrund lief, auf einmal lauter geworden war.

Carla sah ihn einen Moment an, schüttelte dann den Kopf. »Du solltest mit dem Alkohol aufhören«, sagte sie. »Du solltest endlich damit aufhören.«

Er nickte. Er spürte ein Rauschen im Kopf, ein leichtes Schwanken, das ihn von hier fortführte, von dem Hocker, auf dem er saß, weit weg in ein anderes Land. Irgendwo war eine Melodie, die leise Musik, die aus den Lautsprechern kam, änderte sich, etwas wohnte den Tönen inne und er ließ sich in den Augenblick fallen.

Er schloss die Augen und es war wieder die Nacht, in der er vor der Heiligen Lanze gestanden hatte. Ein Traum und er wusste, dass er träumte, doch das Gefühl der Ruhe war so groß, dass er alles tat, um nicht zu erwachen und zu erkennen, dass sein Kopf auf der Theke lag. Da war ein Moment der Stille gewesen. In diesem Moment hatte er gespürt, dass er angekommen war. Etwas hatte sich erfüllt. Erlösung. Als er vor der Lanze stand, hatte er sie gespürt. Er wusste, dass er jetzt träumte, aber damals, das konnte kein Traum gewesen sein. Etwas hatte ihn zu der Lanze geführt und ihm danach für immer den Weg versperrt. Ein schmerzvolles Sehnen war ihm geblieben von diesem Moment. Doch auch eine Ruhe und Zufriedenheit, wann immer es ihm gelang, sich an diesen Augenblick zu erinnern.

Er hatte die Augen immer noch geschlossen, die Musik war lauter geworden, einschmeichelnder und ein Lächeln war in ihm, das ganz in ihm verschlossen blieb und nicht nach draußen drang.

Dann unterbrach eine Stimme die Stille. »Paul.« Die Stimme holte ihn zurück, aus dem Schlaf, aus seinem Traum. Er öffnete die Augen. Neben ihm stand Schröder.

Schröder sah ernst aus. Das Gesicht verschwamm für einen Augenblick, Skamper kniff die Augen zusammen, um ihn zu fixieren, und das Bild wurde wieder klar.

»Mann, schön, dass du da bist.« Er lächelte. »Willst du ein Bier, ich lade dich ein. Komm trink was mit mir.«

»Nein.« Schröder schüttelte den Kopf.

Doch Skamper hatte sich schon an Carla gewandt. »Ein Bier für meinen Freund.«

Schröder wollte eingreifen, die Bestellung rückgängig machen, aber dann machte er nur eine resignierte Handbewegung.

»Wir sollten mal wieder zum Tennis gehen«, sagte Skamper. »Wir waren nicht mehr dort, seitdem du aus dem Krankenhaus gekommen bist. Du bist doch wieder fit, Mann, du siehst prächtig aus, ich bin echt froh, dass es dir so gut geht. Du siehst gut aus, du siehst echt gut aus.«

Schröder lächelte einen Moment. Dann wurde er wieder ernst. »Paul, wir müssen reden, es ist wichtig.«

»Morgen, wir sollten gleich morgen anfangen zu spielen. Du denkst vielleicht, mit mir hast du ein leichtes Spiel, aber ich trainier jeden Tag, ich trainier jeden Tag so hart wie noch nie, ich weiß selbst nicht, warum.«

Carla stellte ein Glas vor Schröder ab. Skamper hob seine Hand. »Das geht auf meine Rechnung.«

Carla nickte, dann verzog sie sich wieder.

Skamper trank von seinem Bier, Schröder hatte ihn aus seinen Träumen gerissen, aber Skamper war froh, dass er hier war. Er war froh, dass es ihm gut ging.

»Es gibt neue Erkenntnisse zum Fall Brand.«

Brand, ein Name wie aus einer weit zurückliegenden Vergangenheit.

»Der Kumpel von dem Neonazi, der auf mich geschossen hat. Der mit der eingedrückten Nase. Er hat sich erschossen. Er hat in einem Wohnwagen in der Nähe von Rostock auf 'nem Zeltplatz gewohnt. Dort hat man ihn gefunden.«

Schröders Stimme klang monoton, als würde er glauben, dass Skamper in seinem Zustand sowieso nichts mitbekam.

»Brand?« Skamper fragte, als würde er den Namen zum ersten Mal hören.

»Ja, Brand, man hat deinen Revolver bei dem Typen gefunden. Und Unterlagen, die Brand gehörten, sie betreffen diesen angeblichen Nazischatz. Da ist aber auch einiges von dir dabei.« Seine Stimme wurde leiser. »Ich habe sie kopiert, eigentlich dürfte ich das nicht. Aber ich finde, du hast irgendwie ein Recht drauf. Ich hab dich den ganzen Tag angerufen, aber dein Handy war ausgeschaltet.«

»War heute nicht so drauf, Anrufe zu empfangen.«

»Natürlich.« Schröder legte eine Mappe auf den Tresen und öffnete sie.

Skamper trank von seinem Bier. Auf einmal wünschte er sich, Schröder wäre doch nicht gekommen. Er wollte allein sein, allein das wohlige Gefühl genießen, wenn der Alkohol alles in eine große Gleichgültigkeit tauchte. Ihn interessierte nicht, was man bei Brand gefunden hatte. Es war vorbei, es gab keinen Schatz, nur die leere Kultstätte eines Wahnsinnigen, die unter Felsenschutt begraben war.

Schröder blätterte in den Papieren, legte sie dann vor Skamper. Der starrte noch immer auf den Rest seines Bieres.

»Das ist doch von dir.«

Skamper blickte auf die Unterlagen. Die Blätter, die er am Morgen nach Brands Erscheinen angefertigt hatte. Er erinnerte sich an das Hochgefühl, das er gehabt hatte, als er am Computer die Linien nachgezeichnet hatte. Das Gefühl hatte ihn betrogen. Er nahm die Blätter in die Hand, sah sich eines nach dem anderen an. Unten lagen Skizzen von Brand, schnell geschriebene Notizen. Skamper würde sie sich genauer ansehen. Vielleicht morgen, aber nicht jetzt.

»Ja, da ist was von mir dabei«, sagte er. Er ließ die Unterlagen liegen, wandte sich wieder seinem Bier zu.

»Du musst etwas ändern, Paul«, sagte Schröder unvermittelt. »Ich mach mir Sorgen um dich. Arabella hat mich angerufen, wir verstehen ja, dass du dir Vorwürfe wegen Mike machst, aber du kannst dich nicht dauernd hier verkriechen.«

»Verkriechen?«

»Ja, irgendwann muss man nach vorne schauen. Du musst das Ganze auch nicht alleine durchstehen. Arabella hat mir gesagt, dass es manchmal ist wie früher ...«

Schröder redete nicht weiter. Skamper wusste, worauf er anspielte. Früher, als er nach seiner Expedition in Kolumbien Angstzustände gehabt hatte. Als ihm nur noch Tabletten gegen die Bilder in seinem Kopf geholfen hatten.

»Du kannst zu einem Arzt gehen«, sagte Schröder.

»Ich brauch keinen Arzt, gut, das mit den Bieren habe ich in letzter Zeit übertrieben, aber mit mir ist alles okay.«

»Gar nichts ist okay, irgendwann klappst du zusammen und wachst im Krankenhaus auf und dann ist alles anders. Früher habe ich über solche Sprüche gelacht, aber ich habe Tage im Koma gelegen, und wenn du da wieder rauskommst, da siehst du vieles anders.«

»Warum?« Skamper lächelte auf einmal. »Hattest du so was wie ein Erweckungserlebnis?«

»Das nicht, ich sehe nur einige Dinge anders.«

»Du musst jetzt nicht mein Kindermädchen spielen. Seit du aus dem Krankenhaus bist, hältst du mir solche Moralpredigten. Tu mir den Gefallen und sei einfach wieder der alte Schröder.«

Schröder sah ihn lange an. »Du hast mir das Leben gerettet«, sagte er. »Und das weißt du auch.«

Skamper starrte auf sein Bierglas. Der Alkohol wirkte nicht. Nicht so, wie er es gehofft hatte. Schröders Auftauchen hatte die Nebelwolke aufgerissen, in die der Alkohol ihn hatte tauchen lassen.

Schröder zuckte die Schultern. »Du musst wissen, was du tust. Ich kann dir auf jeden Fall nicht mehr helfen.« Schröders Stimme klang resigniert. Er wandte sich zum Gehen, während Skamper weiterhin auf sein Bier starrte.

»Mach's auf jeden Fall gut«, sagte Schröder und Skamper nickte und war wieder weit weg, weit weg von der Kneipe und von Schröder.

Schröder drehte sich um und ging zur Tür.

»Noch ein Bier«, sagte Skamper.

Skamper stemmte das Gewicht noch einmal hoch, die Muskeln brannten, der Atem pochte in seinem Körper, ein Schwindelgefühl erfasste ihn und er ließ das Gewicht auf die Halterung krachen. Das war Wahnsinn, was er machte, er musste aufhören damit, der Schweiß rann von seiner Stirn über die Schläfen und sein Atem beruhigte sich. Er sollte sich duschen und einen Kaffee trinken, das würde eher helfen, den Alkohol und den Schwindel aus seinem Körper zu jagen. Er richtete sich auf, er war der Einzige in dem Raum, es war drei Uhr nachts. In zwei, drei Stunden würde es draußen heller werden, dann würde er vielleicht etwas Schlaf finden.

Skamper hörte in die Dunkelheit. Da war nichts. Er dachte an die letzte Nacht, er hatte wieder von dem Mann im Nebel geträumt.

Der Mann, der auf dem Boden lag und die Schläge nicht abwehrte, die auf ihn niederprasselten. Das in Schmerz erstarrte Gesicht stand immer noch vor seinen Augen. Dann hatte sich der Traum geändert und er war der Mann auf dem Boden, hatte die Schläge gespürt, den Schmerz und war endlich aufgewacht. Der Traum war so real gewesen, dass er lange gebraucht hatte, um sich davon zu lösen. Als wollte ihn der Traum nicht aus seiner Welt entlassen.

Skamper saß regungslos da. Hier in diesem Raum hatte er den toten Mike gefunden. Manchmal, wenn er nach seinen Alkoholexzessen nachts hier trainierte, glaubte er ihn zu hören. »Come on, noch einen Satz«, sagte seine Stimme. Und Skamper machte noch einen Satz und hinter ihm stand der tote Mike und gab Hilfestellung, wenn seine Muskeln erlahmten.

Skamper war schweißnass, er musste duschen. Er stand auf.

Auf der Treppe, die nach oben zu den Duschen führte, hörte er es. Er blieb stehen. Es war von den oberen Räumen des Fitnesscenters gekommen, wo sich einige Ergometer und Rudergeräte befanden. Er horchte. Wieder war ein Geräusch, ein Schaben, dann Schritte. Kam es diesmal von unten? Er stand im Halbdunkel, die Lichter funktionierten nicht, man hätte das schon längst reparieren müssen.

Skamper drehte sich um und lief nach unten ins Büro. Er öffnete die Schublade des Schreibtisches. Darin befand sich eine Taschenlampe, sie gab nur einen schwachen Schein, doch neue Batterien fand er nicht.

Wieder war da ein Geräusch, wie Schritte eines Tieres.

Er ging erst in die hinteren Räume des Fitnesscenters. Die Geräte wurden zu absurden Skulpturen, zu Figuren aus Stahl und Eisen, das flackernde Licht der Taschenlampe gab ihnen etwas Surreales.

Hinten ging es ein paar Stufen nach unten und man kam in den letzten Raum des Erdgeschosses. An der rechten Wand lagen Matten mit Bauchmuskelgeräten, auf der anderen Seite waren Rückentrainer.

Wieder blieb Skamper stehen und horchte. Vielleicht hatte er sich getäuscht, aber sein Gefühl sagte ihm, dass etwas in den Räumen war.

Hier war auf jeden Fall niemand. Er ging zurück, kam an die Tür, die zu einer kleinen Halle führte. Vorsichtig öffnete er sie, sah hinein.

Seine Augen hatten sich inzwischen an die Dunkelheit gewöhnt, doch in dem Raum konnte er nur Schatten erahnen. Das fahle Licht der Taschenlampe kletterte die Wände hoch, strich über ein paar Matten im Raum. Er schloss die Tür und ging in Richtung der Treppe, die nach oben führte.

Im zweiten Stock war eine Halle mit freien Gewichten. Unmengen von Hanteln lagen geordnet vor großen Spiegeln. Es roch muffig in dem Raum, als hätten die Wände den Schweiß der Trainierenden über Wochen eingeatmet.

Das Schwarz der Hantelscheiben schien in der Dunkelheit zu leuchten. Skamper ging ein paar Schritte, stieß mit dem Fuß an eine Langhantel, die sich mit einem dumpfen Geräusch ein paar Meter bewegte, nach vorne rollte und dann liegen blieb.

War hier etwas? Er erstarrte, er hörte es ganz deutlich, ein leises Zirpen, dann ein Flattern.

Blitzschnell drehte er sich um, als ein schwarzer Vogel direkt vor ihm aufflog, so nahe an seinem Gesicht vorbei, dass er instinktiv zurückwich und die Augen schloss.

Das war es also gewesen. Er sah sich um, er brauchte einige Zeit, bis er den Vogel wieder entdeckte. Seine Augen leuchteten in der Dunkelheit.

Skamper ging zu einem der Fenster und öffnete es. Kühle Nachtluft strömte in den Raum, von irgendwo war das Geräusch eines Motors zu hören.

Er ging in die Mitte des Raums, der Vogel flog wieder auf, flatterte einmal hin und her und schließlich aus dem Fenster hinaus. Er blickte ihm nach, als er auf einmal einen Schatten an der Wand bemerkte. Skamper duckte sich blitzschnell, kauerte sich hinter einer Bauchtrainermaschine.

Der Mann war seinen Bewegungen gefolgt, hatte sich genauso versteckt. Skamper musste auf einmal lachen. Er stand auf, ging ein paar Schritte. Der Mann tat es ihm nach, er hatte sein Spiegelbild gesehen.

Der ganze Raum war verspiegelt. Überall war sein Spiegelbild, machte sich selbständig, narrte und verlachte ihn.

Er wartete, bis sich sein Herzschlag beruhigt hatte. Es war Zeit wieder nach unten zu gehen. Noch einmal blickte er auf den Parkplatz im Halbdunkel, dann schloss er das Fenster. Am Eingang des Raumes blieb er stehen. Alles war ruhig. Auch im Treppenhaus war es still. Die Taschenlampe gab kein Licht mehr, Skamper schaltete sie aus.

Skamper ging zurück in den Raum, in dem die Ausdauergeräte standen. Er ließ seinen Blick über die Geräte schweifen. Den Schatten auf einer der Rudermaschinen erfasste sein Unterbewusstsein mit Verzögerung. Er blickte erneut dorthin und nahm eine dunkle Gestalt wahr, die sich vom Halbdunkel abhob.

Für einen Moment hatte er den Gedanken, das könne eine Reklametafel sein, aber dann bewegte sich die Figur.

Die Konturen wurden schärfer, je länger Skamper auf die Gestalt auf der Ruderbank starrte, die jetzt wieder reglos war. Aber er hatte die Bewegung gesehen, das Drehen des Kopfes. Er ging näher. Wenige Meter vor der Figur erkannte er sie. Die Frau aus dem Wald, die Kräuter-Anna, wie der Forstarbeiter sie genannt hatte.

Ihre Haare standen wirr vom Kopf ab. Brennende Augen starrten ihn an. Skamper musste schlucken. Eine Figur aus einem Märchen, die böse Hexe, doch er hatte das Gefühl, dass sie ihm nichts Böses wollte. Sie schwiegen beide, die Stille hatte alle Töne verschluckt. Das war eine Illusion, die ihm der Alkohol vorgaukelte, der immer noch in seinem Körper war, dachte Skamper einen Moment, gleich würde die Gestalt sich auflösen und verschwinden. Aber sie verschwand nicht.

»Was machen Sie hier?« Seine Stimme war rau und trocken, er musste sich räuspern.

Die Frau antwortete nicht. Als hätte sie die Frage nicht gehört. Skamper wollte noch etwas sagen, aber dann bewegte sie sich. Sie stand auf, als wäre er nicht im Raum, ging auf ihn zu, dann an ihm vorbei und weiter zum Ausgang, der zur Treppe führte. Wie schwebend lief sie, lautlos, ein Geist, der aus der Unterwelt gekommen war, um ihm einen Besuch abzustatten. Sie verschwand aus seinem Blickfeld.

Skamper blieb stehen. Im Spiegel sah er sich selbst, den Schatten eines Betrunkenen. Er ging zum Ausgang. Einige Meter davor lag etwas auf dem Boden. Er bückte sich und griff danach. Ein Stück Papier, darauf eine Zeichnung. Zwei Strichmännchen, ein Mann und eine Frau vor einem Berg, dahinter die Sonne und ein schwarzer Schatten. Rechts zwei Zahlen, die Vier und die Fünf. Gemalt wie von Kinderhand in krakeligen Strichen. Er drehte das Papier um, die Rückseite war leer.

September 1944

Es war kurz vor der Morgendämmerung, als sie kamen. Fischer lag auf dem Feldbett, dämmerte vor sich hin. Ein Schlüssel drehte sich im Schloss, die Tür wurde aufgestoßen. Er riss die Augen auf, aber im Halbdunkel sah er nur die Schatten zweier Männer, drohende riesenhafte Figuren, die näher kamen mit erhobenem Arm, und dann zischte etwas nach unten und ein scharfer Schmerz fuhr über seine Brust, der Schlag einer Peitsche.

»Da hast du es.«

An der Stimme erkannte er Müller, einen der Wachmänner. Die Peitsche traf seine Brust und die Beine, ein konzentriertes Schlagen, als wollte Müller den Schmerz in seine Lenden einprügeln.

Fischer kauerte sich zusammen.

»Da hast du es.« Auch der andere prügelte jetzt auf ihn ein, mit bloßen Fäusten auf das Gesicht.

Fischer hustete, würgte, der Schmerz saß wie ein Kobold auf seiner Brust, im Kopf waren Nadeln, die sich bewegten und gegen die Schädelwand bohrten, und er holte Atem, aber dann kam der nächste Schlag mit dem schweren Stiefel gegen die Brust. Er glaubte, ein Knirschen zu hören, ein Brennen bohrte sich nach innen und er schrie.

Die Schläge hörten nicht auf, Fischer wand sich, betete im Stakkato der Schläge, aber Gott hörte ihn nicht.

Endlich hörten sie auf und gingen nach draußen. Er lag auf dem Bett, ein vor Schmerz glühender Körper.

Dann hatte er für einen Moment eine Vision, der Körper erlaubte ihm eine Ruhepause, einen Moment, in dem der Schmerz eine weit entfernte Begebenheit war, die nichts mit ihm zu tun hatte. Ein Gesicht erschien vor seinen Augen, Evas Gesicht, und eine Sehnsucht erfasste ihn, die alle anderen Gefühle auslöschte. Fischer musste weinen.

»Schäffler hat dir ein kaltes Herz eingesetzt, wie im Märchen«, hatte sie zu ihm gesagt.

Er wollte sie noch einmal sehen, noch einmal sagen, was er ihr geschrieben hatte, dass er sie liebte und dass sie ihn nicht vergessen dürfte, und er wollte ihr von der Lanze erzählen, und was geschehen war, als er sie berührt hatte. Sie musste es erfahren, aber dann kamen sie wieder und standen über ihm wie Schatten der Hölle. Müller und noch ein Mann. Fischer erkannte Schulz, den SS-Mann, der Wuttke an den Eisenzaun hatte binden lassen. Fischer schrie und dann drückten sie ihm etwas auf dem Kopf, kleine Nägel bohrten sich in die Kopfhaut und Blut floss über sein Gesicht.

Er schwitzte und sein Schweiß roch nach Angst.

Sie hatten ihm eine Krone aus Nägeln auf den Kopf gesetzt und Müller drückte darauf und Fischer brüllte.

Sie prügelten ihn hinaus ins Freie. Es dämmerte, alles war noch still und durch die blutverschmierten Augen sah Fischer die Nebelschwaden, die über den Hügeln lagen.

Der kalte Hauch seines Atems war rot vor Blut. Er fiel auf den Boden, roch die frostige Erde, atmete und suchte nach dem Gefühl, als er die Lanze in Händen gehalten hatte. Aber die Schläge hatten die Erinnerung in Stücke gerissen und es gab nichts, woran er sich festhalten konnte.

»Gib mir Kraft«, betete er und jetzt sah er durch den Schleier aus Blut und Schmerz die Gestalt von Schäffler. Der stand über ihm und Fischer hob das blutige Gesicht.

»Du willst ein Christ sein, dann sei auch einer.«

Fischer fragte sich, was Schäffler meinte, doch dann hörte er etwas hinter sich, er drehte den Kopf und sah ein dunkles großes Kreuz, das hinter ihm aufgerichtet war. Müller und Schulz hielten es und dann krachte es auf seinen Rücken. Wieder schrie er auf.

»Trag das Kreuz«, schrie Schäffler und Schulz und Müller johlten die Worte. Sie banden seine Arme an die Seitenarme des Kreuzes. Die Schnüre schnitten in seine Haut. Er versuchte sich aufzurichten, das Kreuz war schwer, seine Beine zitterten. Er presste Atem aus der Lunge und Blut lief über seine Augen.

Müller hatte die Peitsche in der Hand, schlug zu. Die Schläge zwangen Fischer hoch. Er zog das Kreuz mit sich, stolperte vorwärts, einen Fuß vor den anderen und die Schreie seiner Peiniger begleiteten jeden Schritt. Dann fiel er auf den Feldboden, die Erde schmeckte bitter. Die Hiebe auf seinen Rücken wurden stärker und er hob seinen Kopf und sah nach vorne.

Im Tal lag Nebel, die Bäume und Landschaften ragten heraus wie Bilder einer Märchenwelt.

»Geh weiter«, schrie Müller und seine Schläge brannten die Worte in seinen Körper. Und Fischer richtete sich auf und ging weiter.

Es gab Momente, in denen er nichts mehr spürte, als wäre da schon ein Übergang. Das Kreuz schien über ihm zu schweben und er stand neben sich und sah die Szene, in der ein Mann ein Kreuz trug und geschlagen wurde. Er sah das Blut, doch es berührte ihn nicht, weil es nicht sein Blut war. Er hörte die Schreie »Geh weiter« und sie erreichten ihn nicht, denn sie waren nicht für ihn bestimmt. Er fühlte sich auf einmal leicht, die Zeit war nicht mehr existent, er war wieder mit Eva am Pegnitzgrund und sie lagen im Gras. Sie hielten sich an den Händen, blickten nach oben in den Himmel.

»Die Wolke sieht aus wie ein Kreuz«, sagte er, aber die Wolke verschwand. Er sah wieder den Weg unter sich, die Kälte schnitt in seine Haut und seine Hände waren taub. Sie trieben ihn den Hügel hinauf und er schleppte sich hoch, schnappte nach Luft.

Sie waren nur zu viert. Fischer, der das Kreuz trug, und seine Peiniger, die ihn zwangen, die große Geschichte nachzuspielen, den Kreuzweg zu gehen, den einst Jesus gegangen war.

Niemand sah die vier Männer im Morgengrauen, die Sonne war hinter einem Nebelschleier verschwunden, als müsste sie ihr Gesicht abwenden.

Die Schreie von Schulz und Müller waren leiser geworden, die Schläge spürte Fischer nicht mehr, als würde ihre Grausamkeit ermüden, als würde das Feuer, das ihren Sadismus und ihre Brutalität nährte, kleiner werden. Als würden sie die Lust verlieren an ihrer bizarren Aufführung. Fischer hatte das Kreuz angenommen und es war diese Ergebenheit, die Müller und Schulz noch einmal wütend machte, die die Schläge stärker werden ließ.

Dann verließ Fischer die Kraft und er sank zu Boden. Alle blieben stehen. Ihr heftiges Atmen bildete Wolken in der kühlen Morgenluft. Für einen Moment kamen sie zur Besinnung, wurden sich bewusst, was sie taten, als sähen sie sich in ihrer Grausamkeit und Müller und Schulz senkten den Blick zu Boden.

Gib mir die Kraft, dies durchzustehen, betete Fischer. Für einen Augenblick war der Schmerz vergessen. Der Nebel lichtete sich, sodass Fischer den kleinen Pfad sah, der sich nach oben schlängelte, wo das Ende seines Wegs war, wo er sterben sollte. Aber er wollte nicht sterben, etwas wehrte sich in ihm.

Schäffler kam näher, Fischer hörte die Schritte und Panik überkam ihn. Er sah nach rechts, sah die gewichsten Stiefel und sein Atem ging schneller.

»Willst du noch etwas sagen?«

Fischer antwortete nicht. Hilf mir, Gott, betete er.

»Willst du noch etwas sagen?« Die Stimme klang lauter, drohender, und Fischer krümmte sich, als würde ihn wieder ein Hieb treffen.

Schäffler bückte sich, packte ihn an den Haaren und drehte den Kopf, sodass sie sich direkt ansahen.

»Was denkst du jetzt? Sag mir, was du denkst?«

Fischer sagte nichts.

»Sie ist tot«, sagte Schäffler. »Sie war auf der Liste, du hast sie gesehen, aber du hast sie nicht gerettet.«

Fischer hustete. Dann schlug Schäffler zu, mit der Faust ins Gesicht und Hände zerrten an Fischer, bis er wieder stand und weitergehen konnte.

Er stolperte weiter den kleinen Hügel hoch, jeder Schritt war schwer, aber das Johlen und die Schreie der Männer trieben ihn an, die Hiebe spürte er nicht mehr, das Blut war wie dicker Lehm auf seiner Haut und begann ihn aufzufressen. Er hatte keine Gedanken mehr, kein Fühlen, alles war nur noch Knochen und Muskeln und Blut. Er hörte sein Keuchen und sah den Weg vor sich und ging weiter und weiter. Bis er nicht mehr konnte. Als er kurz vor dem Anstieg strauchelte, nahmen ihn die beiden Wachmänner unter dem Arm. Sie schleppten ihn und das Kreuz nach oben. Das Kreuz, das an ihm hing, an dem er hing. Seine Füße schleiften über den harten Boden und sie ließen ihn los. Er fiel, das Kreuz drückte auf dem Rücken und dann schrie er. Ein Schrei wie von einem verblutenden Tier. Der Schrei schallte durch das Tal. Dann senkte sich Stille über ihn.

September 2012

»Ich habe etwas gefunden.«

Einer der letzten warmen Tage im September und Arabella und Skamper lagen im Gras in der Nähe der Pegnitz.

»Was hast du gefunden?«

»Zahlen.«

»Was für Zahlen?«

»Fünf Zahlen, im Wald, die eins, die zwei, die fünf, die acht und die neun. Man kann sie ganz deutlich erkennen«

Er hatte die Zahlen in den vergangenen Wochen entdeckt. Er war fast jeden Tag unterwegs gewesen. Der Startpunkt war immer der Parkplatz nahe Happurg. Doch dann ließ sich Skamper treiben, wählte immer wieder neue Wege, um so den einen Weg wiederzufinden, der ihn zu der Höhle mit der Lanze geführt hatte. Dabei waren ihm die Zahlen aufgefallen.

»Was heißt das? Du hast Zahlen im Wald gefunden?«

»Es sind die Bäume, sie bilden die Zahlen, du musst sie nur von einem bestimmten Punkt aus sehen. Dann siehst du es. Es sind andere Bäume, sie heben sich von den Fichten im Wald ab.«

»Das kann Zufall sein.«

Das hatte Skamper auch gedacht. Er hatte immer wieder die Bäume untersucht, hatte sie aus den unterschiedlichsten Winkeln fotografiert und zu Hause die Bilder studiert.

»Es kann Zufall sein. Aber wenn man es im Zusammenhang betrachtet.«

Skamper suchte nach Zusammenhängen. Davon war er besessen. Die Formationen der Bäume konnte auch eine zufällige Laune der Natur sein, wenn man sie für sich allein betrachtete. Aber da war noch etwas anderes.

»Welcher Zusammenhang?«

»Wenn man die Zahlen auf der Karte betrachtet, also die Orte, wo ich sie gefunden habe und die Zahlen von links nach rechts liest, dann gibt das die Zahl 28195. Und es ist auch noch ein Dreieck dabei. Ein rotes Dreieck. Das habe ich erst vor ein paar Tagen entdeckt. Das sind Laubbäume. Der Herbst hat die Bäume rot gefärbt.«

»Und was bedeutet das?«

Skamper zögerte. »Ich weiß noch nicht genau, was es bedeutet. Aber ich kriege es noch raus.«

Skamper schloss die Augen, die Zahlen erschienen vor ihm, weiße Schatten auf schwarzem Grund.

»Paul«, sagte Arabella, »geht es dir gut?«

Skamper antwortete nicht, immer noch hatte er die Augen geschlossen, suchte in dem Wirrwarr von Zahlen, die ihm erschienen ein Muster. Dann verschwanden die Zahlen. Skamper öffnete die Augen. »Du glaubst, es fängt wieder an?«

»Ich weiß nicht.«

»Nein«, sagte er. »Mir geht es gut. Diese Zahlen sind eine Botschaft. Und auch die Träume, die ich habe. Seit ich das verstanden habe, geht es mir besser. Ich muss diese Botschaft nur entschlüsseln.«

Arabella schwieg. Skamper holte sein Handy aus seiner Tasche.

»Hier sind die Fotos«, sagte er. »Die Eins. Ich habe sie zigmal fotografiert.«

Arabella warf nur einen kurzen Blick auf die Fotos. »Unsere Sinne suchen überall nach Bedeutungen, nach Bildern. Wenn du da oben eine Wolke anschaust, dann siehst du sofort irgendein Bild. Siehst du die Wolke dort.« Die Wolke, auf die Arabella zeigte, stand direkt über ihnen, ein kräftiges Weiß, das an den Rändern zerfaserte.

»Das ist ein großer Drache, der irgendein Tier verspeist«, sagte Skamper.

»Unsinn, das ist eine Blume mit einem lustigen Gesicht.«

»Eine Blume?«

»Da am rechten Rand ist ein Auge.«

»Das soll ein Auge sein?«

»Das andere ist natürlich gleich daneben.«

Skamper starrte auf die Wolke. Wind kam auf und veränderte sie, der Drache wurde größer. »Das ist ein Drache, keine Frage.«

Der Wind wurde stärker, die Wolke dehnte sich, zerriss und in der Mitte entstand eine Lücke, aus der plötzlich Sonnenstrahlen kamen. Skamper und Arabella schlossen die Augen.

»Und was ist, wenn du ihn gefunden hast?«

»Was gefunden?«

»Den Zusammenhang?«

»Dann verstehe ich alles.« Skamper setzte sich auf und sah wieder auf die Wolke. Der Wind hatte sie zu einer neuen Form geknetet, die Sonne war dahinter verschwunden. Das Gesicht eines pausbäckigen Riesen, dachte er. »Es gibt einen Zusammenhang.«

»Weißt du, dass das völlig verrückt klingt?«

»Was?«

»Was du erzählst, alles. Zahlen in der Landschaft, die irgendetwas bedeuten sollen.«

»Es ist verrückt. Aber es ist auch eine Botschaft. Und da ist auch noch diese Zeichnung.«

»Welche Zeichnung?«

»Die Zeichnung, die die Frau im Fitnesscenter zurückgelassen hat. Ich habe dir davon erzählt.«

Arabella schwieg.

»Mir ist klar, dass du dir Sorgen machst«, sagte er. »Und dass das alles völlig verrückt klingt. Aber mir geht es gut. Ich hab seit zwei Wochen keinen Alkohol mehr getrunken. Ich habe lange nachgedacht. Ich glaube, ich weiß, warum wir nichts gefunden haben. Sie sind damals nicht fertig geworden mit dem Bau. Das Ende des Krieges ist ihnen dazwischen gekommen. Sie wollten die Schätze erst hineinbringen, wenn alles fertig ist. Aber die Schätze müssen schon da gewesen sein, ganz in der Nähe. Sonst hätte ja der ganze Bau keinen Sinn gehabt.«

»Aber auch wenn sie in der Nähe sind, du weißt nicht, wo sie sind.«

»Es hat mit den Zahlen zu tun. Ich muss herausfinden, was die Zahlen bedeuten.«

Der Wind hatte die Wolke wieder gewandelt. Sie sah jetzt aus wie ein Kreuz. Ein Kreuz, das sich leicht nach vorne beugte.

Skamper ließ sich wieder auf den Rücken fallen.

»Ich muss herausfinden, was die Zahlen bedeuten«, flüsterte er noch einmal.

»Sie hatte kein lustiges Gesicht.«

»Was?«, fragte er.

»Die Blume, die ich in der Wolke gesehen habe. Ihr Gesicht war nicht lustig.«

»Und wie war es dann?«

Arabella antwortete nicht. Skamper sah wieder auf die Wolke, die jetzt nur noch ein grauweißer zerfaserter Ball war.

»Gib mir Zeit. Wenn das alles vorbei ist, dann verspreche ich dir, dass alles wieder so wird wie früher.«

»Früher ist so lange her«, sagte Arabella.

Skampers Schlaf war unruhig. Immer wieder schreckte er in der Nacht hoch. Er glaubte, Geräusche zu hören. Schritte in seinem Garten, das Knacken von Gestrüpp und Ästen und wenn er aus dem Fenster sah, war ihm, als sehe er einen Schatten. Den Schatten eines geduckten, breitschultrigen Mannes, der über den Gartenweg humpelte. Dann wanderte Skamper unruhig durch das Haus und suchte nach Spuren. Spuren, die ihm sagen würden, dass jemand seinen Schlaf belauschte. Als hätte Boretzky aus dem Höhlensystem den Weg zu ihm gefunden. Immer noch besessen von dem Gedanken an die Lanze. Er spukte in seinem Haus, belauschte seine Träume, suchte in ihnen nach Hinweisen.

Am Tag erschienen Skamper diese Nächte wie bizarre Fantasien eines Fremden. Am Tag war die Angst der Nächte weit weg. Und Boretzky nur ein schemenhaftes Bild seiner Erinnerung.

Doch eines Nachts begegnete er ihm. Skamper hatte nicht schlafen können und war nach Mitternacht aus dem Haus gegangen. Er ging durch die engen Gassen der Siedlung, in der er wohnte. Nebel war aufgezogen und hing wie ein grauer Klebstoff über den Straßen. Er lief durch einen einsamen Weg, nicht weit von seinem Haus, als er unvermittelt vor einem Mann stand, der ihm den Weg versperrte. Skamper wollte vorbeigehen, nahm das Gesicht nur unbewusst wahr, doch dann ließ ihn etwas stehen bleiben.

Der Mann blickte ihn direkt an. Das Gesicht wirkte wie eine wüste Knochenlandschaft. Ein hervorstehendes Auge glotzte ihn an, in der Augenhöhle daneben steckte ein Glausauge, in dem sich der schwache Schein der Straßenlaterne spiegelte.

So zerstört das Gesicht war, es gab für Skamper keinen Zweifel, vor ihm stand der totgeglaubte Boretzky.

Die Kapuzenjacke, aus der ihm das Gesicht anstarrte, wirkte alt und zerschlissen und passte nicht zu dem Fanatiker im Anzug, den er in Erinnerung hatte. Die Jeanshose hatte Flecken und Risse und die Schuhe waren grau und schmutzig. Skamper erinnerte sich an die blankgewichsten Schuhe bei Boretzkys erstem Auftritt.

Die Begegnung war so überraschend, dass Skamper einen Moment bewegunglos dastand.

Das zerfurchte Gesicht starrte ihn an. War das wirklich Boretzky? Wie hatte er es geschafft, das Höhlensystem zu verlassen?

Skamper trat einen Schritt zurück, als wollte er einen Bann aufheben.

Der Mann blieb still, Skamper ergriff ein Schauer, der Hass, den er gegen Boretzky gehegt hatte, gegen den Mörder seines Freundes, war in den letzten Wochen dumpf geworden, aber jetzt spürte er ihn wieder. Er wollte etwas sagen, als der Mann sich umdrehte und weghumpelte. Dabei hielt er den Arm krampfhaft an der Seite. Skamper zögerte einen Moment, dann war der Mann schon um eine Ecke verschwunden.

»Boretzky«, schrie er. Aber sein Rufen verhallte. Skamper lief zu der Ecke und sah von weitem einen Schatten, den der Nebel verschluckte.

September 1944

Fischer erwachte aus seinem Dämmerzustand. Er öffnete die Augen. Sie war da. Im Halbdunkel schien ihr Gesicht zu leuchten.

Sie stand reglos im Raum und Fischer wollte sich aufrichten, sie begrüßen und ihr sagen, wie glücklich er war. Doch etwas presste ihn auf das Laken und machte es ihm unmöglich zu sprechen.

Sie kam zu ihm, setzte sich auf den Stuhl neben dem Bett und lächelte. »Ich wollte eher kommen, aber es ging nicht.«

Er nickte, etwas drückte ihm den Hals zu. Er wollte erzählen, von der Lanze und dass alles gut war, jetzt, wo sie gekommen war. Aber er brauchte nichts zu sagen. Sie war hier.

»Ich habe immer an dich gedacht«, sagte sie und Freude erfüllte ihn.

»Ich liebe dich.« In ihren Augen las er diese Worte und in den Bewegungen ihrer Hände. »Ich wollte dir schon früher sagen, dass ich dich liebe und dass alles gut wird.«

Er atmete schwer. Das ist das Glück, dachte er, ich muss es festhalten, ich darf es nie mehr verlieren.

Sie stand auf und wandte sich zur Tür.

Geh nicht weg, dachte er. Geh bitte nie wieder weg. Sie drehte sich um.

»Ich komme wieder. Wenn alles vorbei ist, komme ich wieder, glaube mir.« Sie lächelte. Er hob die Hand, er wollte etwas sagen, die Worte formten sich in seinem Mund, doch es kam nichts heraus.

Noch einmal kam sie zurück. Sie beugte sich über ihn und küsste ihn. Er spürte ihre Lippen auf den seinen und schloss die Augen. Als er sie wieder öffnete, war sie verschwunden.

Fischer erwachte nach einem schweren Schlaf. Er blickte auf die Wand vor ihm. Warum hatten sie ihn oben auf dem Hügel nicht getötet? Er musste wieder an Eva denken, der Geruch ihrer Haare schien noch in der Luft zu hängen.

September 2012

Skamper saß vor seinem Schreibtisch. Darauf lag die Zeichnung, die er im Fitnesscenter gefunden hatte, und eine Karte der Umgebung. Er hatte sich einen Kaffee gemacht. Er trank, wartete einen Augenblick. Die Antwort auf alle Fragen ist hier, dachte er. Ich muss nur das Puzzle zusammensetzen. Er studierte die Karte. Wo er in der Landschaft die Ziffern und das Dreieck gesehen hatte, hatte er Punkte eingezeichnet. Auch der Ort, an dem sie die leere Kultstätte entdeckt hatten, war mit einem Punkt markiert.

Er war mehr und mehr davon überzeugt, dass stimmte, was er Arabella gesagt hatte. Schäffler und seine Gruppe waren nicht fertig geworden, die Kultstätte war eine Ruine, Zeugnis eines wahnsinnigen Plans.

Was zu dem vorzeitigen Abbruch des Baus geführt hatte, konnte man nur vermuten. Sehr wahrscheinlich hatten die vorrückenden Alliierten die Fortsetzung des Baus unmöglich gemacht, vielleicht hatte es auch einen Luftangriff gegeben, der wichtiges Baumaterial zerstört hatte. Alles war möglich.

Nicht weit von der Kultstätte war das Konzentrationslager Hersbruck. In den letzten Jahren des Zweiten Weltkriegs hatten die Nazis geplant, wichtige Rüstungsfabriken in den Untergrund zu verlegen. In ganz Deutschland hatten geheime Bauarbeiten begonnen. In der Nähe von Hersbruck hatten Zwangsarbeiter an einem Projekt gearbeitet, das zum Ziel hatte, ein unterirdisches Stollensystem für die Rüstungsfabrik Dengler zu bauen. So sollte die Fabrik vor den Bombenangriffen der Alliierten geschützt werden. Im Schutz dieses Projekts musste Schäffler den Bau seiner Kultstätte vorangetrieben haben. Er hatte dabei sicherlich auch Gefangene aus dem Hersbrucker Lager eingesetzt.

Skamper dachte an die Geschehnisse in der Höhle, als Arabella und er mit knapper Not dem Tod entkommen waren. Wer war die geheimnisvolle Gestalt gewesen, auf die Boretzky gefeuert hatte? Und wie war es zu den Explosionen gekommen?

Er hatte über diese Fragen nachgedacht, hatte aber keine eindeutigen Antworten gefunden. Vielleicht hatte es in der Nazi-Sekte »Schwarze Sonne« noch Mitwisser gegeben, die ihnen gefolgt waren. Feinde von Boretzky oder Einzelgänger. Er konnte nur Mutmaßungen anstellen.

Die Explosionen, die zu dem Einsturz des Höhlensystems geführt hatten, könnten raffinierte Fallen gewesen sein, die Schäffler damals angelegt hatte, um die Schätze zu schützen. Zeitzünder, die angefangen hatten zu ticken, sobald Boretzky den Schalter auf der Plattform gedrückt hatte. Das war eine plausible Erklärung. Doch die Fallen hatten nur eine Ruine geschützt.

Skamper lehnte sich zurück und schloss die Augen. Er war müde. In der Nacht hatte er wieder geträumt. Von dem Mann unter dem Kreuz. Graue Schatten in Uniformen hatten ihn geprügelt. Die Träume bedeuteten etwas, sie hatten mit der Lanze zu tun, die er in Händen gehalten hatte. Er musste nur herausfinden, was sie bedeuteten, wer der Mann unter dem Kreuz in der Nebellandschaft war.

Er wandte sich der Zeichnung zu, die die Kräuter-Anna im Fitnesscenter zurückgelassen hatte. Was hatte sie bei ihrer Begegnung im Wald gesagt? Bist du der, der die Zeichen versteht? Vielleicht waren mit den Zeichen die Ziffern in der Landschaft gemeint?

Er hatte Anna nicht mehr gesehen seit ihrem Besuch im Fitnesscenter. Er war sich sicher, dass sie es gewesen war, der er dort begegnet war. Es war keine Halluzination gewesen. Er musste sie wiederfinden, aber das war einfacher gesagt als getan.

Bei seinen letzten Ausflügen hatte er sich nach ihr erkundigt. Doch sie war wie vom Erdboden verschluckt. Die Frau im Wirtshaus hatte nur die Schultern gezuckt, als er nach ihr gefragt hatte.

Er kam nicht weiter und er hatte das Gefühl, dass Anna wusste, dass er sie suchte, dass sie in der Nähe war bei seinen Streifzügen.

Skamper blickte lange auf die Zeichnung. Und wenn das alles nichts bedeutete? Er schob den Gedanken beiseite, er durfte nicht zweifeln, es gab einen Sinn, er musste ihn nur finden.

Vielleicht war die Zeichnung ein Bild von ihrem ersten Zusammentreffen. Ein Mann und eine Frau, die Sonne hatte geschienen und der Berg war in ihrem Rücken gewesen. Aber etwas war anders gewesen. Skamper sah sich das Bild genau an, kam aber nicht darauf.

Dann nahm er wieder die Landkarte in die Hand. Fünf Zahlen hatte er in der Landschaft entdeckt. Und ein Dreieck. Er hatte sie verbunden, aber das Muster ergab keinen Sinn. Er hatte ja auch keine Ahnung, in welcher Reihenfolge die Ziffern und das Dreieck zu lesen waren. Vielleicht hatte er auch noch nicht alle Ziffern entdeckt. Er hatte recherchiert. Einen ganzen Tag hatte er in der Nürnberger Stadtbibliothek verbracht, hatte Bücher gewälzt. Er hatte gelesen, dass es im Osten Nazi-Symbole in der Landschaft gab. Jahrelang waren sie unentdeckt geblieben, bis die Presse davon Wind bekam. Man vermutete, dass Förster der Nazis die Bäume während des Zweiten Weltkriegs gepflanzt hatten. Vielleicht hatte es den Auftrag gegeben, auch im Wald um Hersbruck Nazi-Symbole anzulegen. Aber der, den man beauftragt hatte, hatte stattdessen Ziffern und ein Dreieck gepflanzt. Aber warum?

Skamper lehnte sich zurück. Er schloss die Augen und wartete. Er kam nicht weiter. Nur in einem war er sich sicher. Die Pflanzungen mussten eine Bedeutung haben.

Als er die Bibliothek verließ, hatte es einen Moment gegeben, in dem er sich sicher war, dass er die Lösung gefunden hatte. In den vielen Büchern, in denen er gelesen hatte, hatte es einen Hinweis gegeben. Doch sein Gefühl war wieder verschwunden.

Vielleicht waren die Ziffern Koordinaten? Skamper gab die Zahlen bei Google Maps ein, aber sie führten ihn nach Afrika oder in die Antarktis.

Wenn sich die Zahlen nicht auf Orte bezogen, worauf dann? Für einen geheimen Code war die Zahl zu kurz. Und wenn es sich wie eine Telefonnummer auf einen Menschen bezog? Sein Herz begann zu klopfen, als ob sein Unterbewusstsein etwas wüsste. Wieder fiel ihm sein Recherchetag in der Bibliothek ein. Er hatte die Lösung gehabt, er musste sie nur wiederfinden. Er legte die Karte beiseite und wandte sich wieder der Zeichnung zu. Dann entdeckte er etwas. Etwas, das ihm bisher nicht aufgefallen war.

September 1944

»Schäffler ist tot.« Die Krankenschwester flüsterte die Worte, als sie ihm mittags Suppe brachte. Fischer war aus seinem Dämmerschlaf aufgewacht. Er öffnete die Augen, blickte die Krankenschwester an. Doch sie erwiderte den Blick nicht.

Hatte er sich getäuscht? Doch dann wiederholte die Krankenschwester die Worte: »Schäffler ist tot.«

Bevor er etwas sagen konnte, war sie aus dem Raum gegangen. Er richtete sich auf. Die Schmerzen spürte er nicht mehr. Schäffler ist tot. Schäffler war krank gewesen, Fischer hatte sich bei ihrem letzten Zusammentreffen oft gefragt, wie lange Schäffler noch durchhalten würde. Doch Schäffler war für ihre Gruppe wie ein Heiliger gewesen, ein Seher, für den die Vergänglichkeit nicht galt.

Fischer brauchte Zeit, um die ganze Tragweite der Nachricht zu verstehen. Schäffler war der Einzige gewesen, der gewusst hatte, wohin Fischer die Lanze und Schätze gebracht hatte. Jetzt war er allein mit seinem Wissen. Wenn er starb, würde die Lanze unentdeckt in der Höhle bleiben. Dann fiel sie auch nicht in die Hände der Nazis.

Schon fünf Tage lag er in der Zelle und wartete. Die Tage verbrachte er in einem Zustand des dämmernden Wartens. Die Krankenschwester brachte ihm Essen, eine Suppe mittags, etwas Brot morgens und abends. Sie hatte seine Wunden verbunden, doch manchmal brachen sie auf und färbten den schmutzigen Verband tiefrot.

Eva war nicht mehr gekommen, obwohl er sich so gewünscht hatte, sie noch einmal zu sehen. Das Fieber schwächte ihn. Jeden Tag spürte er, wie das Leben aus seinem Körper wich. Doch nach den Worten der Krankenschwester hatte er Hoffnung gespürt. Vielleicht war der Tod Schäfflers seine Rettung. Sie hatten ihn auf dem Hügel nicht getötet, vielleicht hatte das einen Grund.

Es ging ihm besser nach dem Essen und Fischer begann zu glauben, dass alles gut werden konnte. Er brauchte nur Zeit, um sich zu erholen und wieder zu Kräften zu kommen. Doch am Nachmittag kamen sie. Die Tür öffnete sich und er sah schwarze Stiefel, hob den Kopf und erkannte Schulz und Müller. Ihre Gesichter waren bleich. Sie sprachen kein Wort, traten zu ihm, zerrten ihn von der Liege und fassten ihn unter den Achseln. Sie schleppten ihn aus dem Zimmer und Fischer ließ sich ziehen, er war zu schwach, um sich gegen sie zu wehren.

Draußen war die Luft kalt, aber die Sonne schien. Er hatte sie tagelang nicht gesehen und das helle Licht schmerzte in den Augen.

Sie brachten ihn zu einem Lastwagen, hoben ihn auf die Ladefläche und er kroch nach innen, wo andere Männer lagen. Ein scharfer Geruch nach Erbrochenem und Fäkalien stieg ihm in die Nase und sein Magen krampfte sich zusammen. Neben ihm lag ein Mann, dessen Hand nur noch ein Stumpf war. Auf der anderen Seite hielt sich jemand krampfhaft an seinem Arm fest. Fischer wollte die Hände abschütteln, aber er war zu schwach. Dann fuhr der Wagen an und er schloss die Augen. Etwas in ihm schrie, dass er aussteigen musste. Doch er konnte nicht mehr. Alles, was geschah, musste geschehen.

Nach etwa einer halben Stunde hielt der Wagen und er hörte barsche Rufe von hinten. Es gab keine Plane, nur einen Mann mit Gewehr, der ganz vorne saß und sie bewachte. Sie mussten die Ladefläche verlassen und er fiel zu Boden, wurde hochgezogen und von anderen mitgezogen. Sie liefen einen Feldweg entlang und dann fiel er wieder. Er lag auf dem Boden. Für einen Augenblick schenkte man ihm eine Atempause und dann sah er ihr Gesicht und über ihr die Wolken am Himmel.

»Ich kann nicht mehr beten«, sagte er.

»Mach dir keine Sorgen, alles wird gut. Du wirst bald bei mir sein.«

»Ich wollte dir noch etwas sagen.« Er musste husten. Er blickte sie an und bemerkte, dass ihre Haare weiß waren. Das Gesicht war bleich und mager und verzerrt wie von einem großen Schmerz.

»Was ist mit dir?«

Sie schüttelte nur den Kopf.

»Schäffler hat gesagt, dass du tot bist. Eva ist tot und du weißt es, hat er gesagt. Du warst auf der Liste, ich habe deinen Namen gesehen.«

Sie antwortete nicht, aber die Knochen im Gesicht traten stärker hervor, die Haut wurde durchsichtig.

»Mach dir keine Sorgen«, sagte sie. »Es wird alles gut.« Dann wurde das Bild undeutlich, die einzelnen Teile lösten sich auf, verschwanden und was blieb, war eine Wolke am Himmel.

Hände ergriffen Fischer, hoben ihn hoch, schleiften ihn zu einem Graben, in dem schon Männer standen. Man warf ihn hinein.

Fischer lag auf Lehm, die feuchte Erde drang in seinen ausgemergelten Körper. Er versuchte aufzustehen, aber seine Kraft reichte nur, um seinen Oberkörper aufzurichten. Er sah nach oben, sah Männer um sich stehen, sein Blick traf auf knochige, bleiche Gesichter. Am Rand der Grube standen Soldaten mit erhobenen Gewehren. Wieder versuchte er aufzustehen, aber es ging nicht und niemand half ihm. Dann schossen die Soldaten.

Die Schüsse knallten in den Ohren und die Männer um ihn sackten auf den Boden und einer fiel auf ihn und begrub ihn und

Fischer sah nichts mehr, nicht mehr den Himmel, nicht mehr die Grube und die Männer. Nur einen Leib über sich, der ihn am Boden hielt und ihn schützte vor den Geschossen. Das Schießen wollte nicht aufhören, die Schatten mit ihren Gewehren feuerten und die Grube begann zu stinken nach Tod und Angst. Sein Atem war flach. Er glaubte zu ersticken. Er wartete, dann war ein scharfer Schmerz an seinem Bein und es war vorbei.

September 2012

Sonntagvormittag. Auf der Autobahn Richtung Bayreuth war kaum etwas los. Skamper schaltete das Radio an, eine viel zu aufgekratzte Radiostimme faselte etwas davon, wie toll das Wetter sei und dass man heute unbedingt ins Freie fahren müsste. Skamper wechselte den Sender. Ein langsamer Rocksong ertönte, »Working Man« von Bruce Springsteen. Skamper summte die Melodie mit.

Neben ihm saß Arabella, sie hatte die Augen geschlossen. Es war das erste Mal seit Wochen, dass er bei seinen Ausflügen nicht allein war. Als er Arabella gefragt hatte, ob sie mitkommen wolle, hatte sie nur kurz gezögert und dann ja gesagt.

Der kleine Parkplatz in der Nähe von Happurg war leer, keine Autos, die Masse der Ausflügler würde später kommen. Skamper parkte und sie stiegen aus. Schweigend liefen sie los. Arabella hatte ihn nicht gefragt, wohin es gehen würde. Sie folgte ihm schweigend.

Skamper ging exakt den Weg, den er mit Brand gegangen war, bevor dieser ihn niedergeschlagen hatte. Er wusste nicht, woran es lag, aber schon nach wenigen Schritten war ihm, als ob sein Erinnerungsvermögen geschärft sei. Seine Sinne schienen überwach, auf einmal erinnerte er sich an Details, die er vergessen hatte.

Als sie an die Stelle kamen, an der Brand ihn angegriffen hatte, blieben sie stehen.

»Machen wir eine Pause?«, fragte Arabella.

Skamper schüttelte den Kopf. »Hier nicht. Lass uns noch ein bisschen weitergehen. Siehst du den kleinen Hügel dort?«

Arabella nickte.

»Lass uns dorthin gehen. Es ist nicht weit.«

Auf dem Hügel setzten sie sich auf Baumstämme. Arabella holte in Alufolie eingepackte, belegte Brötchen aus ihrem Rucksack und reichte ihm eines davon. Sie hatten außerdem Wasser und Obst dabei. Arabella nahm sich einen Apfel und biss davon ab.

»Diesen Abhang bin ich hinuntergefallen.« Skamper zeigte mit der Hand auf die Böschung, die nach unten abfiel. »Dann muss ich weiter gelaufen sein, bis zu dem Waldrand.«

Sie hatten von hier einen guten Ausblick.

»Ich bin in den Wald. Und was dann passiert ist, weiß ich nicht mehr genau. Ich lag irgendwo am Waldrand, daran erinnere ich mich wieder.«

»Du bist doch sicher schon sehr oft hier gewesen?«

»Ja.«

»Und warum wolltest du, dass ich heute mitkomme?«

Skamper antwortete nicht, er holte aus seiner Jackentasche die Zeichnung, die er im Fitnesscenter gefunden hatte, und legte sie auf den Boden. Arabella beugte sich darüber.

»Ich bin sicher, dass sie von der Kräuter-Anna ist. Sie will mir damit irgendetwas sagen. Zuerst habe ich gedacht, dass sie unsere Begegnung gemalt hat. Damals war ein sonniger Tag und der Hügel dahinten, den hat sie hier gezeichnet. Die Sonne stand über dem Hügel und da sind die Bäume, wo ich sie gesehen habe. Und da ist die Vier. Die Vier ist nur ein paar Meter weit weg. Es stimmt genau. Aber etwas ist anders.«

»Was?«

»Dieser Busch hier.« Er deutete auf die skizzierte Pflanze auf der rechten Seite des Bildes. »Er ist irgendwie anders gezeichnet, deutlicher. Er hat eine seltsame Form, ich erinnere mich an diesen Busch, ich habe seine Blüten gerochen, als ich aufgewacht bin, ein starker Geruch. Aber der Busch auf dem Bild hat keine Blüten.«

»Und was hat das zu bedeuten?«

»Diese Pflanze blüht nur kurz. Im Mai ist es vorbei. Ich glaube, dass dieses Bild so etwas wie die Einladung zu einem Treffen ist, mit

Termin und Ort. Der Ort ist hier, vor dem Hügel. Und die Zeit ist, wenn die Pflanze keine Blüten mehr treibt, im Herbst, wenn die Sonne über dem Berg ist.«

»Dann bist du hier, um diese Frau zu treffen.«

»Wenn mir jemand weiterhelfen kann, dann sie.«

»Aber das beantwortet immer noch nicht meine Frage, warum du wolltest, dass ich mitkomme.«

»Ich weiß, dass das alles verrückt klingt. Was andere Leute sagen, ist mir egal. Ob man mich für völlig durchgedreht hält, das ist nicht wichtig. Aber wichtig ist, dass du mir glaubst.«

Arabella aß von ihrem Brot. Dann legte sie es zurück in den Korb. »Gehen wir weiter«, sagte sie dann.

Eine halbe Stunde warteten sie schon in der Nähe des Busches. Die Sonne hing über dem Berg, doch dann änderte sich das Wetter. Wind kam auf, die dunklen Wolken sammelten sich am Himmel wie eine Armee vor der Schlacht. Neben dem Rauschen der Bäume, das jetzt stärker wurde, hörte Skamper plötzlich noch etwas anderes. Ein Singsang, eine Frau sang ein Lied, ein Kinderlied, Er blickte kurz zu Arabella.

»Das ist sie«, sagte er.

Der Gesang war kurz verstummt, wurde wieder lauter.

Skamper und Arabella warteten. Dann erschien die Kräuter-Anna auf einem Hügel, nicht weit von ihnen. Sie trug das rote an den Rändern zerrissene Kleid, das sie auch angehabt hatte, als Skamper ihr das erste Mal begegnet war. Trotz des kühlen Windes hatte sie keine Jacke an. Sie hatte Skamper und Arabella bemerkt, blieb einen Moment stumm stehen. Dann kam sie auf die beiden zu. Erstaunlich flink und schnell bewegte sie sich durch die Büsche.

Ein Waldgeist, entsprungen einer Märchenwelt, in der es noch Kobolde und Riesen gab, dachte Skamper. Einige Meter vor ihm blieb sie stehen.

»Bist du der, der die Zeichen versteht?« Ihre Stimme klang ruhig und fest.

Skamper zögerte nur kurz, bevor er antwortete: »Ja, der bin ich.«

Die Kräuter-Anna starrte vor sich hin. Dann nickte sie auf einmal heftig. Unvermittelt wandte sie sich dem Wald hinter sich zu und lief los. Nach ein paar Metern drehte sie sich um, machte eine heftige Handbewegung, die Skamper und Arabella aufforderte, ihr nachzukommen. Die beiden folgten ihr. Sie führte sie durch ein Waldstück, dann weiter quer über eine Wiese, nach Norden zu.

Es ging einen schmalen Weg bergab, sie kamen zu einem Felsen und die Frau bog schnell nach links ab und war dann verschwunden. Skamper und Arabella blieben verblüfft stehen. Wo war die Frau hin? Hier ging es doch nicht weiter. Als Skamper auf den Felsen zuging, sah er eine kleine Spalte, geschickt hinter Büschen versteckt. Er zwängte sich durch und stand auf einmal in einem Gang, der geradewegs in einen Stollen führte. Arabella war ihm gefolgt, sie gingen weiter. Der Gang neigte sich, wurde tiefer, sodass sie sich bücken mussten. Einige Meter liefen sie gebückt, bevor sie wieder stehen konnten. Die Frau war hinter einer Biegung verschwunden, die beiden folgten ihr.und blieben überrascht stehen.

Stumm betrachteten sie die Szenerie vor ihnen. Sie standen am Eingang zu einem Raum, der etwa fünfzehn Quadratmeter groß und viereckig war. Der Boden war aus schwarzer Erde und glatt getreten. Auf der linken Seite gab es eine Schlafstätte. Eine graue Matratze lag auf dem Boden, daneben Bücher, Kleider und altes Geschirr. Überall gab es kleine Teelichter, deren Licht Schatten auf die Wände malte. Doch das nahmen Skamper und Arabella nicht wahr. Sie starrten auf den Toten, der an der Rückwand des Raums aufgebahrt war.

Ein Skelett lag da auf einer länglichen Kiste aus Holz. Der Kopf wirkte künstlich, es sah aus, als hätte jemand versucht, mit Wachs das Gesicht wiederherzustellen. Auf der Oberfläche waren die Augen aufgemalt und das Antlitz erinnerte an den zerstörten Kopf einer Schaufensterpuppe. Der Körper steckte in einem alten grauen Mantel, der mit Flicken ausgebessert worden war, wo der Stoff zerrissen und ausgebleicht war.

Skamper konnte den Blick nicht von dem Gesicht lösen, von den aufgemalten Augen. Der Totenkopf wirkte, als hätte man das Grauen des Todes aus den Zügen ausradiert.

Die Kräuter-Anna hatte sich auf eine Decke in eine Ecke gesetzt. Arabella und Skamper beachtete sie nicht mehr. Sie wiegte sich mit dem Oberkörper nach vorne und hinten, begann wieder mit ihrem Singsang, der hier in der Höhle hohl und gespenstisch klang.

Skamper löste sich aus seiner Erstarrung, ging ein paar Schritte zu der Matratze. Die kleine Schlafecke wirkte penibel aufgeräumt. Neben einem alten Kopfkissen lag ein Buch in schwarzem Einband, er tippte auf die Bibel. Der Schlafsack auf der Matratze war zusammengerollt, eine kleine umgedrehte Obstkiste diente als Nachttisch. Darauf waren eine fast abgebrannte Kerze und ein Messer.

Auf einmal schien die Alte aus ihrem Singsang zu erwachen. Sie kroch in eine Ecke, holte etwas aus einer grauen Jutetasche. Dann stand sie auf und kam auf ihn zu. In der Hand hatte sie einen Brief. Sie reichte ihn Skamper. Ohne ein Wort.

Er streckte langsam seine Hand aus und nahm den Brief aus ihrer Hand. »Ist er für mich?«, fragte er.

Die Frau nickte, dann ging sie zurück an ihren Platz, setzte sich, nahm ihren Singsang wieder auf. Skamper bewegte sich zu ihr, kniete sich. Mit der Hand wischte er vor ihrem Gesicht, aber sie reagierte nicht, ihre Augen waren starr. Sie war weit weg.

Er blickte auf den Brief in seiner Hand. In altdeutscher, fast verwitterter Schrift war nur ein Name auf den Umschlag geschrieben: Eva. Die Schrift war leicht verblasst. Skamper drehte den Brief, die Rückseite war leer. Das Papier fühlte sich mehlig an.

Er wandte sich um. Arabella stand in einer Ecke der Höhle vor einer Wand mit Zeichnungen. Skamper trat näher. Es handelte sich um drei Bilder, ähnlich krakelig wie die Zeichnung, die Anna im Fitnesscenter zurückgelassen hatte.

»Das muss mit dem toten Mann zu tun haben«, flüsterte Arabella. Sie zeigte auf das erste Bild. »Da sind Männer in einer Grube und über ihnen sind Soldaten mit Gewehren.« Sie zeigte weiter auf das zweite Bild. Die Männer in der Grube lagen tot übereinander, die Soldaten waren verschwunden, aber ein Mann schien zu leben, eine Strichfigur kletterte die Grube hoch. Dann sah man ein kleines Mädchen im weißen Kleid und dahinter die Strichfigur, die dem Mädchen folgte.

»Lass uns gehen«, sagte Skamper zu Arabella.

Arabella nickte. Sie blickte noch einmal zur Kräuter-Anna, die regungslos auf ihrer Decke saß, mit dem Singen aufgehört hatte und vor sich hinstarrte.

»Und die Frau, wir können sie hier nicht zurücklassen.«

»Wir können nichts tun«, sagte er. »Lass uns gehen.«

Skamper drehte sich um, Arabella blieb noch einen Moment stehen. Die Kräuter-Anna bewegte sich wieder rhythmisch vor und zurück, während sie wieder ihr Lied summte. »Yesterday« von den Beatles. Dass Skamper und Arabella die Höhle verließen, bemerkte sie nicht.

Auf dem Weg von der Höhle zum Auto sagte niemand ein Wort. Arabella sah sich manchmal um, als wollte sie zurück, aber Skamper schüttelte nur den Kopf.

September 1944

Es war noch nicht vorbei. Fischer glaubte Stimmen zu hören, etwas drückte auf seine Brust, an der Seite spürte er einen Stich, als würde sich ein Messer darin befinden.

Er öffnete die Augen. Es war still. Um ihn herum lagen Männer. Sie waren tot.

Wo waren die Schatten, die geschossen hatten? Er blickte nach oben zum Rand der Grube. Er sah keine Schatten mehr. Er lebte, die Erkenntnis war wie ein Lichtstrahl in unendlicher Finsternis. Er versuchte sich zu befreien, den Körper, der auf ihm lag wegzuschieben, doch das gelang ihm nicht.

Für einen Moment schloss er die Augen, sammelte sich und dann konnte er sich Zentimeter um Zentimeter bewegen und er kroch hervor aus den Körpern, die den Boden der Grube bildeten.

Er schaffte es bis an den Rand, wo er anfing, nach oben zu klettern. Er hielt sich an Wurzeln fest, die aus der Erde ragten, bis er oben ankam, auf dem Boden neben der Grube lag und nach Luft japste.

Er durfte hier nicht bleiben, sie würden kommen. Sie mussten die Grube schließen und versiegeln, eine Decke des Vergessens über die Toten legen, dass auch das Verbrechen vergessen sein würde, das hier stattgefunden hatte. Er musste weg von hier.

Neue Kraft durchströmte seinen Körper. Er rappelte sich hoch, spürte einen brennenden Schmerz im Knie, doch er ging weiter. Die Schatten mit den Gewehren konnten jeden Augenblick zurückkehren, nur wenn er den Wald erreichte, war er in Sicherheit.

Noch ein paar Meter, er stolperte und fiel auf den Boden. Bleib liegen, sagte etwas in ihm, bleib einfach liegen, aber er stand auf und humpelte weiter. Dann spürte er Moos unter den Füßen, roch den modrigen Gestank des Waldes. Es war noch nicht vorbei. Er war nicht gestorben in der Grube wie die anderen. Er fiel zu Boden, blieb liegen. Er blickte nach oben zum Himmel, eine kalte Sonne schickte ihre Strahlen durch die Baumwipfel. Er wollte hier nicht sterben.

»Wach auf«, sagte eine Stimme. Er konnte sie hören, die Stimme eines Mädchens. Sie hatte ein weißes Kleid an, ein Mädchen mit langen Locken. Er starrte sie an wie einen Traum.

»Wach auf«, sagte sie noch einmal, als wenn sie wüsste, dass er immer noch schlief und mit offenen Augen träumte. »Du musst weg von hier«, sagte das Mädchen.

Fischer atmete tief ein. Dann stand er auf, langsam, blieb stehen, als wollte er testen, ob seine Beine und sein Wille ihn noch trugen. Er sah zu dem Mädchen und es nickte und dann lief es voraus, ohne ein Wort zu sagen, und er folgte ihm.

September 2012

Skamper und Arabella saßen schweigend am Küchentisch. Sie hatten Kaffee gemacht, aber Skamper hatte seine Tasse nicht angerührt.

Auf dem Tisch lag der Brief, den er von der Kräuter-Anna erhalten hatte.

Sie hatten auch auf der Autofahrt zurück nicht über die Geschehnisse gesprochen. Skamper umfasste seine Kaffeetasse mit beiden Händen.

»Die Höhle war ganz in der Nähe der Kultstätte«, sagte er.

»Und was willst du damit sagen?«

»Dieses Phantom in der Kultstätte, auf das Boretzky geschossen hat.«

Arabella überlegte. »Du glaubst, das war die Kräuter-Anna.«

»Ich bin mir sicher«, erwiderte er. »Der Soldat, diese Mumie, wer weiß, wie lange die schon da liegt. Wahrscheinlich ist die Kräuter-Anna so etwas wie seine Wächterin. Sie beschützt ihn, wir sind in der Kultstätte einfach zu nahe an ihr Versteck gekommen.«

»Und warum hat sie uns diesmal zu ihm gelassen?«

»Keine Ahnung, vielleicht weil ich der bin, der die Zeichen versteht.«

»Und deswegen hat sie dir auch den Brief gegeben.«

»Genau«, bestätigte Skamper. Er nahm den Brief in die Hand. Er drehte ihn, dann öffnete er ihn vorsichtig und zog ein Papier heraus.

»Lies vor«, sagte Arabella.

Er räusperte sich, dann fing er an zu lesen.

... Ich spüre, wie es zu Ende geht. Es ist ein Moment der Ruhe, ein Moment, in dem meine Sinne klar sind.

Schäffler ist tot und das große Werk, das er geplant hat, ist unvollendet. Doch die Legende, die er in die Welt gesetzt hat, lebt weiter.

Diese Legende darf sich nicht erfüllen. Die Lanze hat immer noch Macht. Ich spüre sie, selbst hier, wo ich nicht in ihrer Nähe bin.

Sie darf nicht in die falschen Hände fallen.

Ich habe Zeichen hinterlassen. Ich glaube daran, dass einer sie zu deuten vermag. Einer, der die Geschichten unserer Heiligen Schrift kennt.

Er wird die Lanze finden. Und von ihr berührt werden, so wie ich berührt wurde. Und er wird sehend werden.

Ich kann dir nicht offen schreiben, ich habe Angst, dass dieser Brief den Falschen in die Hände fällt.

Denke an unsere Spaziergänge. Die Lanze ist dort, wo eine Mutter klagt und weint.

Du wirst die Worte verstehen.

In Liebe
Richard

Skamper starrte auf die Worte. Seine Hände zitterten. Etwas durchfuhr ihn, das er nicht beschreiben konnte. Er musste an den Moment denken, als er in der Höhle gewesen war, als er die Lanze in Händen gehalten hatte und etwas mit ihm geschehen war. Jetzt war er sich sicher, dass seine Erlebnisse damals kein Traum gewesen waren. Das Bild stand klar vor seinen Augen, es war, als hätte es mit der Zeit an Kraft gewonnen.

»Das muss der SS-Mann sein, von dem in dem Protokoll die Rede war.« Er stand auf, lief unruhig durch den Raum.

»Was für ein Protokoll?«, fragte Arabella.

»Brand hat mir damals ein Protokoll gezeigt. Man hat Gefangene in den Gefängnissen der Alliierten abgehört. Hochrangige NS-Leute, die davon erzählt haben, dass Männer der SS kurz vor der Entdeckung der Lanze durch die Alliierten diese ausgetauscht und weggebracht haben. Man hat das immer für ein Gerücht gehalten, aber es ist wahr. Das Skelett in der Höhle der Kräuter-Anna muss dieser SS-Mann gewesen sein. Er hat sie versteckt.«

Skamper blieb abrupt stehen, ging zum Tisch, nahm den Brief in die Hand. »Die Lanze ist dort, wo eine Mutter klagt und weint.«

Er hatte keine Idee, was es mit diesen Worten auf sich hatte. Er setzte sich zurück an den Tisch, hatte den Brief immer noch in der Hand. Er drehte ihn noch einmal um, die Rückseite schien leer zu sein. Dann entdeckte Skamper etwas. »Da ist die Zahl«, flüsterte er. »Da ist die Zahl.«

Die Schrift war verblasst, kaum lesbar. Aber es gab keinen Zweifel.

»28195 «, las er vor. »Und daneben ist ein kleines Dreieck gezeichnet. Das ist das Dreieck und die Ziffern, die ich im Wald gefunden habe.« Er hielt den Brief in der Hand, mit so festem Griff, dass das Blut aus seinen Fingern wich. »Aber was bedeutet das? Was bedeutet das?«

Er las den Brief noch einmal hastig durch. »Ich habe Zeichen hinterlassen. Ich glaube daran, dass einer sie zu deuten vermag. Einer, der die Geschichten unserer Heiligen Schrift kennt.«

Skamper war ratlos. Er starrte so lange auf die Buchstaben, dass sie begannen, sich aufzulösen und zu neckischen Strichfiguren zu werden, die ihn verlachten.

»Wir müssen systematisch vorgehen«, sagte Arabella.

Skampers Blick löste sich von dem Blatt. »Du hast recht. Ja, du hast recht.« Er versuchte seine Gedanken zu ordnen. »Wir sind ganz nah dran.« Er blickte Arabella eindringlich an. »Wir müssen herausfinden, um wen es sich bei dem Mann handelt. Wir wissen ziemlich viel über ihn. Was er war, wo er 1944 war, vielleicht gibt es Aufzeichnungen, er muss sich im Dunstfeld von Schäffler befunden haben. Vielleicht gehörte er zu dem Konzentrationslager in Hersbruck. Ich bin sicher, wir finden etwas.«

Drei Tage lang verbrachte er in der Bibliothek und abends recherchierte er im Internet. Es gab eine Fülle von Büchern über die Nazis in Nürnberg und Umgebung, aber es gab nichts, was ihm helfen konnte. Einen Tag war auch Arabella in der Bibliothek gewesen, sie hatten zu zweit in Büchern gelesen, später waren sie im Café gewesen, hatten draußen gesessen und den schönen Tag genossen, aber sie kamen nicht weiter.

Skamper hatte ein Buch vor sich liegen. Ein Band über das Konzentrationslager Hersbruck. Er konnte nicht mehr weiterlesen, er brauchte eine Pause. Er betrachtete die Fotos der ausgemergelten Häftlinge. Die Gesichter voll Hoffnungslosigkeit. Er wollte weiterblättern, als ihm etwas auffiel. Sein Herz klopfte überlaut. Schnell stand er auf. Er hatte gefunden, was er suchte.

September 1944

Er wusste nicht, wie lange er gelaufen war, sein Atem war schwer. Er hustete, Blut lief aus seiner Nase, malte dunkle Flecken auf den Moosboden. Auf einmal glaubte er das Geräusch eines Flugzeugs zu hören, es war ganz nah. Er blickte nach oben zum Himmel, aber da war nichts. Dann wurde das Geräusch schwächer.

»Geh weiter«, sagte das Mädchen. Ihre Stimme war fest und bestimmt. Sie ging weiter und er hatte Mühe, ihr zu folgen.

Das Mädchen verschwand auf einmal in dichtem Unterholz und er verlor sie aus den Augen, aber dann erschien sie wieder und wartete. Er blieb vor ihr stehen, atmete schwer. Sie legte den Finger auf die Lippen und zeigte mit der Hand auf ein Gebüsch vor einem Felsen. Langsam ging sie darauf zu, dann war es, als ob sie im Gebüsch verschwand und der Felsen dahinter sie verschluckte.

Fischer blickte starr auf die Szene. Wo war das Mädchen? Eben hatte er sie noch gesehen. Er ging auf das Gebüsch zu, weiter durch Sträucher, sah auf einmal ein Loch, vielleicht einen halben Meter groß. Er ging auf die Knie, dann kroch er auf allen vieren in die Dunkelheit.

Es war so dunkel, dass er glaubte, er sei blind geworden, aber irgendwo war ein Flackern, ein Licht. Er sah auf und dann erkannte er Umrisse, sie waren in einem Unterstand, vielleicht eine Höhle, vielleicht auch von Soldaten gegraben, um sich vor ankommenden Feinden zu schützen. Der Unterstand war mannshoch, er konnte gut stehen. Nach hinten führte er in einen Stollen.

Das Mädchen stand einige Meter vor ihm. Sie hatte eine Kerze in der Hand. Woher hatte sie die Kerze, fragte er sich und dann drehte sich das Mädchen um und lief weiter in den Stollen. Er folgte ihr und fragte sich nicht mehr, was das bedeutete und wohin ihn das Mädchen führen würde. Es war egal, sie war auf seiner Seite, die Lanze hatte sie geschickt, er ließ sie nicht im Stich. Die Vorsehung hatte ihn für Größeres bestimmt, dafür, die Lanze zu schützen.

Nach ein paar Minuten kamen sie in einen größeren Raum. Auf den Boden lagen alte Decken, die Umgebung wurde nur schwach von der Kerze des Mädchens beleuchtet. Fischer und das Mädchen waren riesige Schatten an der Wand. Er setzte sich auf eine der Decken und dann legte er sich hin. Endlich konnte er schlafen und er schloss die Augen. Eine Ruhe war auf einmal über ihm, die alle Töne verschluckte, auch sein Atmen und das Pochen seines Herzens.

September 2012

Der Mann blickte angestrengt durch seine Brille auf das Papier. Skamper beobachtete ihn gespannt. Sie saßen in einem kleinen Büro. Hinter dem Mann stand eine Regalwand, in der schwarze Akten aufgereiht waren. Skamper saß neben einem großen Fenster, das auf die Straße ging. Sie befanden sich im dritten Stock und wenn Skamper nach draußen blickte, konnte er auf der gegenüberliegenden Seite auf ein Café schauen. Es war ein sonniger Tag, die Leute saßen an kleinen Tischen und genossen das herrliche Wetter.

Der Mann, der Skamper gegenüber saß, hieß Alfred Sauerland und war ein kleiner, untersetzter Mann in den Vierzigern, der bedächtig und langsam sprach. Seine fleischigen Hände hielten den Brief und während er ihn las, strichen seine Finger über seinen gepflegten Oberlippenbart, der sich an den Enden kräuselte.

Als Sauerland fertig war, legte er das Papier auf den dunklen schweren Holztisch und lehnte sich zurück. Er sah Skamper lange und forschend an. »Haben Sie denn Nachforschungen zur Echtheit des Briefes angestellt?«

»Ich habe ihn von einem befreundeten Fachmann prüfen lassen. Er ist überzeugt, dass das Papier und der Umschlag mindestens fünfzig Jahre alt sind. Und auch die Tinte zeigt alle Merkmale, die für die 1940er und 1950er Jahre typisch sind.«

»Und wie sind Sie darauf gekommen, dass der Brief an meine Großmutter gerichtet ist?«

Skamper zögerte einen Moment. »Auf der Rückseite des Briefs ist eine Nummer.«

Sauerland nahm den Brief wieder in die Hand, drehte ihn. Skamper beugte sich vor und zeigte mit dem Finger auf die Stelle, auf der schon fast verblasst die Ziffern 28195 und ein rotes Dreieck zu sehen waren.

»Ich habe lange darüber nachgedacht, was diese Zahlen und das rote Dreieck bedeuten könnten. Bei Recherchen in der Stadtbibliothek bin ich auf Bilder aus dem Lager Hersbruck gestoßen. Jeder, der in das Lager kam, erhielt eine Nummer und das rote Dreieck kennzeichnete einen politischen Häftling. Das war auch in anderen Konzentrationslagern so. Ich wusste, wie schwer es ist, diese Nummern in den Konzentrationslagern einzusehen und sie Namen zuzuordnen. Die meisten Unterlagen wurden ja damals vernichtet. Aber ich hatte Glück. Vom Konzentrationslager Flossenbürg sind sogenannte Nummernbücher aus dem Jahr 1944 erhalten. Das dortige Informationsbüro erlaubte mir, diese Nummernbücher einzusehen. Darin fand ich die Nummer 28195 und dazu den Namen ›Eva Sauerland‹. Wann sie in das Lager eingeliefert wurde, ist nicht bekannt. Nur ihr Todestag: der 10. April 1944.«

Sauerland nickte mehrmals, wie um die Ausführungen Skampers zu bestätigen.

»Die Eva, an die der Brief gerichtet ist. Ist sie Ihre Großmutter Eva Sauerland?«

»Ja«, sagte Sauerland. »Ja, ich bin mir sehr sicher.«

Skamper atmete tief aus. Sauerland legte den Brief zurück auf den Tisch. »Darf ich noch einmal fragen, wie Sie an den Brief gekommen sind?«

»Es gibt in der Fränkischen Schweiz nahe Hersbruck eine alte Frau, die Einheimischen nennen sie Kräuter-Anna. Man erzählt, dass diese Anna am Ende des Zweiten Weltkriegs als Kind im

Wald verschwunden ist, für ein paar Tage. Niemand weiß, wo sie gewesen ist, aber sehr wahrscheinlich hatte sie Kontakt zu dem Mann, von dem der Brief stammt. Auf welche Weise sie ihn kennengelernt hat, darüber kann ich nur spekulieren.« Skamper zögerte, dann redete er weiter. »Ich bin oft in der Gegend zum Wandern und habe die Frau mehrmals gesehen. Sie hat mir das letzte Mal diesen Brief gegeben. Warum sie das gemacht hat, weiß ich nicht. Vielleicht hat sie ja Vertrauen zu mir gefasst.« Es war nicht ganz die Wahrheit, aber den toten SS-Mann in der Höhle wollte er nicht erwähnen.

Sauerland nickte wieder, nahm seine Brille ab, legte sie auf den Tisch. Sein Blick ging nach draußen. »Mit dieser Lanze in dem Brief ist die Heilige Lanze gemeint?«

»Ja.«

»Und Sie glauben, dieser Brief würde Hinweise auf ihr Versteck geben?« Sauerlands Stimme klang skeptisch.

»Es gibt eine Legende, dass die Lanze am Ende des Zweiten Weltkriegs vor ihrer Entdeckung ausgetauscht wurde«, erklärte Skamper. »Wie gesagt, eine Legende. Aber es gibt Indizien, dass etwas an der Geschichte dran sein könnte.«

Sauerland schwieg.

»Haben Sie eine Idee, wer dieser Richard ist?«, fragte Skamper.

»Richard Fischer. Der Mann heißt Richard Fischer.«

Skamper war überrascht. Sauerland hatte ohne Zögern geantwortet.

»Fischer war die erste und große Liebe meiner Großmutter. Sie waren verlobt, wollten heiraten.« Er machte eine Pause. »Aber dann kamen die Nazis an die Macht. Das war der große Einbruch. Es hat alles zerstört. Fischer schloss sich diesen Horden an und verließ meine Großmutter. Später heiratete sie meinen Großvater, der aber bald an die Front und sie zurücklassen musste, schwanger. Er starb in Russland, meine Großmutter kam ins KZ. Das Kind, meinen Vater, hatte sie retten können. Sie gab es zu Verwandten aufs Land.«

Sauerland wuchtete sich aus seinem Stuhl hoch. Ohne ein Wort zu sagen, ging er zur Tür und verließ das Zimmer. Skamper konnte durch die geöffnete Tür in eine Küche sehen. Auf dem Tisch stand ein Obstkorb, die roten Äpfel glänzten, als hätte man sie mit Leuchtfarbe angemalt.

Kurze Zeit später kam Sauerland wieder herein, in der Hand ein dickes Fotoalbum. Er setzte sich wieder auf seinen Stuhl, öffnete vorsichtig das große Album. »Es gibt ein Foto meiner Großmutter, auf dem auch Fischer abgebildet ist. Ich weiß nicht, warum mein Vater es nicht vernichtet hat, vielleicht hat er es auch einfach vergessen. Hier.«

Er schob den Fotoband über den Tisch zu Skamper, drehte ihn und Skamper blickte auf ein altes Schwarz-Weiß-Foto. Vier Menschen, alle in legerer Kleidung. Ein Sommertag. Die Frau in der Mitte fiel Skamper sofort auf. Ein offenes Lächeln, die Haare lang und lockig.

»Der Mann ganz rechts«, sagte Sauerland. »Das ist Richard Fischer.«

Skamper schluckte, als er den Mann auf dem Foto ins Auge fasste. Der Mann aus seinem Traum, der Mann unter dem Kreuz, der Mann, der geschlagen wurde, immer wieder. Er war jünger auf dem Bild, aber es gab keinen Zweifel. Skamper starrte auf das Foto, sein Mund war trocken.

»Ist etwas?«, fragte Sauerland.

Skamper schüttelte den Kopf. »Nichts, nichts.«

»Fischer lernte meine Großmutter während des Studiums kennen. Er studierte damals Forstwissenschaft, sie Kunstgeschichte. Fischer besuchte auch oft Vorlesungen in Kunstgeschichte und auf diese Weise kamen er und meine Großmutter sich näher. Meine Großmutter schrieb eine Arbeit über Adam Kraft, den Nürnberger Bildhauer. Sie hat seine Skulpturen sehr geliebt und Fischer teilte diese Begeisterung. Er war in der Kirche engagiert, ein Mann, der die Kunst und Literatur liebte. Wirklich nichts deutete darauf hin, dass er zur SS gehen würde. Er hat sich mit einem Schlag verändert, als wäre ein böser Geist in ihn gefahren..«

Sauerland stockte in seiner Erzählung. Er nahm seine Brille ab, rieb sich die Augen. Dann redete er weiter. »Während meiner Studienzeit habe ich Nachforschungen zu meinen Großeltern angestellt. Im Nebenfach habe ich damals Neuere Geschichte studiert. Ein Seminar über die Nazizeit hat mich dazu gebracht, mich intensiv mit der eigenen Familiengeschichte zu beschäftigen. Da habe ich auch erfahren, dass Fischer meine Großmutter hätte retten können. Als sie in das KZ verschleppt worden war, hat sich ein Freund der Familie zu Fischer aufgemacht. Fischer hätte die Macht gehabt, ihr zu helfen, aber er tat es nicht.« Er nahm den Brief wieder in die Hand, überflog die Zeilen. »Was dieser Brief zu bedeuten hat? Ich weiß es nicht. Vielleicht hat ihn ja kurz vor dem Tod die Reue ergriffen, vielleicht ist er auch nur einfach verrückt geworden.«

»Haben Sie eine Idee, was mit den Hinweisen in dem Brief gemeint sein könnte? Die Spaziergänge und dieser Satz von der Mutter, die weint?«

Sauerland überlegte. Er schüttelte den Kopf. »Ich glaube, ich kann Ihnen in dieser Frage nicht weiterhelfen. Das Einzige, was ich weiß, ist, dass sich meine Großmutter oft mit Richard Fischer auf dem Johannisfriedhof getroffen hat. Es gibt dort eine Skulptur von Adam Kraft.«

»Eine Skulptur?«

»Ja, es gibt noch andere Werke von Kraft in der Nähe des Johannisfriedhofes. Wie schon gesagt, meine Großmutter hat eine Arbeit über ihn geschrieben. Ich bin nicht so interessiert an mittelalterlichen Skulpturen. Daher kann ich Ihnen nicht mehr erzählen.«

Skamper blieb nicht mehr lange. Beim Abschied dankte er Sauerland für die Zeit, die er sich für ihn genommen hatte. Es war nicht nur eine höfliche Floskel. Skamper wusste nun, wer sich hinter dem Mann aus seinem Traum verbarg. Die Träume hatten eine Bedeutung, der Besuch bei Sauerland war die Bestätigung dafür. Seine Ahnungen hatten ihn nicht getrogen.

September 1944

Fischer schreckte auf. Die Dunkelheit machte die Höhle zu einem Vakuum ohne Licht und Leben. Er atmete schwer, er hatte geträumt, er wusste nicht mehr, was. Das Erwachen hatte die Bilder des Traums gelöscht, doch die Angst war immer noch da.

Die Finsternis, in die Fischer starrte, veränderte sich. Er nahm ein Flackern wahr, eine Kerze. Er lag auf einer alten Decke, vor sich sah er das Mädchen, das ihn in dieses Versteck geführt hatte. Fischers Kopf glühte. Sicher hatte er Fieber, sein Mund war trocken.

»Wasser«, flüsterte er. Das Mädchen verschwand, dann kam sie wieder mit einer Tasse, die sie an Fischers Mund führte. Er trank durstig. Das Mädchen blickte ihn unverwandt an.

»Wie heißt du?«

»Anna.«

»Anna.« Er wiederholte den Namen.

»Ich habe etwas Brot und Beeren.« Sie hielt ihm einen Teller hin.

Er griff hungrig danach. Als er aufgegessen hatte, erfasste ihn eine tiefe Müdigkeit. Im nächsten Moment war er eingeschlafen.

September 2012

»Zu den Zeiten, als Adam Kraft lebte, war es Brauch für einen Christen, nach Jerusalem zu fahren und dort den Kreuzweg von Jesus zu gehen. So wie die Moslems noch heute nach Mekka reisen. Aber so eine Reise nach Jerusalem konnten sich natürlich nur die Reichen leisten. Damit auch die Armen den Kreuzweg gehen konnten, hat man in Deutschland die einzelnen Stationen einfach nachgebildet. Überall in Deutschland gibt es solche Kreuzwege. Hier in Nürnberg hat Adam Kraft die Stationen des Kreuzweges illustriert.«

»Das war echt praktisch, da brauchte man nicht zu reisen.«

»Genau«, sagte Skamper.

Arabella und Skamper befanden sich vor dem ersten Relief von Adam Krafts Kreuzweg in der Burgschmietstraße. Darauf zu sehen waren Jesus, der sein Kreuz schleppte, und ein Soldat, der hinter ihm stand und mit einer Peitsche zum Schwung ausholte. Dahinter waren weitere Soldaten, Männer und Frauen, die die Szene beobachteten. Das Relief war auf einem Sockel an der Sandsteinfassade eines Hauses angebracht. Darunter eingemeißelt war eine Inschrift: »hir begegnet Cristus seiner wirdigen lieben mutter die vor großem hertzenleit amechtig ward iic schrit von pilatus haus«.

»Zu Krafts Lebzeiten gab es sieben Stationen«, erklärte Skamper. »Später waren es zwölf und heute sind es vierzehn. Neue Forschungen gehen davon aus, dass der Weg Jesu ein ganz anderer war. Aber das wusste damals natürlich niemand.«

»Was du alles weißt«, sagte Arabella.

»Ich habe mich eingelesen.«

Sie wandten sich nach Westen, in Richtung des zweiten Reliefs, das sich an der Einmündung der Weigelstraße in die Burgschmietstraße befand. Hier wurde die Szene dargestellt, in der Simon von Kyrene von Soldaten gezwungen wurde, Jesus beim Tragen des Kreuzes zu helfen. Die Inschrift unter dem Bild lautete: »hir ward Symo gezwungen Cristo sein kreutz helfen tragen iic LXXXXii Schrit von Pilatus haus«.

»Die müssen doch ziemlich wertvoll sein, so alt wie die sind«, sagte Arabella.

»Es sind nur Nachbildungen, die echten stehen im Germanischen Nationalmuseum.«

Die nächste Station war immer noch in der Burgschmietstraße vor der Kunstgießerei Lenz. Die Szene bezog sich auf die Stelle in der Bibel, in der Jesus zu den Töchtern und den Müttern von Jerusalem sprach.

Wind war aufgekommen, die Sonne verschwand hinter Wolken. Skamper zog seine Jacke hoch. Er versuchte sich vorzustellen, wie Fischer mit Eva Sauerland hier gestanden hatte. Er hatte gelesen, dass die Stationen schon in den 1940er Jahren an diesen Stellen gewesen waren. Er schaute sich die Szene genau an, die schmerzverzerrte Miene Jesu, das Bild war beeindruckend.

Die vierte Station illustrierte die Szene mit Veronica. Sie hatte Jesus ein Tuch gereicht, das berühmte Schweißtuch, das als eines der wichtigsten Reliquien des Christentums galt.

Die fünfte Station fand sich an der Ecke zur Johannisstraße. »Hier tregt Cristus das Creutz und wird von den Juden ser hart geslagen«, hieß es unter der Darstellung.

Skamper musste wieder an die Bilder seines Traums denken. Er bedeutete etwas, es war der Traum, der ihn hierher geführt hatte.

»Was bedeutet es eigentlich, dass immer die Zahl der Schritte genannt wird, die es bis zum Pilatushaus sind?«, fragte Arabella.

Skamper zuckte die Schultern. »Vielleicht wollte er so deutlich machen, dass er genau den Kreuzweg nachgebaut hat, dass die Stationen da stehen, wo sie auch stehen sollen.«

»Und auf dem Johannisfriedhof ist die letzte?«

»Genau.«

Die letzte Station war an der Mauer neben dem Osteingang des Johannisfriedhofes angebracht.

Skamper betrachtete die Szene, dann las er die Inschrift vor: »Hier leyt Cristus vor seiner gebenedeiten wirdigen muter, die in mit großem Hertzenleyt und bitterlichem Smerz klaget und beweynet«.

Er blickte zu Arabella. »Genau diese Station hat Fischer gemeint«, sagte er. »Der Ort, wo eine Mutter klagt und weint.« Skamper sah sich um. »Aber hier kann die Lanze nicht sein.«

»Und wenn Fischer mit seinen gepflanzten Zahlen auch den Kreuzweg nachzeichnen wollte.«

»Wie meinst du das?«

»Vielleicht hat er so etwas vorgehabt wie Adam Kraft. Einen Kreuzweg bauen, nur mit Bäumen, und die Lanze ist an der letzten Station.«

Skamper überlegte. »Lass uns nach Hause gehen«, sagte er.

»Warum so schnell, ich wollte noch ein Eis essen.«

»Lass uns gehen, ich muss unbedingt etwas nachprüfen.«

November 1944

Der Raum wurde von zwei Kerzen erleuchtet, die unruhig flackerten. Fischer hatte vor sich einen Block liegen. Der Stift in seiner Hand zitterte. An der Tür standen die Schatten. Er wagte nicht aufzusehen, er spürte ihre Anwesenheit, sie waren gekommen, um ihn zu holen. Sein Atem ging stoßweise. Wenn er hustete, färbte der blutige Schleim den festgetretenen Boden dunkelrot. Er hatte nicht mehr viel Zeit. Er las erneut, was er geschrieben hatte. Er wusste, dass es vorbei war, und er sehnte es herbei. Sein Herz war ein schwerer Stein. Er zog ihn nach unten, in die Finsternis.

Eva war nicht noch einmal gekommen. Eva ist tot, hämmerten die Worte Schäfflers in seinen Ohren, doch er musste ihr noch diesen Brief schreiben. Sie musste wissen, wo die Lanze war, sie würde das Richtige tun, wenn sie den Brief erhielt, er wusste es.

Die Schatten bewegten sich nicht. Fischer sah auf, erkannte Schulz, sein Gesicht war zu einer Fratze erstarrt, er schwankte leicht. Neben ihm stand Schäffler, seine Augen glühten, starrten ihn aus dem Knochengesicht an. Sie waren sein Geleit auf seiner letzten Fahrt in das Vergessen.

Fischer zitterte, er konnte die Hand nicht ruhig halten, er drückte den Stift auf das Papier, doch er hatte auf einmal ein Eigenleben, hüpfte über das Papier wie ein Gummiball.

Liebe Eva, las er. Eva ist tot, hörte er wieder die Worte Schäfflers. Schäffler hatte ihm einen Stein in die Brust gesetzt. Sein Herz war aus Stein und deshalb war ihm so kalt.

Das Zittern hörte nicht auf. Es war vorbei. »Du hast nicht mehr viel Zeit«, sagte das Zittern, sagten die flackernden Schatten an der Wand.

Er musste diesen Brief beenden, die Lanze lag nicht weit von hier, sie hatte ihn sehend gemacht. Auf einmal hatte er Angst. Er fing an zu beten. »Der Herr ist mein Hirte, mir wird nichts mangeln.«

»Es wird alles gut«, hatte Eva gesagt, »bald bist du bei mir.«

»Nimm mich zu dir«, flüsterte er.

Das Zittern seiner Hand hörte nicht auf. Der Herr ist mein Hirte. Die Worte beruhigten ihn, sodass er weiterschreiben konnte.

Die Schatten an der Tür kamen näher und wurden größer. Das Glühen in den Augen von Schäffler machte ihm Angst.

»Der Herr ist mein Hirte«, betete er. Er schloss die Augen und wartete und dann war es vorbei.

September 2012

Skamper fuhr zu schnell. Er trat auf die Bremse. Es hatte keinen Sinn, jetzt noch einen Unfall zu provozieren. Neben ihm saß Arabella, sie hatte eine Karte auf den Knien.

»Du hattest recht«, sagte Skamper. »Die Zahlen stehen für den Kreuzigungsweg. Es sind fünf Zahlen und das rote Dreieck muss für den Anfang stehen, das Pilatushaus. Wenn man die Punkte verbindet, dann ergibt das exakt den Kreuzweg von Adam Kraft.«

»Aber es fehlt eine Station.«

»Genau. Die Station, wo eine Mutter klagt und weint. Die siebte und letzte Station. Hier.« Mit der rechten Hand deutete er auf ein mit roter Tinte gemaltes Kreuz auf dem Plan. »Ich habe alles nachgeprüft. Fischer hat den Nürnberger Kreuzweg exakt in der Nähe von Hersbruck nachgebildet. In einem Größenverhältnis von drei zu eins. Die Zahlen und das rote Dreieck befinden sich dort, wo in Nürnberg die sechs Stationen sind. Es fehlt nur die letzte Station. Der Ort, wo Fischer die Lanze versteckt hat. Wahrscheinlich hat er von Anfang an geplant, dass die Lanze nie zu Schäfflers Kultstätte kommen sollte und immer in dem Versteck bleibt.«

Verfolgte ihn jemand? Skamper blickte in den Rückspiegel. Der blaue Ford, aber dann konzentrierte er sich wieder auf die Fahrt vor ihm. Er schaute auf die Uhr. Zwei Uhr, sie würden in zehn Minuten da sein.

Es war kühl und windig, als sie den Hügel hinter dem kleinen Parkplatz am Waldrand hochstiegen. Die Wolken standen schwarz am Himmel, blähten sich auf zu riesigen Gebilden.

Als Skamper und Arabella auf der Anhöhe stehen blieben, verzogen sie sich und die Sonne tauchte auf. Das Tal wurde erleuchtet und die beiden hatten einen ungestörten Blick auf die Landschaft vor ihnen.

Jetzt konnte Skamper die einzelnen Ziffern und das Dreieck genau lokalisieren. Rechts das rote Dreieck, das für den Anfang stand, das Pilatushaus, dann folgten die Ziffern 2 und 8 für die Stationen zwei und drei. Und es ging weiter. Die Ziffern schienen zu leuchten, wiegten sich im Wind wie ein Schilfboot.

»Siehst du es?«, fragte Skamper.

Arabella nickte.

Die letzte Station fehlte, Skamper nahm die Stelle ins Auge, spürte, wie sein Puls sich beschleunigte. Er deutete auf den Punkt, an dem er das Versteck vermutete.

»Wie weit ist es?«, fragte Arabella.

»Vielleicht zwanzig Minuten.«

Sie gingen weiter. Mit jeder Minute stieg die Anspannung. Wieder hatte Skamper das Gefühl, beobachtet zu werden, dass jemand alle ihre Schritte verfolgte. War das die Kräuter-Anna, die ihn so oft bei seinen Ausflügen gefolgt war? Er blickte sich um.

»Ist was?« Seine Unruhe war Arabella nicht entgangen.

»Ich hab nur geglaubt, ich hab was gehört.«

Wind kam auf, ergriff die Äste der Bäume, irgendwo flog ein Vogel auf.. Im Wald knackte ein Ast.

»Da ist nichts«, sagte Arabella.

Sie liefen jetzt schneller. An einem kleinen Hügel, der von dichtem Gebüsch umgeben war und nach oben anstieg, blieben sie stehen. Skamper blickte auf den GPS-Anzeiger in seiner Hand. »Hier muss es sein.«

Sie starrten auf das dichte Gebüsch vor ihnen.

»Du meinst, da drin ist irgendwo ein Eingang zu einer Höhle?«, fragte Arabella.

»Ja.«

Sie schlugen sich in das Unterholz und begannen den Hügel abzusuchen, Skamper wandte sich nach links, Arabella nach rechts. Der Boden war feucht und erdig, die Büsche waren stellenweise mannshoch und so dicht, dass sie nur langsam vorankamen.

Skamper war vielleicht zehn Meter gegangen, als er Arabella rufen hörte. Er lief zu ihr. Sie stand vor einer Grube, sehr eng ging es etwa einen Meter nach unten.

»Da ist irgendwas. Das ist irgendwie seltsam.« Sie zeigte auf das Gebüsch am Boden der Grube.

Jetzt sah Skamper es ebenfalls, unter einem Busch war ein großer flacher Stein, der auf einem Holzbrett lag. Skamper sprang zuerst nach unten, Arabella folgte.

Er bog das Gebüsch zur Seite, dann versuchte er den Stein zu bewegen, er war schwer, aber Millimeter um Millimeter konnte Skamper ihn zur Seite schieben. Gemeinsam hoben sie das morsche Brett hoch. Darunter war ein Loch, etwa zwei Meter tief.

Skamper zwängte sich nach unten, sprang und stand in einem höhlenartigen Gang. Hinter ihm erschien Arabella. Skamper holte Taschenlampen aus seinem Rucksack, eine gab er Arabella. Der Strahl ihrer Lampen erhellte den engen Gang, der nach einigen Metern steil nach unten verlief. Die Erde war feucht und lehmig. Die Höhle schien Skamper natürlich zu sein, aber zweifellos hatte man den Boden und die Wände bearbeitet.

Sie folgten dem Gang. Skamper spürte einen Luftzug, wahrscheinlich gab es noch weitere Zugänge zu der Höhle. Dann traf das Licht seiner Taschenlampe auf steinerne Stufen, die nach unten führten.

Sie gingen die in den Boden eingelassene Treppe hinunter, vorsichtig setzte Skamper einen Fuß vor den anderen, er wusste nicht, ob es hier nicht eine Falle gab. Die Stufen führten in einen Raum, in dem sich nichts befand außer einem schweren Steinblock. Auf der rechten Seite des Raums fiel der Boden steil ab. Ein Graben von fast zwei Metern Breite. Wie weit es nach unten ging, konnte man nicht erkennen.

Skamper erkannte die Szenerie. Das war der Raum, in den ihn seine Traumodyssee nach dem Angriff von Brand geführt hatte. Es hatte sich seitdem nichts verändert. Auf dem Tisch lagen verschiedene Gegenstände. Glänzende Schmuckstücke, Waffen, ein goldenes Messer und in der Mitte die Lanze.

Skamper blieb vor dem Steinblock stehen.

»Ist das die Heilige Lanze?«, fragte Arabella.

»Ja.« Skamper wollte die Waffe berühren. Langsam streckte er seine Hand aus.

»Rühren Sie die Waffe nicht an.«

Arabella und Skamper drehten sich erschrocken um. Am Absatz der steinernen Treppe stand Boretzky. Er wirkte wie ein Monstrum aus einem Kuriositätenkabinett. Sein Gesicht war zur Hälfte entstellt, eine Glaskugel war dort, wo einst das linke Auge gewesen war. Seine von vielen Narben zerfurchte Haut war übersät mit Striemen.

Er hatte eine Pistole in der rechten Hand. Den linken Arm hielt er krampfhaft an die Seite gepresst. Sein Mienenspiel kam nicht zur Ruhe, ein Zucken fuhr immer wieder über sein Gesicht, als würden ihn Stromstöße treffen. Er humpelte nach vorne und blieb vor ihnen stehen. In seinem Auge glühte Hass. Skamper begriff, dass er nie aufgehört hatte, sie zu beobachten. Boretzky hatte gewartet, hatte alle ihre Schritte verfolgt, sein Hass hatte ihm die Kraft gegeben durchzuhalten und endlich war er am Ziel.

»Die Lanze gehört Ihnen«, sagte Skamper. Boretzky starrte ihn an, dann ging sein Blick zu Arabella.

»Lassen Sie sie aus dem Spiel, töten Sie mich, aber lassen Sie sie aus dem Spiel.« Seine Stimme klang verzweifelt.

Boretzkys Hand zitterte. Er würde schießen, Skamper wusste es. Doch dann fiel Boretzkys Blick auf die Lanze. Als würde die Waffe seinen Blick festhalten, stand er da. Ohne zu zögern, stürzte sich Skamper auf ihn, krachte auf den massigen Körper. Er griff nach der Hand, die die Pistole hielt, drückte sie zur Seite. Doch er konnte Boretzky die Waffe nicht entreißen, dieser hielt dagegen, die Mündung zeigte auf Skamper, ein Schuss löste sich und er fühlte einen scharfen Schmerz in der Schulter.

Mit letzter Kraft warf er sich rückwärts, er zog Boretzky mit sich, Skamper fiel auf den Rücken, mit dem Fuß trat er in Boretzkys Bauch, schleuderte ihn über sich nach hinten, in den Graben. Boretzky schrie, dann gab es einen dumpfen Aufprall, doch das hörte Skamper nicht mehr.

Sein Kopf war gegen einen Felsen gekracht. Er fiel in die Tiefe, eine unendliche Schwärze umhüllte ihn. Kein Schmerz war mehr da, kein Laut drang durch diese Finsternis, nur eine Melodie von weither. Klänge lösten sich, schwebten zu ihm und beruhigten ihn. Er fühlte, wie etwas aus ihm wich. Das Blut in seinem Körper rauschte langsamer, der Atem versiegte, irgendwo war noch ein Flimmern.

Etwas glomm an den Rändern seines Bewusstseins und schickte ihm Bilder. Skamper war wieder in der Eiswüste. Er trug das Kreuz, stapfte durch Schnee, seine Spuren vermischten sich mit Blut. Er stürzte, das Kreuz war zu schwer. Es war zu Ende, der Traum löste sich auf und Finsternis floss durch seinen Körper. Das Blut versickerte wie Wassertropfen in dürrer Erde. Der Atem stockte und es war vorbei. Dann flackerte noch einmal das Bild der Schneewüste auf, ein grelles Weiß tauchte ihn ein und es wurde stiller … still … still -
- -
- -
- -
- -
- -
- -
- -
- -
- Licht … Licht, das von Ferne kam, ein Widerschein. Das Licht lenkte ihn ab. Skamper war bereit zu gehen. Er hatte einen Schatz gefunden und ihn wieder verloren, aber das war egal … Licht … Er glaubte, dass etwas auf seiner Brust lag, wie eine Feder so leicht, so flüchtig, dass man sie nur spürt, wenn sich alle Nerven darauf konzentrieren, … vor-

bei … Er wollte nicht mehr, es war vorbei. Hier endete alles, in diesem Augenblick, wo sich ein Leben verdichtete in einem hellen Augenblick.

Etwas drückte wieder auf seine Rippen, aber Skamper wollte es abwehren, wollte den Tod. Dann krampfte sich sein Herz zusammen, der Druck entlud sich und das Herz weitete sich wie in einer verzweifelten Anstrengung, schwach ganz schwach, zu schwach, um das Blut wieder in die Arterien zu jagen. Und wieder war es still.

Wieder der Druck auf der Brust. Und dann hörte er etwas, wie ein Schreien. War das Arabella?

Wieder ein Pressen, der Herzmuskel kontrahierte, die Adern weiteten sich und pressten das Blut heraus, diesmal war das Pumpen stärker und der Schmerz und die Anstrengung wurden größer. Das Herz pumpte und er hörte das Schreien.

»Wach auf, verdammt noch mal, wach auf!«

Das Schreien schmerzte in den Ohren, wurde ein Rhythmus, der nicht aufhörte, der sein Herz antrieb, jemand drückte seine Brust, jetzt spürte er es, ein rhythmischer Schmerz, der das Herz zusammendrückte und dann atmete er. Ein Ringen nach Luft, ein Krampf, der Brustkorb weitete sich und er würgte die Luft nach innen, der Herzschlag wurde schneller.

Das Schreien hörte nicht auf, dann erkannte er die Stimme, sie wurde lauter, drängender, als würde sie spüren, dass ihre Worte sein Bewusstsein erreichten.

»Wach auf, wach endlich auf. Du wirst aufwachen und wir werden zu diesem verdammten Strand gehen, nach Kolumbien, nur du und ich, du hast es versprochen, du hast es verdammt noch mal versprochen und jetzt wach auf, wach endlich auf.«

Skampers Augenlider zitterten.

»Mach die Augen auf, mach die Augen auf.«

Er versuchte die Lider zu bewegen. Es war unendlich schwer.

»Mach die Augen auf, mach die Augen auf.«

Skamper öffnete die Augen. Ein greller Schmerz, der sich auf die Pupillen legte, als würde er in Feuer blicken. Jetzt pumpte sein Herz, mit jedem Schlag gewann es an Kraft. Die Lungen füllten sich mit

Luft, er lebte, er lebte, Licht kam über ihn und dann wurde die Stimme leiser, ein Flüstern, als würde jemand weinen.

»Wach endlich auf.«

Der Wind war nicht zu stark. Er war wie eine leichte zärtliche Berührung, spielte mit Blättern des Ahornbaums, der Schatten spendete. Die Luft war nicht zu trocken und nicht zu feucht. Die Sonnenstrahlen legten sich wie Samt auf die Haut. Die wenigen Wolken am Himmel waren übermütige junge Hunde, die den Wind jagten.

Skamper und Arabella saßen auf der Terrasse hinter dem Haus. Arabella hatte den Kopf an Skampers Schulter gelegt. Auf dem Tisch lagen die Lanze und sein Artefakt. Manchmal leuchtete der Stein auf, wenn Wind aufkam und die Blätter des großen Ahornbaums Platz machten für einen Sonnenstrahl, der sich darin brach.

Diesen Moment will ich festhalten, dachte Skamper. Ein perfekter Moment. Wie an dem Strand auf Providencia. Nur dass er nicht allein war.

»Und das sind jetzt deine ganzen Schätze«, sagte Arabella.

»Ja, ein viereckiger Kristallstein, von dem niemand weiß, was er bedeutet, und die Lanze.«

»Was hat denn der Experte gesagt?«

»Das, was auch die anderen gesagt haben. Dass mein Objekt, so hat er es genannt, durchaus interessant sei, aber die Lanze, die einst Jesus in die Seite gestoßen worden war, die gibt es nicht, weil diese Geschichte eine Legende sei. Er würde das Objekt gerne genauer ansehen, aber dann müsste man es auseinandernehmen. Oder für sehr teures Geld untersuchen. Dieses Geld müsste ich natürlich vorschießen.«

»Was du natürlich nicht tun wirst.«

»Natürlich nicht«, sagte Skamper.

»Glaubst du, dass das wirklich die Lanze ist?«

»Ich weiß es nicht, ich weiß nur, dass sie etwas Besonderes ist.«

Arabella beugte sich vor, blickte auf den würfelförmigen Stein. »Ich glaube immer noch, dass da drinnen lauter kleine Universen sind.«

»Welche Universen?«, fragte Skamper.

»Na, von denen ich dir erzählt habe. Universen, in denen Duplikate von uns sind, so wie wir, nur ein wenig anders. Vielleicht kann man in einem anderen Universum beweisen, dass das die echte Lanze ist, die Lanze, die ein Legionär Jesus in die Seite stieß.«

»Dieses Universum ist das beste für uns«, sagte Skamper. Er hatte die Augen geschlossen, genoss die Strahlen der Herbstsonne auf seinem Gesicht. »Es ist so, wie es ist, und so ist es auch okay.«

Bitte beachten Sie auch die folgenden Buchhinweise:

Buchhinweise

Todesfinal
Ein Nürnberg-Krimi

Gunnar Schuberth

12,00 € | 978-3-86680-866-9

Der erste Fall für Paul Skamper

Paul Skamper sitzt nach aufregenden, aber nicht besonders erfolgreichen Expeditionen in Nürnberg fest und ordnet das Erbe seines Vaters. Als ihm ein alter Freund von merkwürdigen Vorgängen beim immer beliebter werdenden Geocaching, einer Art Internet-Schnitzeljagd, berichtet, ist er deswegen sofort bereit, der Sache auf den Grund zu gehen.

Leichenteile sollen sich an den Zielkoordinaten finden, und was steckt hinter dem »Selbstmord« eines Geocachers im Nürnberger Tiergarten? Wahrscheinlich alles nur Gerüchte und Hirngespinste. Aber die Schnitzeljagd macht Spaß und das Codeknacken ist endlich mal wieder eine Herausforderung.

Doch dann entdeckt Paul in einer finsteren Nacht, auf einer bizarren Felsformation, tatsächlich einen abgetrennten Arm. Und das ist für lange Zeit das Letzte, was er sieht. Eigentlich sollte das als Warnschuss genügen, aber jetzt ist seine Neugier erst recht nicht mehr zu zügeln.